网络操作系统配置与管理
（第二版）

主　编　王　永　杨　勇　王　锋
副主编　蔡雅娟　郭　彬

北京理工大学出版社
BEIJING INSTITUTE OF TECHNOLOGY PRESS

内 容 简 介

本书以项目化案例形式介绍了如何利用 Windows Server 2022 操作系统架设当前流行的网络服务器。所有任务以任务描述、任务分析、知识准备、任务实施、任务总结为框架进行编写,以任务工单形式推进各项工作任务开展与考核。同时,为推进课赛融通,将"网络系统管理"国赛项目有效融入项目实践中;结合当前微课、在线课程在教学中的应用,对小型实践任务及重要知识点均配以相应二维码。本书主要内容包括虚拟云平台网络搭建、本地服务器配置与管理、域服务配置与管理、DNS 服务与管理、DHCP 服务与管理、Web 服务与管理、FTP 服务与管理、路由和远程访问服务配置。

本书适用于计算机网络技术、云计算技术与应用等专业学生进行网络操作系统 Windows Server 2022 及以上版本学习,也可作为 Windows Server 2022 培训及大中专院校相关专业学习的教材,还可作为网络管理员、网络技术爱好者的参考用书。

图书在版编目(CIP)数据

网络操作系统配置与管理 / 王永,杨勇,王锋主编
. -- 2 版. -- 北京:北京理工大学出版社,2024.8
ISBN 978 - 7 - 5763 - 3600 - 9

Ⅰ. ①网⋯ Ⅱ. ①王⋯ ②杨⋯ ③王⋯ Ⅲ. ①
Windows 操作系统 – 网络服务器 Ⅳ. ①TP316.86

中国国家版本馆 CIP 数据核字(2024)第 045973 号

责任编辑:王玲玲   文案编辑:王玲玲
责任校对:刘亚男   责任印制:施胜娟

出版发行 / 北京理工大学出版社有限责任公司
社　　址 / 北京市丰台区四合庄路 6 号
邮　　编 / 100070
电　　话 / (010)68914026(教材售后服务热线)
　　　　　　(010)68944437(课件资源服务热线)
网　　址 / http://www.bitpress.com.cn

版 印 次 / 2024 年 8 月第 2 版第 1 次印刷
印　　刷 / 涿州市新华印刷有限公司
开　　本 / 787 mm×1092 mm　1/16
印　　张 / 20.5
字　　数 / 481 千字
定　　价 / 89.00 元

前　言

　　计算机网络技术广泛应用于国民经济的各个领域，具有很强的专业性、技术互融性和应用普遍性，这就要求本专业的学生具有较宽的知识面，思路开阔，有创新意识。

　　高等职业教育课程项目化教学的理论研究表明，课程项目化教学已成为适应目前高职教育培养目标的课程模式。项目化教学是师生通过共同实施一个完整的"项目"工作而进行的教学活动。在职业教育中，项目常常是指以生产一件具体的、具有实际应用价值的产品为目的的任务，或者以完成某项建设工作为目标的任务，有时也表现为方案设计等其他形式。

　　有专家指出，职业教育课程的本质特征是"学习的内容是工作"，通过工作实现学习，即工学结合。这里蕴藏着课程理念、课程目标、课程模式、课程开发方法和课程内容的重大变革。无论是"项目教学"还是"教学做一体"或是"工学结合"，也无论是教学理论还是教学实践，其本质都是相通的，甚至是相同的，就是让学生掌握企业所需的技能，实现成功就业，同时为后续学习与提升打下基础。

　　本书以项目化课程的思路进行编写，强调工学结合。其实施是以职业能力为目标、以工作任务为载体、以技能训练为明线、以知识掌握为暗线进行的。以实际工作过程为基点的项目化教学，打破了以知识传授为主要特征的学科课程模式，创建了一种以工作任务为中心组织课程内容和教学过程的课程模式，让学生通过完成具体项目来实现职业技能的提高和相关知识的构建，教学效果比过去有了明显改善，同时，也使学生上岗后能满足企业的上手快、适应期短的要求。

　　为了达到这一目标，本书在编写过程中将写作框架确定为任务描述、任务分析、知识准备、任务实施、任务总结等部分；以项目化案例形式介绍了如何利用 Windows Server 2022 操作系统架设当前流行的各种服务器，符合当前流行的职业教学理念；案例注重实际应用，体现应用技术的重点，能使学生在虚拟软件平台应用及网络服务器搭建、管理与维护等方面的综合素质得到明显提高。

　　在任务描述中，为了避免内容的简单化与随意性，全书以已经实际完成的一个大型综合网络建设项目为基础，借助"慧心科技有限公司"这样一个虚拟的公司，将真实网络建设过程中的所有子项目进行有机的结合，进行项目化的工学结合教学。项目的关联不仅体现着知识的分配和覆盖，也能有效提高学生能力的关联度，而且反映了能力的迁移和提高。这样设计出的项目课程是一种基于工作任务的项目课程，具有实际意义，经过这样课程化训练的学生可以零距离上岗。为了方便学习与实际建设，除了总体建设提供网络拓扑图外，每一部分都有形象、直接的网络拓扑指导。学生在完成了一个个项目训练的基础上，会拥有完成一个综合性任务的信心与能力。

在任务分析中，确定了建设、学习与实施预期达到的目标。在实际建设过程中，相当于项目负责人下达了工作任务，要求以岗位工作为出发点，简单明了地指出在岗位上应该完成哪些工作。

在知识准备中，指出学习掌握某项新技能之前，学习者应当具备的知识或技术基础。凡事预则立，不预则废，为实现目标、完成工作任务，必要的条件准备是一个重要的基础过程。也是从这部分开始，教学过程中重点采用"教学做一体"的教学方法，做到理论课堂和实践课堂合二为一，让学生在教师的教学引导下边学边练，从而达到真实工作过程的情景化呈现。

在任务实施中，核心技能需要由教师进行示范、指导，实际上就是了解、掌握和熟练运用工作过程的环节。为了进行有效考核，任务实施过程中采用任务工单的形式记录完整的工作过程。本部分有意指出，与传统的以教师为核心的教学模式相比，本书注重以学生为核心的"以人为本"的教学，更能体现教学过程的价值与预期达到的目标。无论是教师还是学生，在课堂中谁处于主导地位并不重要，重要的是完成培养目标。

为了让学生更好地掌握完成工作所需的技能，每个项目各任务后均设计有任务总结，让学生了解更多能够完成任务的方法、工具与新思路，同时，也尽量补充一些重要的新知识与相关领域的进展，不求全面，但求对学习有所启发。

为切实贯彻以赛促教、以赛促学、以赛促改的理念，进一步对接教学标准，注重专业核心技术技能的培养，每一项目的赛场练兵部分中，引用国赛"网络系统管理"赛项，围绕网络构建、服务部署等网络技术，培养具备行业特质、工匠精神的高素质技术技能型人才和能工巧匠，提升职业院校师生技术技能水平。

本书主要内容包括虚拟云平台网络搭建、本地服务器配置与管理、域服务配置与管理、DNS 服务与管理、DHCP 服务与管理、Web 服务与管理、FTP 服务与管理、路由和远程访问服务配置。本书紧密联系服务器技术的发展，进行知识更新，注意培养学生的职业素质，力求将最实用、最适用的技能体现出来。

另外，本书配有在线课程供学生在线学习，读者可以登录智慧职教慕课（http://mooc.icve.com.cn），搜索"网络服务器配置与维护"课程，然后加入课程学习，以获取更多电子资源。本书各项目均配有 PPT 文稿、教学计划与教案，以方便教师备课及教学使用。

本书由徐州工业职业技术学院王永和杨勇、苏州农业职业技术学院王锋担任主编，青海交通职业技术学院蔡雅娟、徐州工业职业技术学院郭彬担任副主编。另外，徐工汉云技术股份有限公司郭辉（产业教授）、徐州重型机械有限公司李忠福也参与了本书的企业案例设计与编写工作。

编者

目 录

项目一　虚拟云平台网络搭建 ··· 1
　　任务 1　虚拟云平台软件安装 ··· 3
　　任务 2　虚拟云平台网络组建 ·· 36
　　任务 3　赛场练兵 ·· 48
项目二　本地服务器配置与管理 ··· 51
　　任务 1　服务器安全管理 ··· 52
　　任务 2　磁盘管理 ·· 83
　　任务 3　赛场练兵 ·· 93
项目三　域服务配置与应用 ··· 96
　　任务 1　域环境配置与管理 ·· 98
　　任务 2　组策略应用与管理 ··· 123
　　任务 3　赛场练兵 ··· 130
项目四　DNS 服务配置与管理 ·· 134
　　任务 1　DNS 服务器搭建与配置 ·· 136
　　任务 2　赛场练兵 ··· 178
项目五　DHCP 服务与管理 ··· 181
　　任务 1　DHCP 服务的安装与部署 ··· 184
　　任务 2　赛场练兵 ··· 220
项目六　Web 服务与管理 ··· 223
　　任务 1　Web 服务器配置与管理 ·· 225
　　任务 2　网站安全管理 ·· 249
　　任务 3　赛场练兵 ··· 257
项目七　FTP 服务器配置与管理 ··· 260
　　任务 1　FTP 服务器配置与管理 ·· 262
　　任务 2　赛场练兵 ··· 284

项目八 路由和远程访问服务配置 …………………………………………… 287

任务 1 实现同一园区两个局域网互连 …………………………………… 289

任务 2 不同园区内两个局域网互连 ……………………………………… 308

任务 3 赛场练兵 …………………………………………………………… 319

虚拟云平台网络搭建

【项目场景】

慧心科技有限公司是一家高科技 IT 公司，为节约网络硬件成本，提高网络环境的安全性与稳定性，公司决定使用虚拟化技术对现有网络进行改造升级，将网络内各种服务器通过服务器虚拟化技术，实现集中式管理，这样，既可以提高服务器工作效率，又可以节约硬件成本。同时，通过虚拟化技术，实现虚拟网络组建，方便网络管理员进行网络管理、维护与系统测试等工作。作为公司一名网络管理员，请你通过分析现有网络环境与应用需求，设计出虚拟云平台网络建设方案，并按方案要求实施虚拟云平台网络搭建工作，以便为后续在虚拟云平台网络中进行各项服务器管理与配置提供一个良好的虚拟平台和网络实践与测试环境。

【证书考点与赛项目标】

（1）遵守健康及安全标准，快速理解规则及掌握规章。

（2）具备网络规划与设计能力。

（3）能依据设计图纸要求，安装操作系统映像，组建小型网络，配置和管理应用服务器。

（4）以项目团队成员的身份，与同伴有效合作，并把工作效率和学习能力发挥到最大。

【知识目标与技能目标】

（1）了解虚拟机技术的应用。

（2）掌握虚拟机软件的安装与使用。

（3）掌握并利用虚拟机技术构建虚拟网络环境，并组建一个小型局域网。

（4）掌握并利用 ESXi 技术构建虚拟网络环境，并组建一个小型局域网。

（5）具备中小型企业局域网络规划、设计、实施的能力。

（6）具备网络组建、管理的基本能力。

【素养目标】

（1）培养诚实守信、团结协作、爱岗敬业及工匠精神。

（2）培养沟通力、抗压力、6S 规范等职业素质。

（3）培养精益求精的工匠精神，并融入专业技能训练的过程中。

（4）通过实践，基于真实企业网络应用场景、基于真实工作流程，将劳动实践与专业技能相融合，强化劳动意识。

（5）树立网络安全法治意识，自觉依法进行网络信息技术活动。

【需求分析】

慧心科技有限公司现有网络拓扑如图 1 – 1 所示。为实现服务器虚拟化，需要使用虚拟化技术。通过分析、调研市场中虚拟技术较为成熟、安全性较高的主流的各种虚拟机软件，结合公司网络现有运行状况，选择一款虚拟云平台软件进行虚拟网络环境的搭建。

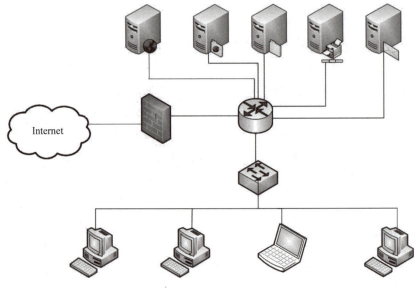

图 1 – 1　网络拓扑

利用虚拟化云平台软件搭建一个与真实网络环境相匹配的虚拟环境，包含真实环境中使用的服务器 Windows 网络操作系统以及常用的客户机个人计算机操作系统版本。此虚拟网络平台可以实现网络组建架构中服务器端环境（包含常见的服务器操作系统主流版本 Windows Server）、客户机常用操作系统环境的仿真模拟搭建与真实运行，实现服务器端各种网络服务的安装与配置管理及客户机服务测试与应用工作。

【方案设计】

根据当前主流虚拟化软件，选择 VMware Workstation 作为搭建虚拟化云平台的虚拟化云平台软件，结合公司现有网络建设情况，利用虚拟化云平台软件实现网络组建架构中服务器端环境（包含常见的服务器操作系统主流版本 Windows Server 和 Linux 操作系统 CentOS 7）虚拟化、客户机常用操作系统环境的仿真模拟搭建与真实运行，能够实现服务器端各种网络服务的安装与配置管理及客户机服务测试与应用工作。本项目虚拟化云平台网络环境搭建如图 1 – 2 所示。

图 1－2　基于 VMware Workstation 的虚拟化云平台网络环境搭建

此方案中，在真实主机上安装虚拟云平台软件 VMware Workstation，然后基于 VMware Workstation 进行各种虚拟机器的创建作为服务器与客户机，实现服务器虚拟化。同时，利用 VMware Workstation 网络连接特性进行网络组建，构建一个与真实网络相同的企业模拟网络服务。

本项目根据工作流程共分为如下任务实现：

任务 1　虚拟云平台软件安装

任务 2　虚拟云平台网络组建

任务 3　赛场练兵

任务 1　虚拟云平台软件安装

【任务描述】

作为一名网络管理员，需要了解最新虚拟化相关技术，并将其利用到网络管理中。首先，请对当前虚拟化技术进行调研，分析对比主流的虚拟机软件优缺点，结合公司网络现状，选取一款性价比较高的虚拟机软件用于构建虚拟云平台网络。然后，使用虚拟机软件 VMware Workstation 管理虚拟云平台网络，请结合公司网络现状，将网络拓扑中各类主机配置在虚拟云平台上，创建虚拟机，以便搭建虚拟云平台网络。详细任务如下：

①下载虚拟云平台软件 VMware Workstation Pro 17 或以上版本。

②安装并配置 VMware Workstation。

③配置网络连接，新建自定义网络连接，名称为 hxkj，子网 IP 为 192.168.1.0，子网掩码为 255.255.255.0。

④安装并配置 Windows Server 2022 操作系统的虚拟机 1 台 S01（win）。

⑤安装并配置 Windows 10 操作系统 1 台。

⑥安装并配置 Linux 系列（CentOS 7）1 台。

⑦网络连接与测试，确保虚拟云平台中各虚拟机相互连通。

任务网络规划图如图 1-3 所示。

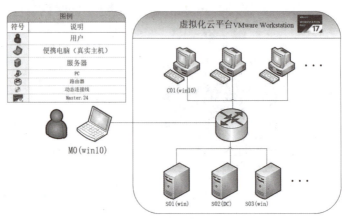

图 1-3　任务网络规划图

各虚拟机配置见表 1-1。

表 1-1　各虚拟机器配置列表

序号	机器名称	硬件配置	操作系统	计算机名称、所在网络、IP、网关	网络连接方式	备注
1	S01（win）	60 GB 硬盘、内存 2 GB	Windows Server 2022 Datacenter	计算机名：S01 隶属于工作组：workgroup IP：192.168.1.11/24 网关：192.168.1.254	自定义网络 hxkj	虚拟机，服务器
2	C01（win10）	硬盘 40 GB、内存 1 GB、单网卡	Windows 10	计算机名：C01 隶属于工作组：workgroup IP：192.168.1.107/24 网关：192.168.1.254	自定义网络 hxkj	虚拟机，客户机
3	M0（win10）		Windows 10	计算机名：M0 隶属于工作组：workgroup IP：192.168.1.110/24 网关：192.168.1.254		真实主机，客户机

【任务分析】

随着计算机技术的飞速发展，虚拟化技术应运而生。虚拟化技术可以扩大硬件的容量，简化软件的重新配置过程。CPU 的虚拟化技术可以单 CPU 模拟多 CPU 并行，允许一个平台同时运行多个操作系统，并且应用程序都可以在相互独立的空间内运行而互不影响，从而显著提高计算机的工作效率。同时，虚拟化技术可以大幅降低维护费，如能减少占用空间，降低购买软硬件设备的成本，节省能源和更低的维护成本。并且，利用虚拟化产生的虚拟机可以提供一个与系统其余部分隔离开的环境。无论虚拟机内部运行什么，都不会干扰主机硬件上运行的其他内容，虚拟化技术能大幅提升系统的安全性。

服务器整合是使用虚拟机的首要原因。部署到裸机时，大多数操作系统和应用部署都只会使用少量的物理资源。通过虚拟化服务器，用户可以在每个物理服务器上设置大量虚拟服务器，从而提高硬件利用率。这样就无须购买额外的物理资源（例如硬盘驱动器或硬盘），也不用压缩数据中心对电能、空间和冷却能力的需求。通过支持故障转移和冗余，虚拟机提供了额外的灾难恢复选项，而这以前只能通过增加硬件才能实现。

基于以上技术分析，本任务主要调研并了解当前各种虚拟软件，选择主流软件作为服务器管理的虚拟软件，并完成虚拟软件 VMware Workstation 平台的安装、测试、运行、虚拟机的创建与设置、网络连接设置与测试等工作。

【知识准备】

一、虚拟化技术

虚拟化是一个广义的术语，在计算机方面通常是指计算元件在虚拟的基础上而不是真实的基础上运行。虚拟化技术可以扩大硬件的容量，简化软件的重新配置过程。CPU 的虚拟化技术可以单 CPU 模拟多 CPU 并行，允许一个平台同时运行多个操作系统，并且应用程序都可以在相互独立的空间内运行而互不影响，从而显著提高计算机的工作效率。

二、服务器虚拟化

服务器虚拟化是一种将物理服务器划分为多个虚拟服务器的技术。它利用虚拟化软件，例如 VMware、Hyper – V 或 KVM 等，通过创建虚拟机（Virtual Machines，VM）来模拟多个独立的服务器。

在服务器虚拟化中，物理服务器的计算资源（如处理器、内存和存储）被划分为多个虚拟机。每个虚拟机可以运行独立的操作系统和应用程序，就像它们运行在独立的物理服务器上一样。以下是一些服务器虚拟化的优势：

资源利用率提高：通过将物理服务器划分为多个虚拟机，可以更充分地利用服务器的计算资源。多个虚拟机可以在同一台物理服务器上同时运行，从而提高硬件资源的利用率。

灵活性和可扩展性：服务器虚拟化使得创建、删除和移动虚拟机变得非常容易。这种灵活性使得服务器资源的分配和管理更加简单，并且可以根据需要快速扩展或缩减虚拟机的数量。

硬件成本降低：使用服务器虚拟化可以减少对物理服务器的需求，从而减少硬件的购买和维护成本。多个虚拟机可以共享同一台物理服务器上的硬件资源，降低了硬件成本。

简化管理：通过服务器虚拟化，可以集中管理多个虚拟机，简化了系统管理和维护的工作。管理员可以使用虚拟化管理工具来管理和监控虚拟机，执行任务如备份、恢复和迁移等。

高可用性和容错性：服务器虚拟化提供了一些高可用性和容错性的功能。例如，当物理服务器发生故障时，虚拟机可以迁移到其他正常工作的物理服务器上，从而实现系统的高可用性和容错性。

三、虚拟机与真实主机

虚拟机（Virtual Machine）指通过软件模拟的具有完整硬件系统功能的、运行在一个完全隔离环境中的完整计算机系统。在实体计算机中能够完成的工作在虚拟机中都能够实现。在计算机中创建虚拟机时，需要将实体机器的部分硬盘和内存容量作为虚拟机的硬盘和内存容量。每个虚拟机都有独立的 CMOS、硬盘和操作系统，可以像使用真实机器一样对虚拟机进行操作。

一台计算机如果安装了虚拟化软件（平台），就可以称之为真实主机，通常简称为"主机"。在真实主机的虚拟化软件上安装的虚拟机器，称为虚拟机。

四、虚拟机软件

虚拟机软件就是能够为不同的操作系统提供虚拟机功能的软件。虚拟机软件可以在计算机平台和终端用户之间建立一种环境，而终端用户则是基于这个软件所建立的环境来操作软件。通过虚拟机软件，可以在一台物理计算机上模拟出两台或多台虚拟的计算机，这些虚拟机完全就像真正的计算机那样进行工作。

虚拟机软件产品可以用来虚拟硬件，故可用于各种操作系统之上。当前，常用虚拟机软件有以下几种：

1. VMware Workstation

VMware Workstation（中文名称为"威睿工作站"）可以使用户在一台机器上同时运行两个或更多 Windows、DOS、Linux、Mac 系统。与"多用户"系统相比，VMware 采用了完全不同的概念。多用户系统在一个时刻只能运行一个系统，在系统切换时，需要重新启动机器。VMware 是真正"同时"运行多个操作系统在主系统的平台上，就像标准 Windows 应用程序那样切换。而且每个操作系统都可以进行虚拟的分区、配置而不影响真实硬盘的数据，可以通过网卡将几台虚拟机用网卡连接为一个局域网，极其方便。

2. ESXi

ESXi 是 VMware 的企业虚拟化产品，可视为虚拟化的平台基础，部署于实体服务器。ESXi 的主要用途是在服务器上创建和管理虚拟机。通过 ESXi，用户可以在同一台服务器上运行多个操作系统和应用程序，而不需要为每个应用程序或操作系统购买单独的硬件。这种虚拟化技术可以大大降低硬件成本、简化管理和维护工作，并提高 IT 基础设施的灵活性和可靠性。

3. VirtualBox

VirtualBox 是一款开源虚拟机软件，它不仅具有丰富的特色，而且性能也很优异。它简单易用，可虚拟的系统包括 Windows（从 Windows 3.1 到 Windows10、Windows Server 2012，…，所有的 Windows 系统都支持）、macOS X、Linux、OpenBSD、Solaris、IBM OS2 甚至 Android 等操作系统，使用者可以在 VirtualBox 上安装并且运行上述这些操作系统。

4. Virtual PC

Microsoft Virtual PC 中文版是微软推出的免费虚拟机软件，它能让用户在一台 PC 上同时运行多个操作系统。使用 Microsoft Virtual PC 中文版，可以把一台机器当作多台使用，彼此互不侵犯。用户不需要重新启动系统，只要单击鼠标便可以打开新的操作系统或是在操作系统之间进行切换，而且能够使用拖放功能在几个虚拟 PC 之间共享文件和应用程序。

五、VMware Workstation 及其网络连接

1. VMware Workstation 简介

VMware Workstation 是一款功能强大的桌面虚拟计算机软件，提供用户可在单一的桌面上同时运行不同的操作系统和进行开发、测试、部署新的应用程序的最佳解决方案。VMware Workstation 可在一部实体机器上模拟完整的网络环境，以及可便于携带的虚拟机器。因此，本书全部项目采用的虚拟机软件为 VMware Workstation。

2. VMware Workstation 网络连接设置

在 VMware 中，虚拟机与真实主机（宿主机）、虚拟机与虚拟机、虚拟机与其他真实主机之间的网络连接主要是由 VMware 创建的虚拟交换机（也叫作虚拟网络）负责实现的，VMware 可以根据需要创建多个虚拟网络。VMware 的虚拟网络都是以"VMnet + 数字"的形式来命名的，例如 VMnet0、VMnet1、VMnet2、…，依此类推（在 Linux 系统的主机上，虚拟网络的名称均采用小写形式，例如 vmnet0），当然，用户也可以通过重命名来自定义网络连接名称。

3. VMware Workstation 虚拟网络编辑器

虚拟网络编辑器主要用于设置虚拟网络连接，接下来主要介绍其网络连接设置与修改。

1）三种默认网络连接类型

VMware 为用户提供了三种默认网络连接类型，打开 VMware Workstation 虚拟机软件，依次单击主菜单栏的"编辑"菜单下的"虚拟网络编辑器"选项，如图 1 - 4 所示。

可以弹出如图 1 - 5 所示的"虚拟网络编辑器"窗口，在此窗口中，用户可以看到三种连接类型：VMnet0（桥接模式）、VMnet1（仅主机模式）、VMnet8（NAT 模式）。注意：在图 1 - 5 所示的"虚拟网络编辑器"窗口中，单击窗口右下角"更改设置"按钮，可以进行网络设置修改。图 1 - 6 所示为单击"更改设置"按钮后的虚拟网络编辑器。

图 1-4　打开虚拟网络编辑器

图 1-5　"虚拟网络编辑器"窗口

　　虚拟机在如图 1-6 所示的窗口中设置了若干网络连接。在真实主机的"网络连接"项目中，对应的有 VMware Network Adapter VMnet1、VMware Network Adapter VMnet2 等若干块虚拟网卡，如图 1-7 所示。

图 1-6　网络设置修改

图 1-7　真实机器中虚拟网卡列表

　　虚拟网络编辑器中，网络连接有三种类型：VMnet0 表示的是用于桥接模式下的虚拟交换机；VMnet1 表示的是用于仅主机模式下的虚拟交换机；VMnet8 表示的是用于 NAT 模式下的虚拟交换机。

　　①VMnet0（桥接模式）。

　　打开虚拟网络编辑器，如图 1-8 所示，VMnet0 表示的类型为桥接模式。在此连接类型下，虚拟机可以直接连接到外部网络。此时，可以单击图 1-8 中桥接模式下的"自动设置（U）…"按钮，弹出如图 1-9 所示的"自动桥接设置"对话框，在此对话框中，可以选择要自动桥接的主机网络适配器。

图 1-8　VMnet0 桥接模式　　　　　图 1-9　自动桥接设置

②VMnet1（仅主机模式）。

打开"虚拟网络编辑器"窗口，如图 1-10 所示，VMnet1 表示的是用于"仅主机模式"下的虚拟交换机。在此连接类型下，主要用于专用网络内连接虚拟机。在此网络中，采用的子网地址为 192.168.81.0。注意：不同的虚拟机版本，子网不一定相同，管理员可以根据需要重新设置子网及子网掩码。

图 1-10　VMnet1 仅主机模式

在 VMnet1 连接模式下，如果选择了使用本地 DHCP 服务将 IP 地址分配给虚拟机，单击如图 1-10 所示的"DHCP 设置（P）…"按钮，则可以弹出如图 1-11 所示的"DHCP 设置"对话框，此对话框中列出了详细的网络名称、子网 IP、子网掩码及 IP 地址池等信息，可以根据网络设置的需要进行相应更改。

③VMnet8（NAT 模式）。

在图 1-12 所示的"虚拟网络编辑器"对话框中，单击选择名称"VMnet8"，VMnet8

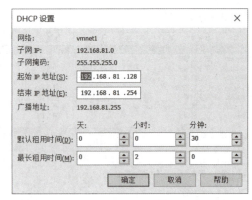

图 1-11　VMnet1 仅主机模式——DHCP

表示的是用于 NAT 模式下的虚拟交换机。在此连接类型下，主要表示与虚拟机共享主机的 IP 地址。此时，采用的子网为 192.168.222.0。注意：不同的虚拟机版本子网不一定相同，管理员可以根据需要重新设置子网及子网掩码。

在 VMnet8 连接模式下，单击"NAT 设置"按钮，可以弹出如图 1-13 所示的"NAT 设置"对话框，此对话框中可以进行网关设置及端口转发等，用户可以根据需要进行相应更改。

图 1-12　VMnet8 NAT 模式　　　　　　　　图 1-13　NAT 设置

2）自定义网络（添加网络与移除网络）

单击 VMware Workstation 虚拟机软件主菜单栏的"编辑"菜单下的"虚拟网络编辑器"选项，打开如图 1-14 所示的对话框，可以通过"添加网络"与"移除网络"两个功能实现自定义网络设置，从而可以更加灵活地配置多种网络连接。

①添加网络、重命名网络。

在图 1-14 所示的"虚拟网络编辑器"对话框中单击"添加网络"按钮，可以弹出如

图 1 – 14　虚拟网络编辑器

图 1 – 15 所示的"添加虚拟网络"对话框。在此对话框中，通过列表框列出可以添加的虚拟网络名称，用户选择后，单击"确定"按钮，即可添加一个新的虚拟网络。图 1 – 16 所示为添加后的 VMnet4 虚拟网络。

图 1 – 15　添加虚拟网络

图 1 – 16　添加虚拟网络 VMnet4

为了便于识别虚拟网络，可以根据网络管理的需要进行虚拟网络的重命名。在如图1-16所示的"虚拟网络编辑器"对话框中，首先单击选中"VMnet4"虚拟网络，然后单击对话框中的"重命名网络"按钮，弹出如图1-17所示的"重命名虚拟网络"对话框。在此对话框中，可以按网络设置的需要对虚拟网络重新命名。同时，也可以进行虚拟网络的设置，例如子网、子网掩码、DHCP等设置。

特别说明：在网络管理与测试中，通常通过自定义网络，用户可以组建不同的网络，以便进行网络管理与测试工作。

②删除网络。

可以根据网络组建的需要，将不需要的虚拟网络连接删除。具体操作：在"虚拟网络编辑器"对话框中选中一个虚拟网络，然后单击"删除网络"按钮即可。

设置虚拟网络连接的方法可以扫描图1-18所示二维码观看。

图1-17　重命名虚拟网络

图1-18　设置虚拟网络连接

4. 虚拟机网络连接工作模式的设置

对应VMware Workstation网络连接类型，VMware Workstation为虚拟机器的网络适配器提供了以下网络连接工作模式：Bridged（桥接模式）、NAT（网络地址转换模式）、Host-Only（仅主机模式）、自定义、LAN区段。

用户在使用VMware创建虚拟机完成后，可以设置虚拟主机的网络连接方式。在任意一个创建完成的虚拟机上单击"编辑虚拟机设置"按钮（图1-19），即可进入如图1-20所示的"虚拟机设置"对话框。

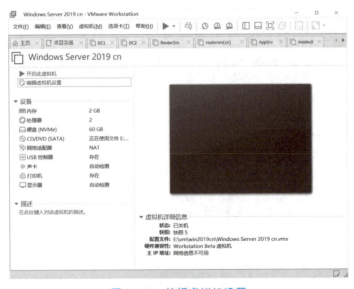

图1-19　编辑虚拟机设置

在此对话框中，有两个选项卡，分别为"硬件"和"选项"。其中，"硬件"选项卡中可以对当前的虚拟机各项设备进行设置，在"网络适配器"选项中，可以设置网络连接工作模式。由图 1 – 20 可以看出，虚拟机网络适配器的网络连接工作模式常用的有：桥接模式、NAT 模式、仅主机模式、自定义和 LAN 区段。

图 1 – 20　虚拟机设置

虚拟机网络适配器网络连接工作模式的设计原则：只要真实主机能上网，虚拟机网络连接可以采用 NAT 模式，使虚拟机访问 Internet 网络；只有在与真实主机网卡处在同一个可以访问 Internet 的局域网中的时候，虚拟机才能通过桥接模式访问 Internet；仅主机模式只用于主机和虚拟机互访，与访问 Internet 无关；如果用户需要创建自己的私有网络，可以通过在 VMware Workstation 虚拟网络编辑器中创建自定义网络，然后将其应用到网络中的每台虚拟机网络连接自定义连接上即可。通过灵活运用，用户就可以模拟组建出所想要的任何一种网络环境了。

六、在 VMware Workstation 上创建虚拟机器

一台完整的计算机系统由两部分组成：硬件系统和软件系统。由于虚拟主机就是模拟一台完整的计算机，因此，虚拟主机的创建分为两个过程：第一步，创建机器硬件系统；第二步，完成操作系统软件的安装与配置。

以下以创建表 1 – 1 中所示的虚拟机 S01（win）为例，分两步演示创建的完整过程。

1. 创建机器硬件系统

（1）启动 VMware Workstation，启动成功后，显示图 1 − 21 所示的 VMware Workstation "主页" 选项卡。在此主页中，单击屏幕中第一个按钮 "创建新的虚拟机"（也可以在菜单栏中单击 "文件" → "新建虚拟机"），弹出如图 1 − 22 所示的 "新建虚拟机向导" 对话框。在弹出的 "新建虚拟机向导" 的首个对话框中，用户可以选择创建类型，在此，选择 "自定义（高级）" 类型，然后单击 "下一步" 按钮。

图 1 − 21　VMware Workstation 主页

图 1 − 22　新建虚拟机向导 − 选择创建类型

（2）弹出如图 1 − 23 所示的 "选择虚拟机硬件兼容性" 对话框，在 "虚拟机硬件兼容性" 下拉列表框中选择 "Workstation 17.x" 即可。单击 "下一步" 按钮，出现图 1 − 24 所示的"安装客户机操作系统"对话框。在此对话框中，安装来源选择"稍后安装操作系统"选项，然后单击"下一步"按钮。

图1-23　新建虚拟机向导-
选择虚拟机硬件兼容性

图1-24　新建虚拟机向导-
安装客户机操作系统

（3）弹出图1-25所示的"选择客户机操作系统"对话框。在"客户机操作系统"选项中，选择"Microsoft Windows"；在"版本"选项中，选择"Windows Server 2022"版本。两项选择完成后，单击"下一步"按钮。

弹出图1-26所示的"命名虚拟机"对话框。在此对话框中，输入虚拟机名称为"S01（win）"，然后，单击"位置"处的"浏览"按钮，选择要存储的虚拟机文件所在的位置。完成后，单击"下一步"按钮。

图1-25　新建虚拟机向导-
选择客户机操作系统

图1-26　新建虚拟机向导-
命名虚拟机

（4）弹出图1－27所示的"固件类型"对话框，选择默认固件类型即可，然后单击"下一步"按钮。

弹出图1－28所示的"处理器配置"对话框，在此对话框中，选择默认配置即可。当然，也可以根据真实主机的配置情况，适当提高虚拟机的相应配置。完成后，单击"下一步"按钮。

图1－27 新建虚拟机向导－固件类型　　　　图1－28 新建虚拟机向导－处理器配置

（5）弹出图1－29所示的"此虚拟机的内存"对话框，在此，选择虚拟机内存的大小。注意，此内存的数量是基于本机物理内存之上的设定。也就是说，虚拟机的内存大小不能超过本机的物理内存的大小。虚拟机内存的大小配置要根据真实主机内存大小和所要安装的操作系统最低需求两者综合来确定，一般情况下，使用向导推荐的设置大小即可。选择完成后，单击"下一步"按钮。

弹出图1－30所示的"网络类型"对话框，在此对话框中，选择"使用桥接网络"即可，当然，后期可以对虚拟主机的网络连接类型重新设置。有关网络类型的分类及特性，请详细阅读前面相关内容。完成后，单击"下一步"按钮。

（6）弹出图1－31所示的"选择I/O控制器类型"对话框，在此，SCSI控制器选择默认推荐的即可。选择完成后，单击"下一步"按钮。

弹出图1－32所示的"选择磁盘类型"对话框，在此对话框中，选择"NVMe（推荐）"即可。完成后，单击"下一步"按钮。

（7）弹出图1－33所示的"选择磁盘"对话框，有三个选项，选择"创建新虚拟磁盘"选项。选择完成后，单击"下一步"按钮。

弹出图1－34所示的"指定磁盘容量"对话框，在此对话框中，"最大磁盘大小"选择默认的60 GB即可（此为系统推荐大小，可根据需要自行扩大或减少）。同时，在对话框中的虚拟磁盘存储选项中，选择"将虚拟磁盘存储为单个文件"选项。完成后，单击"下一步"按钮。

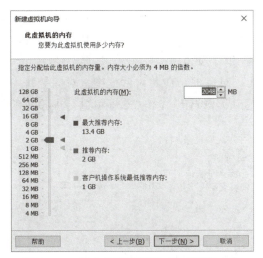

图 1-29　新建虚拟机向导 – 此虚拟机内存

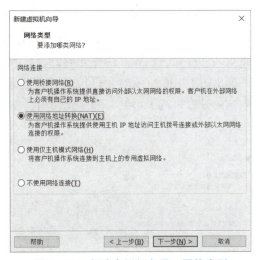

图 1-30　新建虚拟机向导 – 网络类型

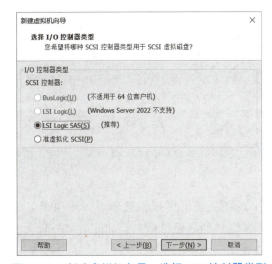

图 1-31　新建虚拟机向导 – 选择 I/O 控制器类型

图 1-32　新建虚拟机向导 – 选择磁盘类型

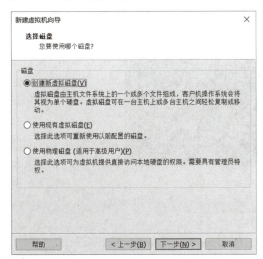

图 1-33　新建虚拟机向导 – 选择磁盘

图 1-34　新建虚拟机向导 – 指定磁盘容量

（8）弹出图 1-35 所示的"指定磁盘文件"对话框，在此，磁盘文件名称使用默认的名称即可（此名称为根据前面虚拟机的名称自动进行命名），单击"浏览"按钮，选择虚拟机磁盘文件存储的位置。选择完成后，单击"下一步"按钮。

弹出图 1-36 所示的"已准备好创建虚拟机"对话框，在此对话框中，对向导每一步所创建的设置进行了小结，确认无误后，单击"完成"按钮，VMware 即可进行虚拟机的创建工作。

图 1-35　新建虚拟机向导－指定磁盘文件

图 1-36　新建虚拟机向导－已准备好创建虚拟机

（9）设置虚拟机。

虚拟机创建完成后，在 VMware1 主界面上出现新创建的虚拟机选项卡，选项卡名称为 S01（win），选项卡详细内容分为两栏，显示了创建完成的虚拟机信息，如图 1-37 所示。

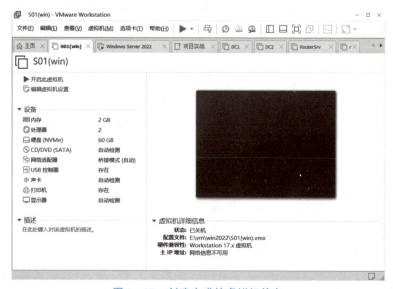

图 1-37　创建完成的虚拟机信息

如果需要对创建完成的虚拟机进行一些简单的重新配置，可以单击图 1–37 左侧的"编辑虚拟机设置"按钮，弹出如图 1–38 所示的"虚拟机设置"对话框，此对话框中包含两个选项卡，一个是"硬件"选项卡，列出了虚拟机的硬件配置情况，此时可根据需要进行硬件的重新设置，例如，添加一块新硬盘、调整虚拟机内存大小、添加一块网络适配器（网卡）等操作，详细硬件配置可参考表 1–1 完成。

图 1–38　虚拟机设置–硬件

"虚拟机设置"对话框中第二个选项卡为"选项"，如图 1–39 所示。在此选项卡中，用户可以进行电源、共享文件夹、快照等设置，通过相应设置，可以更方便地管理虚拟机。例如，单击"快照"选项，可以进行虚拟机关机时的快照设置，图 1–40 中设置了关机时此台虚拟机自动拍摄新快照，这样，此台虚拟机每次关机时就相当于与数据库备份操作一样，进行了一次系统备份操作，用户在需要时，可以使用快照进行虚拟系统的恢复工作。

至此，虚拟机 S01（win）创建的第一步工作——硬件系统创建完成。详细创建过程视频请扫描图 1–41 所示二维码观看。

图 1-39　虚拟机设置-选项

图 1-40　选项-快照

图 1-41　创建虚拟机
硬件系统

2. 安装操作系统软件

一台虚拟主机的硬件系统创建完成后，需要为其安装相应的软件系统，以组成一个完整的计算机系统，否则，虚拟机只是一台"裸机"。虚拟主机的软件系统主要是指为虚拟机安装操作系统软件。具体安装过程如下：

（1）准备好安装光盘。虚拟机使用的虚拟光盘，其文件格式为 ISO 文件，需要事先将系统安装光盘做成扩展名为 .iso 的镜像文件，在此，事先准备好了 Windows Server 2022 安装光盘 ISO 文件。

如果没有 ISO 格式光盘文件，可以使用 WinISO 工具软件制作或从网络上下载后使用。

（2）打开 VMware 软件，单击图 1 – 37 中新建完成的虚拟主机，并单击"虚拟机设置"按钮，出现如图 1 – 42 所示"虚拟机设置"对话框。在"硬件"选项卡中，单击"CD/DVD（SATA）"选项，在图 1 – 43 所示的对话框右侧，选择"连接"中的"使用 ISO 映像文件"选项，并通过单击"浏览"按钮选择事先准备好的 Windows Server 2022 x64 的安装光盘 ISO 文件所在的位置。选择完成后，单击"确定"按钮完成虚拟光盘的选择工作。

图 1 – 42　虚拟机设置 – CD/DVD（SATA）

图 1－43　虚拟机设置 － 使用 ISO 映像文件

（3）虚拟光盘添加完成后，单击图 1－37 所示新建完成的虚拟机界面，并单击"开启此虚拟机"按钮。如果操作系统光盘已准备就绪，并且已放入虚拟光盘中，则虚拟机会进入操作系统软件安装过程中（图 1－44 和图 1－45），此时，按照安装操作系统向导的指引，完成操作系统的安装即可。

注意，在安装的过程中，选择要安装的操作系统为"Windows Server 2022 Datacenter（Desktop Experience）"，如图 1－46 所示。在安装类型的选择中，选择"自定义"安装类型，如图 1－47 所示。

安装 Windows Server 2022 操作系统的详细过程视频请扫描图 1－48 所示的二维码观看。

3．虚拟机操作系统基本配置与管理

在 Windows Server 2022 操作系统完成后，需要对系统进行简要的配置与管理。以下针对虚拟机 S01（win）更改主机名、IP 地址配置等对常见的配置进行演示操作。

首先，启动虚拟机 S01（win）。如图 1－49 所示，单击虚拟机 S01（win）中的"开启此虚拟机"按钮，可以启动此虚拟机。

图 1-44　操作系统安装 1

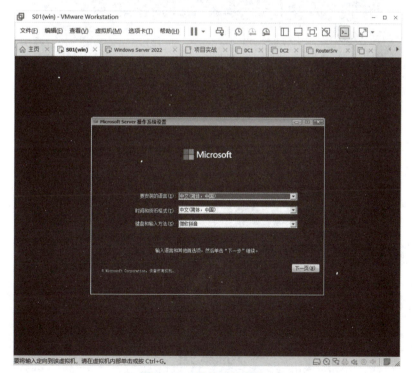

图 1-45　操作系统安装 2

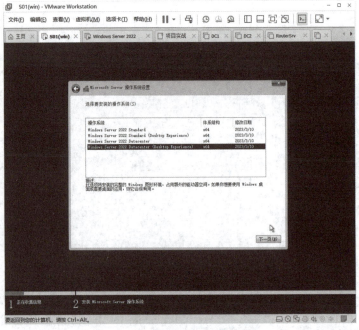

图1－46　选择安装的操作系统

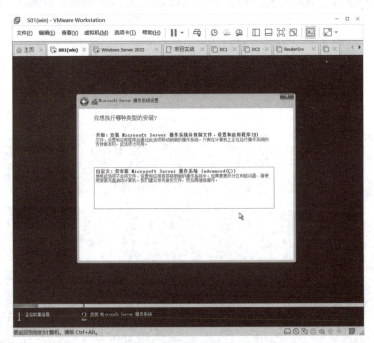

图1－47　安装类型选择

图1－48　虚拟机安装软件系统

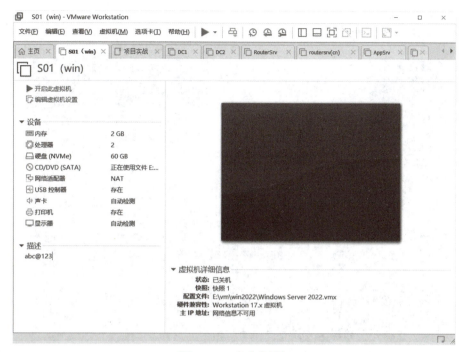

图 1 - 49　启动虚拟机

系统启动后，出现如图 1 - 50 所示的系统登录界面，此时，单击菜单栏"虚拟机"→"发送 Ctrl + Alt + Del"，或者单击工具栏上对应的按钮 □，即可向虚拟机发送组合键，如图 1 - 51 所示。

图 1 - 50　系统登录界面

图 1-51 发送 Ctrl + Alt + Del

组合键发送成功后，出现如图 1-52 所示的密码输入窗口。在此窗口中，输入安装系统时管理员用户 Administrator 设置的密码。启动成功后，系统首先出现的是"服务器管理器"窗口，如图 1-53 所示。

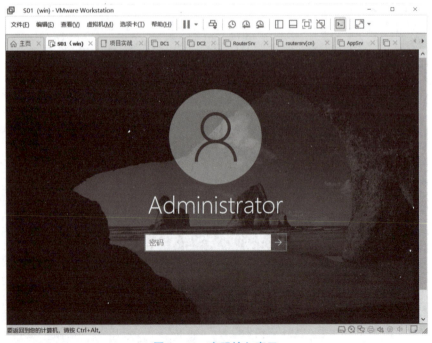

图 1-52 密码输入窗口

图 1 – 53　服务器管理器

在 Windows Server 2022 中，服务器管理器负责服务器的配置与管理工作。为了配置本地服务器，在图 1 – 53 所示的服务器管理器窗口左侧单击"本地服务器"选项，出现如图 1 – 54 所示窗口，此窗口右侧"属性"中显示了本地服务器的各项配置，例如：计算机名、工作组等，可以对本地服务器进行配置与管理。

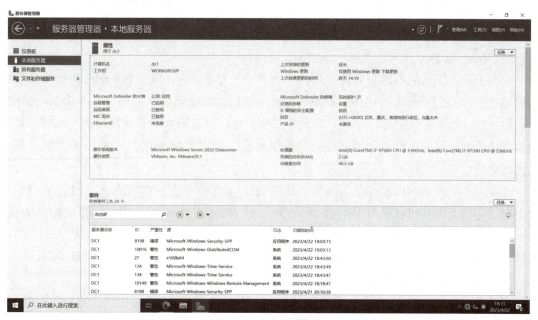

图 1 – 54　本地服务器

1）计算机名/域更改

在图 1 – 54 所示的本地服务器"属性"窗口中，单击"计算机名"右侧的计算机名称，弹出如图 1-55 所示的"系统属性"对话框。在此对话框的"计算机名"选项卡中，单击"更改"按钮，可以弹出如图 1-56 所示的"计算机名/域更改"对话框，在此对话框中，可以进行"计算机名"和"隶属于"域或工作组的更改。

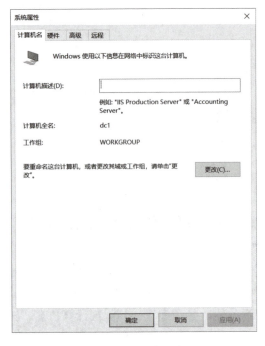

图 1-55　系统属性　　　　　　　　　　图 1-56　计算机名/域更改

注意：计算机名/域更改操作在重新启动计算机后生效。

2）Microsoft Defender 防火墙

在图 1-54 所示的本地服务器"属性"窗口中，单击"Microsoft Defender 防火墙"右侧的启用状态（一般情况下，操作系统安装完成后，防火墙状态为"启用"），弹出如图 1-57 所示的"Windows 安全中心"窗口。在此窗口中，可以设置防火墙和网络保护。此时，可以根据网络管理的需要，针对"域网络""专用网络"和"公用网络"三种网络类别打开或关闭防火墙。

注意：为了测试网络连接是否通畅，通常使用 ping 命令进行连接测试。因 ping 命令主要是向特定的目的主机发送 ICMP（Internet Control Message Protocol，因特网报文控制协议）Echo 请求报文，测试目的站是否可达及了解其有关状态。在 Windows Server 2022 中，防火墙默认针对 ICMP 包过滤，因此，为了使用 ping 命令进行连接测试，可以关闭防火墙。

3）网络适配器配置 IP 地址

在图 1-54 所示的本地服务器"属性"窗口中，单击"Ethernet0"右侧的连接状态，可以打开如图 1-58 所示的"网络连接"窗口。双击要设置的网络连接（以图中"Ethernet0"为例），弹出如图 1-59 所示"Ethernet0 属性"对话框，在此对话框中，可以对 IPv4 及 IPv6 进行相应设置。

图 1 - 57　Windows 安全中心

图 1 - 58　网络连接

双击图 1 - 59 中"Internet 协议版本 4（TCP/IPv4）"选项，可以打开如图 1 - 60 所示的对话框。按表 1 - 1 中的 S01（win）网络配置要求，设置其 IP 地址为 192.168.1.11/24，网关为 192.168.1.254，DNS 服务器设置为 127.0.0.1。设置完成后，单击"确定"按钮完成网络设置。

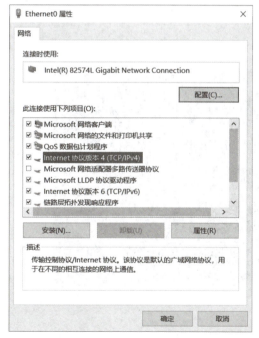

图 1 - 59　Ehternet0 属性

图 1 - 60　IPv4 属性

通过以上硬件系统的创建及软件系统的安装与基本配置，一台完整的虚拟主机 S01（win）创建完成了，用户可以使用此虚拟主机进行相应的操作。

表 1 - 1 中其他虚拟机的创建过程一致，在此不再一一赘述。

七、网络组建及连接测试

虚拟机硬件系统创建、软件系统安装完成后，需要对机器进行基本的设置，主要进行网络设置（按表 1-1 所设计的网络要求），以便完成虚拟网络的联网工作。虚拟机的网络设置一般分为以下步骤：

（1）将虚拟机连接方式设置为自定义网络 hxkj。

（2）统一网段，设置 IP 地址等信息。

（3）连接测试。

接下来，以设置 S01(win)这台虚拟机来进行网络设置的演示。

①将虚拟机连接方式设置为自定义网络 hxkj。

首先，启动虚拟机软件 VMware，在其控制台上单击选择虚拟机 S01(win)，如图 1-61 所示，在左侧"设备"栏中，查看其网络适配器网络连接方式采用的是否是"hxkj"（说明：此网络连接为自定义网络，建立此连接的方法见前面知识点），如果不是，单击左侧"编辑虚拟机设置"按钮，将其网络适配器网络连接方式设置为"hxkj"，如图 1-62 所示。

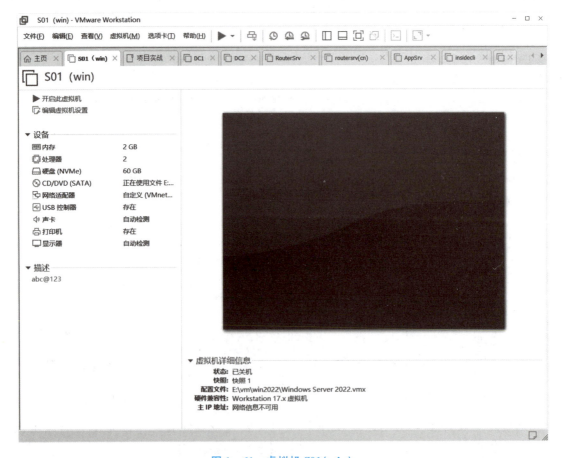

图 1-61　虚拟机 S01(win)

图 1 - 62　虚拟机设置

②统一网段，设置 IP 地址等信息。

确保网络适配器连接方式为 hxkj 后，单击如图 1 - 61 所示的"开启此虚拟机"按钮，启动虚拟机。虚拟机在启动过程中，如果提示需要按 Ctrl + Alt + Del 组合键进行系统登录，可以依次单击 VMware 主菜单项"虚拟机"→"发送 Ctrl + Alt + Del"或者直接单击工具栏 🖵 按钮来实现按 Ctrl + Alt + Del 组合键操作。

虚拟机启动成功后，界面如图 1 - 63 所示。此时，打开"服务器管理器"，如图 1 - 64 所示，在"本地服务器"属性窗口中，设置更改计算机名、IP 地址等信息即可（按表 1 - 1 中设置要求）。

按照以上两个步骤，将表 1 - 1 中的 S01、S02、S03、C01 等虚拟机相应设置完成即可。

③连接测试。

为了测试虚拟机 S01（win）与其他机器之间是否连通，可以采用系统测试连接 ping 命令完成。在此，以测试 S01（win）与真实主机 M0（win10）之间是否连通来演示。

首先，在真实主机（按表 1 - 1 网络设计，真实主机采用的是 Win10 操作系统，IP 地址为 192.168.1.110）中运行 cmd 命令，如图 1 - 65 所示。

图 1-63　Windows Server 启动成功界面

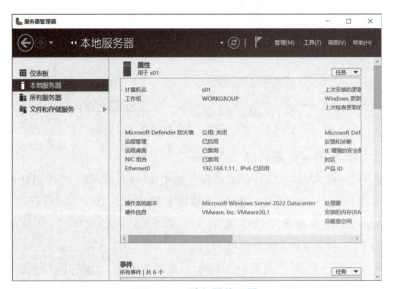

图 1-64　服务器管理器

图 1-65　运行 cmd 命令

打开命令行状态后，输入命令"ping 192. 168. 1. 11"，如图 1 – 66 所示。通过结果可以看出，从真实主机可以访问虚拟机 S01（win），它们之间通信正常。

图 1 – 66　ping 192. 168. 1. 11

其次，在虚拟机 S01（win）（按表 1 – 1 网络设计，采用的是 Windows Server 2022 x64 操作系统，IP 地址为 192. 168. 1. 11）中，运行 cmd 命令，打开命令行状态，并且输入命令"ping 192. 168. 1. 110"，如图 1 – 67 所示。通过结果可以看出，从虚拟机 S01（win）可以访问真实主机 W0（win10），它们之间通信正常。

图 1 – 67　ping 192. 168. 1. 110

其他虚拟机与真实主机、虚拟机与虚拟机之间连通测试的方法一致，在此不再一一赘述。

说明：（1）如果在连接测试中，所有 IP 等信息设置正确，但连通测试时显示无法与目标主机连通，此时，可以关闭目标主机的防火墙，然后进行测试。

（2）如果关闭防火墙后没效果，可以再试试以下方法：先进入目标主机"控制面板"，单击"网络和共享中心"，弹出"更改高级共享设置"对话框，在"专用"或"来宾或公用"的下拉栏中选中"启用文件和打印机共享"，记得要保存更改！启用文件和打印机共享后，再 ping 目标主机 IP 即可。

网络连接及测试的视频请扫描图 1-68 所示二维码观看。

图 1-68　网络连接及测试

【任务实施】

本任务需要事先准备好各种操作系统（Linux、Windows Server 2022、Win10）安装光盘镜像文件（.iso 格式），用于在虚拟机上安装。

（1）Linux 操作系统。CentOS 7 版本。

（2）Windows 操作系统。Windows Server 2022 x64 或以上版本、Win10。

（3）国产操作系统 UOS。统信 UOS V20 专业版。

本任务实施步骤如图 1-69 所示。

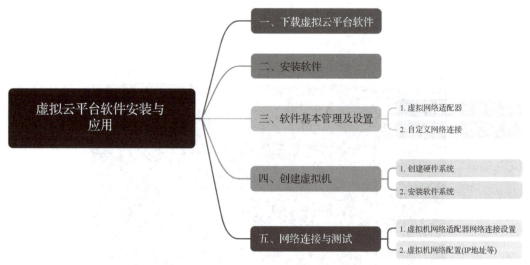

图 1-69　本任务实施步骤

一、下载虚拟云平台软件

本书全部项目采用的虚拟机软件为 VMware Workstation，使用的版本是 VMware Workstation Pro 17，后面简称为 VMware17，用户可以在 VMware 中文官方网站上下载并使用。在其中文官网上，在"产品下载"栏目中选择"Workstation Pro"，进入相应下载页面，官网上提供了免费试用版，选择需要的版本下载即可。注意，下载时，需要根据使用的操作系统类型及版本进行下载，本书项目使用的虚拟软件为"VMware Workstation Pro 17 for Windows"。

扫描图 1-70 所示二维码也可至下载地址。

图 1-70　VMware Workstation Pro 下载

二、安装软件

运行下载成功的安装文件后，在桌面上双击 VMware Workstation Pro 17 图标，启动成功后，出现图 1 – 71 所示的 VMware Workstation Pro 17 主页界面。

图 1 – 71　VMware Workstation Pro 17 主页界面

在软件"主页"中，利用提供的向导按钮可以创建新的虚拟机，或者打开虚拟机，或者进行远程服务器的连接。在本书项目中，为了构建一个完整的网络环境，需要在一台主机（真实机器，也称为宿主机）中创建出若干台虚拟机，分别作为服务器端和客户机来进行网络设置与测试。

三、软件基本管理及设置

在 VMware Workstation Pro 软件中，可以通过"虚拟网络编辑器"实现网络连接设置，包括网络连接的新建、编辑、重命名等。网络连接的设置为 VMware Workstation 建立的各种虚拟机实现一种软路由连接，为组建虚拟云平台网络构建连接基础。

通过虚拟网络编辑器可以建立自定义网络连接，以供虚拟云平台网络中各种虚拟机使用。

四、创建虚拟机

创建虚拟机，主要分两步进行。首先，创建虚拟机的硬件系统。其次，为创建好的硬件系统安装操作系统软件。

五、网络连接与测试

虚拟机创建成功后，需要对虚拟机硬件中的网络适配器进行网络连接设置。然后运行虚拟机，对其进行各项网络配置，一般根据需要配置 IP 地址等信息。以上两项工作配置完成后，可以进行网络连接测试工作，测试各虚拟机之间是否连通。测试成功后，利用 VMware Workstation Pro 虚拟云平台软件组建虚拟网络成功。

【任务工单】

请扫描图 1 –72 所示的二维码下载任务工单，按工作要求与步骤记录并完成工作任务。

图 1 –72　任务工单 1 –1

【素养课堂】

习近平总书记在党的二十大报告中强调，必须坚持科技是第一生产力、人才是第一资源、创新是第一动力，深入实施科教兴国战略、人才强国战略、创新驱动发展战略，开辟发展新领域新赛道，不断塑造发展新动能新优势。加快实施创新驱动发展战略。加快实现高水平科技自立自强。

在我们使用的计算机网络中，网络操作系统对网络安全、数据安全方面起着至关重要的作用。随着国家加快实施创新驱动发展战略，实现高水平科技自立自强，一批优秀的服务器版国产操作系统软件如 UOS 等自研新技术的应用，对我国的国家安全、网络安全起着很好的技术保障。"网络安全为人民，网络安全靠人民"，请在完成本任务的基础上，安装并使用国产操作系统 UOS 参与网络系统的组建与维护，推动自我网络安全意识和技能的提升。

【任务总结】

本任务主要完成虚拟软件 VMware Workstation 的下载与安装，并掌握软件的基本应用，重点掌握网络连接的模式，通过网络连接模式设置，用户可以模拟组建出各种网络环境，以满足不同开发与管理需求。对虚拟机器的创建及操作系统的基本配置，实现了虚拟化云平台中各虚拟机器的网络连接配置与连接测试。

任务 2　虚拟云平台网络组建

【任务描述】

慧心科技有限公司需要使用虚拟化技术组建公司网络服务，将网络内各种服务器通过服务器虚拟化，实现集中式管理，既可以提高服务器工作效率，又可以节约硬件成本。同时，通过虚拟化技术，实现虚拟网络组建，方便网络管理员进行系统测试工作。

结合虚拟软件平台，构建虚拟网络拓扑，如图 1 –73 所示。

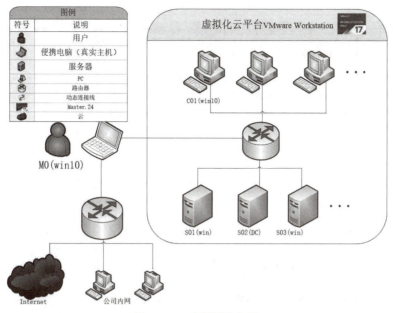

图 1-73　虚拟网络拓扑

在图 1-73 所示的网络中，各机器配置及网络结构见表 1-2。

表 1-2　各机器配置及网络结构

序号	机器名称	硬件配置	操作系统	计算机名称、所在网络、IP、网关	网络连接方式	备注
1	S01（win）	60 GB 硬盘、内存 2 GB	Windows Server 2022 Datacenter	计算机名：S01 隶属于工作组：workgroup IP：192.168.1.11/24 网关：192.168.1.254	自定义网络 hxkj	虚拟机，服务器
2	S02（DC）	硬盘 60 GB + 10 GB、内存 3 GB、双网卡	Windows Server 2022 Datacenter	计算机名：S02 隶属于工作组：workgroup IP：192.168.1.21/24 网关：192.168.1.254	网络适配器1：自定义网络 hxkj；网络适配器2：NAT	虚拟机，服务器
3	S03（win）	60 GB 硬盘、内存 2 GB	Windows Server 2022 Datacenter	计算机名：S03 隶属于工作组：workgroup IP：192.168.1.31/24 网关：192.168.1.254	自定义网络 hxkj	虚拟机，服务器

序号	机器名称	硬件配置	操作系统	计算机名称、所在网络、IP、网关	网络连接方式	备注
4	C01（win10）	硬盘 40 GB、内存 1 GB、单网卡	Windows 10	计算机名：C01 隶属于工作组：workgroup IP：192.168.1.107/24 网关：192.168.1.254	自定义网络 hxkj	虚拟机，客户机
5	M0（win10）	—	Windows 10	计算机名：M0 隶属于工作组：workgroup IP：192.168.1.110/24 网关：192.168.1.254	—	真实主机，客户机

说明：在如图 1-73 所示的虚拟网络拓扑图中，M0（win10）是真实主机，在其上安装虚拟软件平台 VMware Workstation，在虚拟软件平台上建立虚拟机 S01（win）、S02（DC）、S03（win）作为服务器，可以提供相应的网络服务功能；建立虚拟机 C01（win10）作为客户机，进行网络连接与网络服务的测试和应用。

利用虚拟机软件 VMware Workstation 进行虚拟网络平台的组建及连网测试等工作，具体任务如下：

①在任务 1 安装完成 S01（win）虚拟机工作的基础上，对其进行克隆，生成新的虚拟机 S02（DC），并对新的虚拟机进行网络设置等工作。新虚拟机配置见表 1-2。

②为克隆后生成的虚拟机 S02（DC）添加一块新的硬盘，硬盘大小为 10 GB，并添加一块新的网络适配器，新的网络适配器网络连接方式为 NAT，内存增加至 3 GB。

③虚拟机 S02（DC）进行一次快照备份，然后利用快照恢复功能测试实现系统还原。

④对 S01（win）虚拟机进行克隆，生成新的虚拟机 S03（win），并对 S03（win）进行相应的网络设置工作。

⑤进行连网设置与测试工作，保证虚拟网络内各虚拟机全部连通。

【任务分析】

（1）虚拟机软件 VMware Workstation 功能强大，在虚拟机器创建完成后，可以进行各项管理，常用的有：虚拟机器硬件添加、虚拟机克隆、快照、备份等。利用这些功能，可以实现类似于真实机器中硬件添加、软件系统克隆、软件系统回滚、软件系统备份等操作。

（2）通过任务 1，已经建立了虚拟网络平台中的虚拟机 S01（win），由于虚拟机 S02（DC）、S03（win）与 S01（win）的硬件和软件配置类似，可以使用 VM 虚拟机克隆功能进行复制虚拟机，然后更改相应软硬件配置即可。

（3）虚拟机 C01（win10）可以通过 Win10 系统的安装与基本配置。

（4）所有虚拟机安装完成后，进行相应的网络配置与测试工作，完成网络组建。

【知识准备】

一、虚拟机的创建与常用管理

了解虚拟化云平台 VMware Workstation，掌握虚拟机实现创建与管理，请扫描如图 1 – 74 所示的二维码观看操作视频。

二、虚拟机克隆、快照

掌握虚拟机的克隆与快照功能，操作视频请扫描如图 1 – 75 和图 1 – 76 所示二维码观看。

图 1 – 74　虚拟机添加硬盘、网卡视频　　图 1 – 75　克隆虚拟机　　图 1 – 76　快照功能

三、虚拟机截图功能

当虚拟机器启动成功后，如果需要进行虚拟机系统内部的截图操作，可以依次单击 VMware 菜单栏"虚拟机"→"捕获屏幕"，如图 1 – 77 所示，此时会弹出如图 1 – 78 所示的"捕获屏幕"对话框，提示屏幕截图已保存至主机剪贴板和主机的桌面文件夹中。注意：此功能是在虚拟机器启动成功后的系统中进行操作。

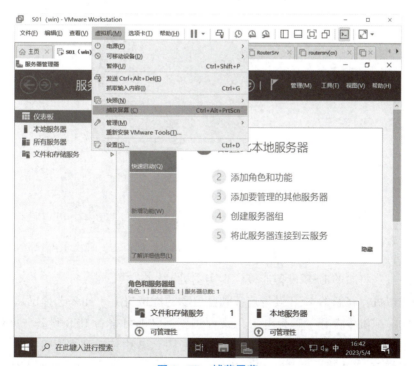

图 1 – 77　捕获屏幕

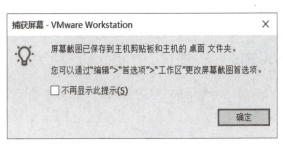

图 1 – 78　捕获屏幕提示

四、虚拟机与真实主机之间传送数据

在 VMware 中，虚拟机与真实主机之间传送数据常见的方式有两种：一是利用移动存储设备实现；二是通过虚拟工具的安装与应用实现。

1. 利用移动存储设备实现虚拟机与真实主机之间传送数据

首先，确保虚拟机已经正常启动，并且把要交换的数据文件从真实主机复制到 USB 设备中。

当把移动存储设备 U 盘插入真实主机中时，会弹出如图 1 – 79 所示的"检测到新的 USB 设备"对话框。在此对话框中有两个选项：连接到主机、连接到虚拟机。

图 1 – 79　检测到新的 USB 设备

连接到主机：将新的 USB 设备连接到真实主机上。

连接到虚拟机：将新的 USB 设备连接到已启动的虚拟机上。如果选择已启动的虚拟机，可以在选中的虚拟机中打开"这台电脑"文件浏览器，即可查看 USB 设备，并通过相应的文件操作（例如：复制、剪切、粘贴等）实现数据从 USB 中传递到虚拟机中。

如果需要断开 USB 设备与虚拟机的连接，可以在 VMware 控制台界面上依次单击菜单项"虚拟机"→"可移动设备",然后选择已连接的 USB 设备后,单击"连接(断开与主机的连接)"菜单选项即可。通过此菜单项可以实现 USB 设备与虚拟机的连接及断开操作。

2. 在 Windows 操作系统下安装虚拟工具 VMware Tools 实现文件的操作

VMware Tools(VMware 工具)的作用:

(1)大幅度提高虚拟机鼠标、键盘、显示以及其他性能。

(2)可在虚拟机和真实主机之间进行复制(拷贝)、剪切(移动)、粘贴的工作。

(3)可与真实主机进行时间同步。

安装 VMware Tools 的前提是必须将虚拟机启动成功。在 VMware 控制台状态下,依次单击菜单栏选项"虚拟机"→"更新 VMware Tools"(如果已安装过 VMware Tools,会出现"重新安装 VMware Tools"菜单项),如图 1–80 所示。然后在虚拟机中打开文件浏览器(这台电脑),如图 1–81 所示,在虚拟机的光盘中会出 VMware Tools 安装光盘,根据操作系统版本的不同,双击运行光盘中 setup.exe 或 setup64.exe 安装文件,即可进入产品安装界面,按安装向导要求完成安装即可。当安装成功后,会提示重启虚拟系统,虚拟系统重启成功后,可以在真实主机中选择需要传递到虚拟机中的文件,利用"复制""粘贴"菜单方便地在虚拟机与真实主机之间传递文件,也可以通过鼠标直接拖曳实现数据的复制等操作。

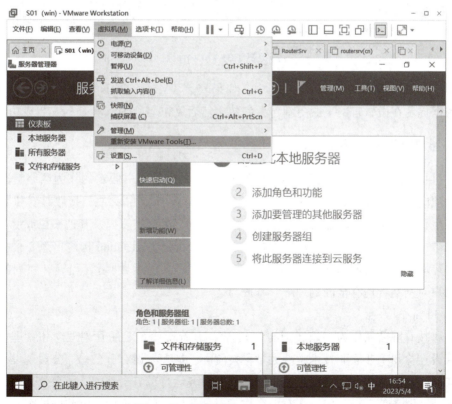

图 1–80　重新安装 VMware Tools

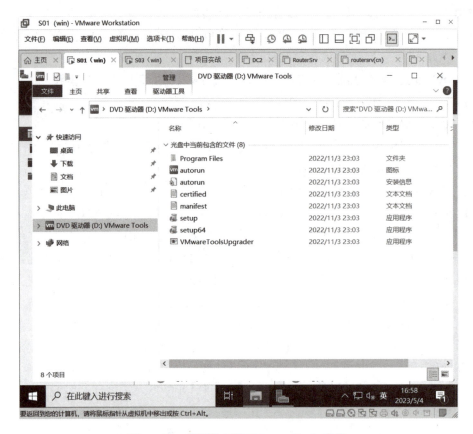

图 1−81　虚拟机中的 VMware Tools 光盘

说明：在虚拟系统 Windows Server 中，如果安装 VMware Tools 时提示安装 Windows 更新，请根据提示在微软官网下载更新包并安装，然后 VMware Tools 会顺利安装成功。

五、慧心科技有限公司网络建设

慧心科技有限公司是一家新型高科技的 IT 公司，也是本书假定的作为网络管理员的你即将进入顶岗实习的公司。该公司以设计、生产、销售 IT 产品为主，接收计算机各专业的在校本科生、大专生以及职业技术学院的学生在此进行生产实习以及其他岗位或形式的顶岗实习。在本书的所有项目中，将利用虚拟机软件 VMware Workstation 构建出慧心科技有限公司的网络环境，通过对网络环境的设计、搭建、安装与配置、网络管理等一系列的项目工作，让用户对网络管理有全面的理解、掌握与运用。

1. 公司简介

慧心科技有限公司作为一家新型的 IT 企业，有着现代企业的管理理念和管理模式。公司的总部设在徐州工业职业技术学院大学科技园内，在上海设有分公司。公司现设有人力资源部、产品研发部、企业生产部、销售推广部、财务运行部五个部门。上海分公司设有销售部、服务部、财务部三个部门。在对外合作、对外业务发展过程中，有些国外企业按照国际惯例对慧心科技有限公司的 IT 基础设施及信息安全管理也有相应的要求。因此，慧心科技有限公司需要在公司内部建设一个安全性高的企业内部网，在上海、北京等分支办公机构间进行信息交换。

慧心科技有限公司当前的网络状况如下：公司已进行了综合布线，完成了企业计算机网络、电话网络、安全监控等基础架构的建设工作。在各个办公区购置路由器，租用了电信公司的线路，完成了各地分支机构的网络连接，并且已构建了基于 Windows Server 和 Linux（CentOS 7）双操作系统模式的服务系统，并部署了活动目录对公司的员工账户信息和网络资源进行统一管理。

2. 公司网络拓扑结构设计

公司规划网络拓扑结构如图 1－82 所示。此结构中并未考虑无线网络，以后在办公区域内将使用无线路由器进行快速构建。在接下来的所有项目实例中，将使用此拓扑图所对应的网络结构进行项目的实现与学习。

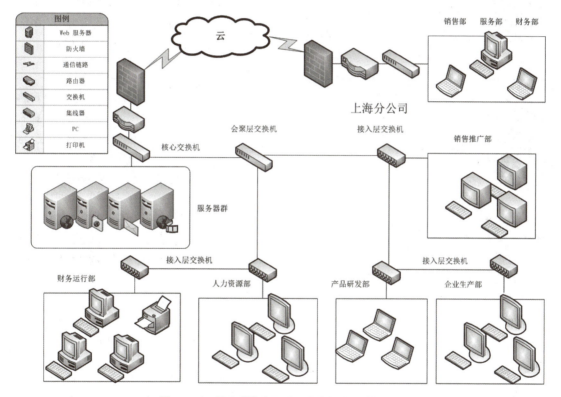

图 1－82　慧心科技有限公司规划网络拓扑结构

3. 服务器 IP 地址规划与分配

在如图 1－82 所示的公司网络拓扑图中，为了更好地管理公司内部网络，建立了服务器群，设立了一系列的服务器如 Web 服务器、FTP 服务器、电子邮件服务器、打印服务器等，通过这一系列的服务器，实现公司内部网站的访问、文件的共享、电子邮件的传送等服务。表 1－3 中对公司的服务器设置与功能进行了详细说明。

表 1−3　公司的服务器设置与功能

图标	名称	域名与对应 IP	说明
	域服务器 活动目录服务器 （操作系统：Windows）	boretech. com 192. 168. 1. x	慧心科技有限公司的主服务器之一。用于管理公司本部的内网资源，包括组织单位（OU）、组、用户、计算机、打印机等。由于访问量较大，该服务器配置较高，是网络建设中重点投资的设备之一
	DNS 服务器（域名解析服务器） （操作系统：Windows/Linux）	boretech. com 192. 168. 1. x 别名： dns. boretech. com	用于将公司的各个字符域名与 IP 地址相对应进行解释。公司在中国电信江苏公司进行了域名注册，其 DNS 服务器的地址为 61. 177. 7. 1。公司内网架设 DNS 服务器，用于局域网的域名解析。出于节约成本考虑，本服务器与域服务器使用同一台服务器
	WWW 服务器（操作系统：Windows/Linux）	www. boretech. com 192. 168. 1. x	公司网站是对外宣传的窗口，公司的新闻、产品、服务、反馈等相关信息的及时发布，均集中在这一平台之上。与部门级子网站、个人博客类网站相比，公司网站的安全性、可管理性要求更高
	FTP 服务器 文件服务器 （操作系统：Windows/Linux）	file. boretech. com 192. 168. 1. x	各部门员工每天都有大量的文档需要上交、备份或交流。FTP 服务让员工拥有集中的存储空间，方便文件的上传与下载。考虑到安全因素，各部门账户权限有一定的差异
	邮件服务器	mail. boretech. com 192. 168. 1. x	邮件服务已经成为现代企业信息化的标志之一。慧心科技有限公司所有员工使用带有本公司域名的电子邮件联系业务。一般的命名规则为：员工姓名汉语拼音全拼@ mail. boretech. com
	DHCP 服务器 （操作系统：Windows/Linux）	dhcp. boretech. com 192. 168. 1. x 192. 168. 2. x	利用 80/20 原则，采用双 DHCP 服务器设置，为非关键部门提供更为方便的私网 IP 地址的自动分配，要求关注内网安全，实行 MAC 地址的绑定。方便内网用户的同时，让用户处在可控状态中

续表

图标	名称	域名与对应 IP	说明
	打印服务器 （操作系统：Windows/ Linux）	dhcp. boretech. com 别名： prt. boretech. com 192. 168. 1. x	部门级，不对外网。活动目录内实现打印的共享、管理，实现资源使用的可管理
Hyper-V	Hyper – V 服务器	Hyper – V： cms. boretech. com 192. 168. 1. x	在微软的虚拟机之上，构建更多的应用系统，将服务器尤其是访问量较少的服务器，通过这项技术进行多合一的使用。让最少的投资产生最多、最大的效益
	流媒体服务器	movie. boretech. com 192. 168. 1. x	负担网内的多媒体的发布与播放，将网内资料进行整合，实行网络管理。同时也考虑公司视频会议、员工娱乐都多方面的需求
	数据库服务器	data. boretech. com 192. 168. 1. x	网络用户管理、FTP 资源用户管理、EMAIL 用户管理、CMS 内容管理等项目，需要数据库支撑。
	内容管理服务器	cms. boretech. com 192. 168. 1. x	在虚拟机的基础上，让服务器一机多用，实现资源的最大化利用。CMS 可以实现快速、实用网站的构建
	即时通信服务器	im. boretech. com 192. 168. 1. x	使用第三方公司的软件，让网内用户实现即时通信
	域服务器 活动目录服务器	boretech. net 192. 168. 1. x	慧心科技有限公司的第二台主力服务器。用于 boretech. net 这个域名

图标	名称	域名与对应 IP	说明
	路由与远程访问服务器 （操作系统：Windows/ Linux）	192. 168. 1. x 192. 168. 2. x	用于连接总公司与分公司网络的服务器
	上海子公司域服务器 活动目录服务器	sh. boretech. com 192. 168. 2. x	慧心科技有限公司上海子公司的主力服务器。用于管理子公司的内网资源，包括组织单位（OU）、组、用户、计算机、打印机等。由于访问量较大，该服务器配置较高，是网络建设中重点投资的设备之一

4. 全网 IP 地址规划

1）IPv4 地址规划

采用公网 IP 地址——通过向 ISP 的申请，部分重要服务器及重要部门采用公网 IP 地址，通过这种方式可减小出口 NAT 的负载，保障各种应用的高效运行，并能够有效地对网络安全事件进行审计。上海分公司计算机网络采用公网 IP。

部分公网，部分私网——如无法申请到足够的网络地址，则可利用部分公网地址保障生产和办公的使用。办公大楼内各部门可采用私有地址。

现有公网网段做公司办公使用。192.168.1.0/24 作为网络管理网段，其中，192.168.1.1～192.168.1.39 网段作为 Windows Server 操作系统的服务器 IP 范围。

2）IPv6 地址规划

前 56 位固定；第 57～64 位是 VLAN 的 ID 号（现有 VLAN ID 是全局唯一的）；从第 64 位开始是 MAC 地址。在公司网络建设中，网络管理中心部分机器使用 IPv6，处于试验阶段。

3）动态地址方案

本网络考虑到在部分地区实现 DHCP 动态地址划分，该方案需要考虑以下要点：

服务器采用固定的 IP 地址；特殊网络部分采用固定 IP 地址；生产部门采用 DHCP 动态 IP 划分；无线网络区域采用 DHCP 动态 IP 划分；网络管理员可随时随地接入设备管理 VLAN 进行管理工作。

5. IP 地址的分配管理

公司网的信息点多，对 IP 地址的分配进行有效管理是十分重要的。针对不同的情况，可以对 IP 地址采用静态或动态的分配方式。

静态的分配情况：对外提供信息服务的服务器；公司网内提供信息及管理服务的服务器；路由器、交换机等网络设备的 IP 地址分配。

动态的分配情况：不提供信息服务，只访问公司网内部或外部的网络资源。为了方便管理，大部分的 IP 地址都采用动态分配的方式，动态地址分配需在网络中心配置一台 DHCP 服务器，给客户端分配 IP 地址、DNS 服务器、网关等配置信息。

本方案的接入交换机配合 RG – SAMII 认证系统，可以做到以下地址管理：

对于静态分配地址的用户，只有用预先分配的 IP 地址才可以上网；

对于动态分配地址的用户，只有通过 DHCP 方式获得 IP 地址才可以上网；

获得有效 IP 地址上网后，若试图修改 IP 地址，会自动与网络断线。

以上手段保证了 IP 地址不会冲突，因而可以对 IP 地址资源的使用进行有效管理和控制。

6. 全网路由规划

路由规划要考虑以下要点：

①路由规划全网采用 OSPF 动态路由协议，由核心骨干交换机和汇集交换机构成 Area0 区域，其他区块通过重分布直连和重分布静态的方式接入。

②预留子区域规划，满足网络未来的扩展需要。

③启用 OSPF 邻居加密机制保证路由的安全性。

在合理进行地址规划的基础上，对网络路由进行汇集，减少路由表条目，方便网络维护。

【任务实施】

在完成任务 1 的基础上，利用 VM 云平台软件的克隆、快照等管理功能，按图 1 – 83 所示步骤完成虚拟云平台网络的组建工作。

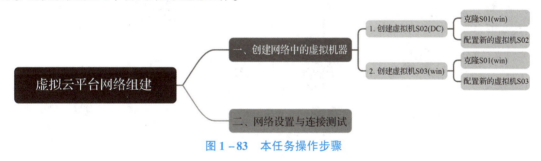

图 1 – 83 本任务操作步骤

【任务工单】

可扫描图 1 – 84 所示的二维码下载任务工单，按工单要求实施工作任务。

图 1 – 84 任务工单 1 – 2

【任务总结】

本任务为一个完整的虚拟网络搭建项目，在学习过程中应综合注意以下问题：
（1）不同操作系统的安装与配置过程。
（2）注意利用快照功能对安装完成的虚拟机进行快照拍摄，以便系统备份。
（3）记录实战中存在的问题，以及解决问题的方法与过程。

任务3 赛场练兵

【任务描述】

你作为一个微软高级认证的技术工程师，被指派去构建一个公司的内部网络，要为员工提供便捷、安全稳定的内外网络服务。你必须在规定的时间内完成要求的任务，并进行充分的测试，确保设备和应用正常运行。任务所有规划都基于 Windows 操作系统，请根据网络拓扑、基本配置信息和服务需求完成网络服务安装与测试，确保设备和应用正常运行。网络拓扑图和基本配置信息如下。

1. 拓扑图

构建 ChinaSkills. cn 的网络拓扑如图 1 – 85 所示。

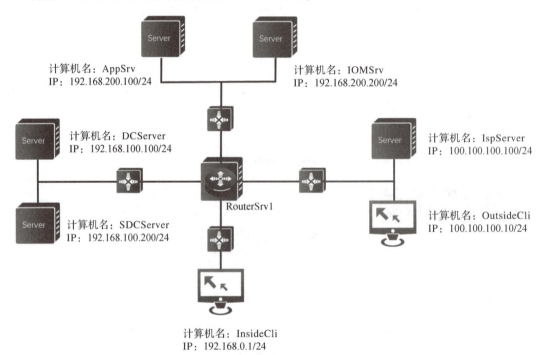

图 1 – 85　网络拓扑

2. 网络地址规划

服务器和客户端基本配置见表 1 – 4。

表 1-4 服务器和客户端基本配置

主机名	所在域	网络地址	DNS	网关
DCServer	chinaskills. com	192. 168. 100. 100/24	127. 0. 0. 1	192. 168. 100. 254
SDCServer	chinaskills. com	192. 168. 100. 200/24	127. 0. 0. 1	192. 168. 100. 254
AppSrv	chinaskills. com	192. 168. 200. 100/24	192. 168. 100. 100 192. 168. 100. 200	192. 168. 200. 254
RouterSrv1	chinaskills. com	192. 168. 100. 254/24 192. 168. 0. 254/24 192. 168. 200. 254/24 100. 100. 100. 251/24	192. 168. 100. 100	无
IspSrv	保持工作组状态	100. 100. 100. 100/24	127. 0. 0. 1	无
InsideCli	chinaskills. com	192. 168. 0. 1/24 （dhcp）	192. 168. 100. 100 192. 168. 100. 200	192. 168. 0. 254
OutsideCli	保持工作组状态	100. 100. 100. 10/24	100. 100. 100. 100	100. 100. 100. 254

说明：（1）各主机操作系统采用中文版 Windows Server 2022（Datacenter 桌面体验版）。

（2）默认账号及默认密码设置如下：

Username：Administrator

Password：ChinaSkills23

Username：demo

Password：ChinaSkills23

注：若非特别指定，所有账号的密码均为 ChinaSkills23。

【任务清单】

根据给定的网络拓扑图和网络地址规划表搭建虚拟云平台网络，具体要求如下：

（1）利用虚拟化云平台 VMware Workstation Pro 搭建网络；

（2）安装虚拟主机，各虚拟机主机参照网络地址规划表创建，使用的操作系统均为 Windows Server 2022 64 位数据中心版；

（3）按照网络地址规划表中各虚拟主机的要求完成网络配置；

（4）所有虚拟主机均在工作组 WORKGROUP 下；

（5）根据网络拓扑图的设计，设置各虚拟主机的网络连接，并测试网络拓扑图中各内网虚拟机的连通性。

【任务工单】

扫描图 1-86 所示二维码下载任务工单。

图1-86　任务工单1-3

【任务总结】

　　此项任务为国赛赛场模拟真实网络环境场景构建，本任务通过虚拟软件平台 VMware 实现了虚拟网络环境的搭建，为接下来项目各分任务的实施奠定基础。详细网络构建过程可登录"智慧职教"本课程在线课程观看与学习，任务工单可在线下载。

项目二

本地服务器配置与管理

【项目场景】

在项目一中，搭建了慧心科技有限公司虚拟网络平台，并进行了相应机器配置与网络组建工作。服务器在网络中为其他设备和客户端提供全面而高效的网络服务，作为一名网络管理人员，必须熟练掌握服务器配置的基础知识，本项目要求网络人员熟练掌握服务器的基本安全管理，包括本地用户与组管理、系统定时备份以及本地安全策略的设置等，并可以进行服务器磁盘管理，以便提高服务器数据安全性与高效性。通过管理，构建一个安全的本地服务器环境，为搭建各种服务器打下良好基础。

【证书考点与赛项目标】

（1）遵守健康及安全标准，快速理解规则及掌握规章。

（2）具备网络规划与设计能力。

（3）具备根据优先顺序表，定期制订计划、重新修订计划及多任务组织能力。

（4）能依据设计图纸要求，组建小型网络，配置和管理应用服务器。

（5）以项目团队成员的身份，与同伴有效合作，并把工作效率和学习能力发挥到最大。

【知识目标与技能目标】

（1）掌握用户与组的管理及其应用。

（2）掌握磁盘管理及其基本应用。

（3）掌握本地安全策略的设置及应用。

（4）具备中小型企业局域网络管理的基本能力。

【素养目标】

（1）培养精益求精的工匠精神，并融入专业技能训练的过程中。

（2）通过实践基于真实企业网络应用场景、基于真实工作流程，将劳动实践与专业技能相融合，强化劳动意识。

（3）树立网络安全法治意识，自觉依法进行网络信息技术活动。

【需求分析】

为模拟企业真实网络环境，需要利用虚拟软件搭建出一个和真实网络环境相同的虚拟云平台网络，此虚拟云平台网络可以实现网络组建架构中服务器端环境（包含常见的服务器操作系统主流版本 Windows Server 2022）、客户机常用操作系统环境的仿真模拟搭建与真实运行，实现服务器端各种网络服务的安装与配置管理及客户机服务测试与应用工作。

【方案设计】

在如图 2-1 所示的网络环境中，项目包含任务要求如下：

（1）本地管理：对服务器进行用户与组管理等。

（2）设置服务器本地安全策略，确保系统的安全性。

（3）对服务器进行磁盘管理，提高存取效率，保障服务器数据安全。

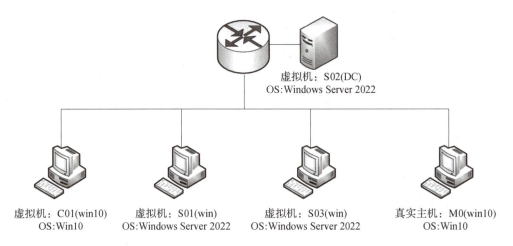

图 2-1　网络拓扑

针对以上任务，本项目实施分为三项任务。

任务 1　服务器安全管理

任务 2　磁盘管理

任务 3　赛场练兵

任务 1　服务器安全管理

【任务描述】

你作为公司的网络技术工程师，通过进行账户的创建、密码的管理、用户登录与审核、组与权限的管理等，构建一个安全的本地服务器环境，为搭建和管理各种服务器打下良好基础。在图 2-1 所示的网络拓扑结构中，虚拟机 S02（DC）作为服务器进行应用，请对此服务器进行一系列安全设置与管理，包括创建和管理本地账户、本地组账户、本地安全策略设置、服务器数据定时备份等，详细任务要求如下：

（1）对服务器进行用户管理，要求创建用户与组，具体见表 2-1。

表 2 - 1　用户管理

用户名称	隶属组名称	密码	备注
Administrator	Administrators	abc@1234	密码永不过期
demo	Users	abc@1234	密码永不过期
caiwu1 ~ caiwu20	财务部	caiwubu#888	初始密码，需要登录时更改
userA	Users、销售部	123	用户不能更改密码
userB	Users、销售部	123	用户不能更改密码
managerA	Administrators、财务部	abc@123	密码永不过期
managerB	Administrators、销售部	abc@123	密码永不过期

然后进行相应用户登录测试。

（2）账户策略设置与应用

为防止恶意登录情况出现，设置账户锁定阈值为 3，账户锁定时间为 8 分钟，重置账户锁定计数器时间为 5 分钟。

（3）审核策略设置与应用

①审核登录事件，审核登录成功与失败。

②审核账户管理，审核成功与失败。

③在事件查看器中查看登录事件与账户管理事件。

（4）服务器定时备份。

设置服务器每天 23:30 定时实现备份操作，将 C 盘数据备份至 D 盘。

（5）配置 Windows 防火墙。

仅允许配置的服务通过防火墙；禁止 ICMP 回显请求。

【任务分析】

Windows Server 2022 系统是一个多用户多任务的分时操作系统，任何一个要使用系统资源的用户，都必须首先向管理员申请一个账号，然后以这个账号的身份进入系统。一方面，可以帮助管理员对使用系统的用户进行跟踪，并控制他们对系统资源的访问；另一方面，也可以利用组账户帮助管理员简化操作的复杂程度，降低管理的难度。

本地安全策略是指通过设置一系列的规则，影响当前计算机的安全设置，用户登录后会受安全策略的控制，从而保证本地计算机的安全。本地安全策略是 Windows Server 2022 中的系统安全管理工具，主要针对本地服务器、独立服务器进行管理。

服务器数据安全至关重要，可以通过 Windows Server 2022 中提供的 "Windows Server 备份" 工具完成服务器备份与恢复工作。

【知识准备】

一、用户账户、密码和账户类型

1. 用户账户

在计算机网络中，计算机的服务对象是用户，用户通过账户访问计算机资源，所以用户也就是账户。所谓用户的管理，也就是账户的管理。每个用户都需要有一个账户，以便登录到域访问网络资源或登录到某台计算机访问该机上的资源。组是用户账户的集合，管理员通常通过组来对用户的权限进行设置，从而简化了管理。

用户账户由一个账户名和一个密码来标识，二者都需要用户在登录时键入。账户名是用户的文本标签，密码则是用户的身份验证字符串，是在 Windows Server 2022 网络上的个人唯一标识。用户账户通过验证后，登录到工作组或是域内的计算机上，通过授权访问相关的资源，它也可以作为某些应用程序的服务账户。

2. 账户名

账户名的命名规则如下：

①账户名必须唯一，且不分大小写。

②最多包含 20 个大小写字符和数字，输入时可超过 20 个字符，但只识别前 20 个字符。

③名称不能含有句号和/或空格，或以下字符：

/ " [ ] : / < > + = ; , ? * @

④可以是字符和数字的组合。

⑤不能与组名相同。

3. 密码

为了维护计算机的安全，每个账户必须有密码，设立密码应遵循以下规则：

必须为 Administrator 账户分配密码，防止未经授权就使用。

明确是管理员还是用户管理密码，最好用户管理自己的密码。

密码的长度在 8 ~ 127 之间。

使用不易猜出的字母组合，例如不要使用自己的名字、生日以及家庭成员的名字等。

密码可以使用大小写字母、数字和其他合法的字符。

4. 服务器工作模式

Windows Server 2022 服务器有两种工作模式：工作组模式和域模式。域和工作组之间的区别可以归结为以下几点：

①创建方式不同：工作组可以由任何一个计算机的管理员来创建，用户在系统的"计算机名称更改"对话框中输入新的组名，重新启动计算机后就创建了一个新组，每一台计算机都有权利创建一个组；而域只能由域控制器来创建，然后才允许其他的计算机加入这个域。

②安全机制不同：在域中有可以登录该域的账户，这些由域管理员来建立；在工作组中不存在工作组的账户，只有本机上的账户和密码。

③登录方式不同：在工作组方式下，计算机启动后自动就在工作组中；登录域时要提交域用户名和密码，直到用户登录成功之后，才被赋予相应的权限。

5．用户账户类型

Windows Server 2022 针对这两种工作模式提供了三种不同类型的用户账户，分别是本地用户账户、域用户账户和内置用户账户。

1）本地用户账户

本地用户账户对应对等网的工作组模式，建立在非域控制器的 Windows Server 2022 独立服务器、成员服务器以及 Windows XP 等客户端。本地用户账户只能在本地计算机上登录，无法访问域中其他计算机资源。

本地计算机上都有一个管理账户数据的数据库，称为安全账户管理器（Security Accounts Managers，SAM）。SAM 数据库文件路径为系统盘＼Windows＼System32＼config＼SAM 下。在 SAM 中，每个账户被赋予唯一的安全识别号（Security Identifier，SID），用户要访问本地计算机，都需要经过该机 SAM 中的 SID 验证。本地的验证过程，都由创建本地账户的本地计算机完成，没有集中的网络管理。

2）域用户账户

域用户账户对应于域模式网络，域用户账户和密码存储在域控制器上 Active Directory 数据库中，域数据库的路径为域控制器中的系统盘下＼Windows＼NTDS＼NTDS. DIT。因此，域用户账户和密码被域控制器集中管理。用户可以利用域账户和密码登录域，访问域内资源。域用户账户建立在 Windows Server 2022 域控制器上，域用户账户一旦建立，会自动地被复制到同域中的其他域控制器上。复制完成后，域中的所有域控制器都能在用户登录时提供身份验证功能。

域用户账户的管理将在后续项目中专门讲解。

3）内置用户账户

Windows Server 2022 中还有一种账户叫内置用户账户，它与服务器的工作模式无关。当 Windows Server 2022 安装完毕后，系统会在服务器上自动创建一些内置账户，分别如下：

Administrator（系统管理员）：拥有最高的权限，管理计算机（域）的内置用户账户。系统管理员的默认名字是 Administrator，可以更改系统管理员的名字，但不能删除该账户。该账户无法被禁止，永远不会到期，不受登录时间和只能使用指定计算机登录的限制。

DefaultAccount：系统管理的用户账户。

Guest（来宾）：供来宾访问计算机或访问域的内置账户。这是为临时访问计算机的用户提供的，该账户自动生成，并且不能被删除，可以更改名字。Guest 只有很少的权限，默认情况下，该账户被禁止使用。例如，当希望局域网中的用户都可以登录到自己的计算机，但又不愿意为每一个用户建立一个账户时，就可以启用 Guest。

WDAGUtilityAccount：系统为 Windows Defender 应用程序防护方案管理和使用的用户。

二、用户组及其作用

1．用户组

有了用户之后，为了简化网络的管理工作，Windows Server 2022 中提供了用户组的概念。用户组就是指具有相同或者相似特性的用户集合，可以把组看作一个班级，用户便是班级里的学生。当要给一批用户分配同一个权限时，就可以将这些用户都归到一个组中，只要给这个组分配此权限，组内的用户就都会拥有此权限。

组是指本地计算机或 Active Directory 中的对象，包括用户、联系人、计算机和其他组。在 Windows Server 2022 中，通过组来管理用户和计算机对共享资源的访问。如果赋予某个组访问某个资源的权限，这个组的用户都会自动拥有该权限。例如，网络部的员工可能需要访问所有与网络相关的资源，这时不用逐个向该部门的员工授予对这些资源的访问权限，而是可以使员工成为网络部的成员，以使用户自动获得该组的权限。如果某个用户日后调往另一部门，只需将该用户从组中删除，所有访问权限即会随之撤销。与逐个撤销对各资源的访问权限相比，该技术比较容易实现。

2. 用户组的作用

一般组用于以下三个方面：

- 管理用户和计算机对共享资源的访问，如网络各项文件、目录和打印队列等；
- 筛选组策略；
- 创建电子邮件分配列表等。

在 Windows Server 2022 中，用组账户来表示组，用户只能通过用户账户登录计算机，不能通过组账户登录计算机。

3. 用户组的分类

1）按作用域分组的用户组

按作用域对用户组进行分类，分别为本地组账户和域中创建组账户。

创建在本地的组账户：可以在 Windows Server 2022 独立服务器或成员服务器、非域控制器的计算机上创建本地组。这些组账户的信息被存储在本地安全账户数据库（SAM）内。本地组只能在本地机使用，它有两种类型：用户创建的组和系统内置的组。

Windows Server 2022 在安装时会自动创建一些组，这种组叫内置组。内置组又分为内置本地组和内置域组，内置域组又分为内置本地域组、内置全局组和内置通用组。此处只讲解内置本地组，其他形式的组将在下一项目中讲解。

内置组创建于 Windows Server 2022 独立服务器或成员服务器、Windows XP、Windows NT 等非域控制器的"本地安全账户数据库"中，这些组在建立的同时就已被赋予一些权限，以便管理计算机，如图 2-2 所示。

Administrators：管理员组，其成员具有对服务器的完全控制权限，可以根据需要向用户指派用户权力和访问控制权限。在系统内有最高权限，拥有赋予权限，添加系统组件，升级系统，配置系统参数，配置安全信息等权限。内置的系统管理员账户（Administrator）是 Administrators 组的成员。如果这台计算机加入域中，域管理员自动加入该组，并且有系统管理员的权限。

Backup Operators：备份操作员组，其成员可备份和还原服务器上的文件。可以忽略文件系统权限进行备份和恢复，可以登录系统和关闭系统，可以备份加密文件。

Cryptographic Operators：已授权此组的成员执行加密操作。

图 2-2　内置组

Distributed COM Users：允许此组的成员在计算机上启动、激活和使用 DCOM 对象。

Event Log Readers：此组的成员可以从本地计算机中读取事件日志。

Guests：按默认值，来宾跟用户组的成员有同等访问权，但来宾账户的限制更多。内置的 Guest 账户是该组的成员。

IIS_IUSRS：这是 Internet 信息服务（IIS）使用的内置组。

Network Configuration Operators：此组中的成员有部分管理权限。

Performance Log Users：此组的成员可以从本地计算机和远程客户端管理计数器、日志和警告，而不用成为 Administrators 组的成员。

Performance Monitor Users：性能监视用户组，其成员可以监视本地计算机的性能。此组的成员可以从本地计算机和远程客户端监视性能计数器，而不用成为 Administrators 组或 Performance Log Users 组的成员。

Remote Desktop Users：远程桌面用户组，其成员可以远程登录服务器，允许通过终端服务登录。

Users：用户组，其成员可以执行大部分普通任务。可以创建本地组，但是只能修改自己创建的本地组。是一般用户所在的组，新建的用户都会自动加入此组，对系统有基本的权力，如运行程序，使用网络，不能关闭 Windows Server 2022，不能创建共享目录和本地打印机。如果这台机器加入域，则域的域用户自动被加入该组的 Users 组。

创建在域的组账户：此账户创建在 Windows Server 2022 的域控制器上，组账户的信息被存储在 Active Directory 数据库中，这些组能够被使用在整个域中的计算机上。

注意：域的组账户管理将在下一项目中讲解。

2）按权限分类的用户组

组分类方法有很多，根据权限不同，组可以分为安全组和分布式组。

安全组：被用来设置权限，例如，可以设置安全组对某个文件有读取的权限。

分布式组：用在与安全（与权限无关）无关的任务上，例如，可以将电子邮件发送给分布式组。系统管理员无法设置分布式组的权限。

3）按作用范围分类的用户组

根据组的作用域范围，Windows Server 2022 域内的组又分为通用组、全局组和本地域组，这些组的特性说明如下。

①通用组：可以指派所有域中的访问权限，以便访问每个域内的资源。具有的特性：可以访问任何一个域内的资源；成员能够包含整个域目录林中任何一个域内的用户、通用组、全局组，但无法包含任何一个域内的本地域组等。

②全局组：主要用来组织用户，即可以将多个即将被赋予相同权限的用户账户加入同一个全局组中。特性：可以访问任何一个域内的资源；成员只能包含与该组相同域中的用户和其他全局组等。

③本地域组：主要被用来指派在其所属域内的访问权限，以便可以访问该域内的资源。特性：只能访问同一域内的资源，无法访问其他不同域内的资源；成员能够包含任何一个域内的用户、通用组、全局组以及同一个域内的域本地组，但无法包含其他域内的域本地组等。

三、创建和管理本地用户

1. 启动"本地用户和组"管理

本地账户是工作在本地机器上的，只有系统管理员才能在本地创建用户。启动本地用户和组的两个基本方法是：

（1）在"开始"→"运行"窗口中输入 lusrmgr.msc 命令，可以直接启动本地用户和组窗口，如图 2-3 和图 2-4 所示。

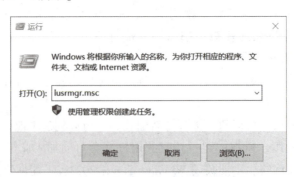

图 2-3　启动"本地用户和组"的命令

（2）选择菜单"开始"→"管理工具"→"计算机管理"→"本地用户和组"，也可以启动"本地用户和组"的管理界面，如图 2-5 所示。

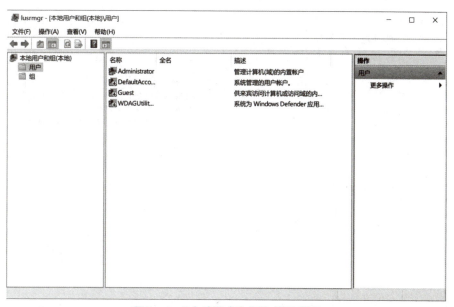

图 2-4 "本地用户和组"管理界面

图 2-5 通过"计算机管理"启动"本地用户和组"管理界面

单击用户这个文件夹式的图标，可以看到 Windows Server 2022 安装时的四个用户：Administrator、DefaultAccount、Guest 和 WDAGUtilityAccount。其中，DefaultAccount、Guest 和 WDAGUtilityAccount 三个用户图标中还有一个向下的箭头，这表示目前该账户处于停用状态，如图 2-6 所示。

2. 创建本地用户（单个）

下面举例说明如何创建单个本地用户，例如在 Windows 独立服务器上创建本地账户"赵一龙"，步骤如下：

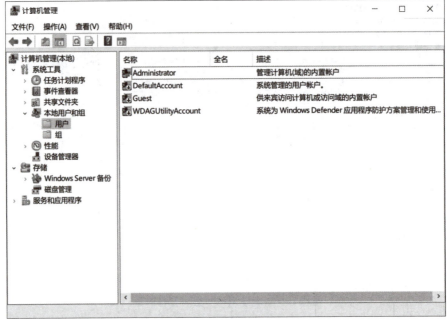

图 2－6　默认用户

（1）启动"本地用户和组"完成后，在窗口中右击"用户"，选择"新用户"命令，如图 2－7 所示。

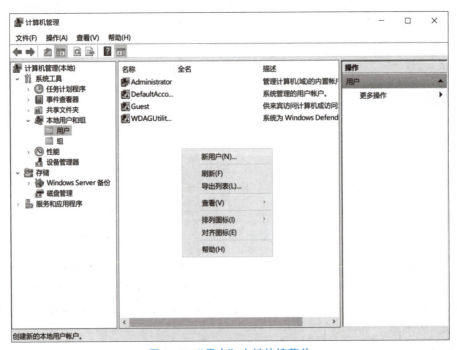

图 2－7　"用户"右键快捷菜单

（2）弹出"新用户"对话框，如图 2－8 所示。

图 2 - 8　"新用户"对话框

新用户窗口各子项解释：

①用户名：系统本地登录时使用的名称。必须要填。建议使用容易识记的汉语拼音全拼或缩写。如果使用汉字，在登录系统时会麻烦一些。

②全名：用户的全称。可以不填。

③描述：关于该用户的说明文字。可以不填。

④密码：用户登录时使用的密码。

⑤确认密码：为防止密码输入错误，需再输入一遍。如果密码不符合系统初始的密码复杂性要求，将弹出错误对话框，如图 2 - 9 所示。如果将"密码必须符合复杂性要求"设定为"已禁用"，提示框将不再出现。

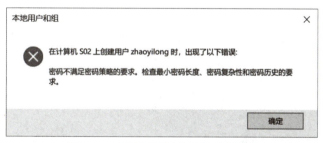

图 2 - 9　密码不满足密码策略的要求

用户可以通过"开始"→"管理工具"→"本地安全策略"→"账户策略"→"密码策略"来查看密码复杂性的要求，如图 2 - 10 所示。

也可以双击"密码必须符合复杂性要求"来禁用该选项。这样，就可以使用简单密码了。如图 2 - 11 和图 2 - 12 所示。

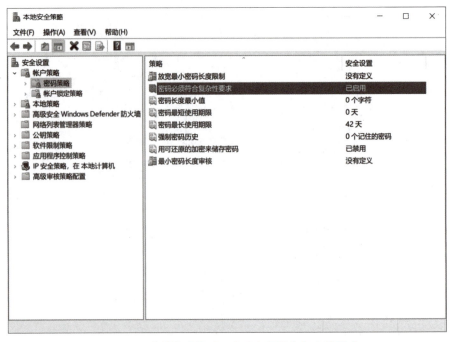

图 2 – 10　本地安全策略 – 密码必须符合复杂性要求

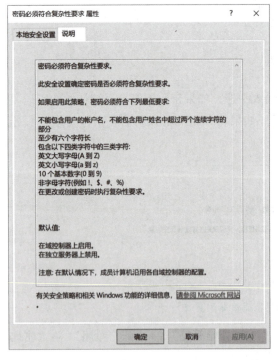

图 2 – 11　密码必须符合复杂性要求　　　　图 2 – 12　禁用"密码必须符合复杂性要求"

⑥用户下次登录时须更改密码：用户首次登录时，使用管理员分配的密码，当用户再次登录时，强制用户更改密码，用户更改后的密码只有自己知道，这样可保证安全使用。

⑦用户不能更改密码：只允许用户使用管理员分配的密码。

⑧密码永不过期：密码默认的有限期为 42 天，超过 42 天系统会提示用户更改密码，选中此项表示系统永远不会提示用户修改密码。

⑨账户已禁用：选中此项表示任何人都无法使用这个账户登录，适用于企业内某员工离职时，防止他人冒用该账户登录。

赵一龙账户信息填写与创建结果如图 2 - 13 和图 2 - 14 所示。

图 2 - 13　创建新用户"赵一龙"账户信息填写

图 2 - 14　完成新用户"zhaoyilong"的创建

3. 创建本地用户（批量）

如果需要一次性批量建立多个账户，例如，为公司"财务部"创建 20 个账户，名称为 caiwu1～caiwu20，密码统一设置为 abc@ 123。此时，可以一个一个创建用户，当然，借助批处理命令完成会更加便捷。批量操作步骤如下：

首先，运行 CMD 命令，打开命令行窗口。

其次，在打开的窗口中输入如下命令：

```
C:\> for /L % a in (1,1,20) do net user caiwu% a abc@ 123 /add
```

通过以上步骤可以实现批量添加用户。

说明：在 Windows 操作系统 CMD 状态下，可以进行批量用户操作，常用操作如下：

（1）批量创建用户。

```
for /L %i in (1,1,10) do net user test%i abc@123 /add
//批量创建用户 test1～test10,密码均为 abc@ 123
```

（2）批量设置用户密码永不过期。

```
For /L %i in (1,1,10) do net user test%i /expires:never
//批量设置用户 test1～test10 密码永不过期,注意:此用户必须存在
```

（3）批量创建用户到指定的用户组内。

```
for /L %i in (1,1,10) do net user test%i abc@123 / add net localgroup "TelnetClients"
test%i /add
```

4. 更改账户

要对已经建立的账户更改登录名，具体的操作步骤为：在"计算机管理"窗口中，选择"本地用户和组"→"用户"命令，在列表中选择并右击该账户，选择"重命名"选项，输入新名字，如图 2－15 和图 2－16 所示。注意由于此名为登录名，如果由原来的"zhaoyilong"改为"yilongzhao"，那么进行系统的再次登录时，必须使用最新的用户名。

5. 查看与设置本地用户属性

新建用户账户后，管理员要对账户做进一步的设置，通过设置账户属性来完成的。本地用户"属性"包括常规、隶属于、配置文件、环境、会话、远程控制、远程桌面服务配置文件与拨入等，如图 2－17 所示。其中，新建用户均默认"隶属于""Users"组，如图 2－18 所示。

6. 删除账户

如果某用户离开公司，为防止其他用户使用该用户账户登录，就要删除该用户的账户，具体的操作步骤为：在"计算机管理"窗口中，选择"本地用户和组"→"用户"命令，在列表中选择并右击该账户，选择"删除"命令；单击"是"按钮，即可删除，如图 2－19 和图 2－20 所示。

图 2 - 15　新用户"赵一龙"重命名

图 2 - 16　完成新用户"zhaoyilong"的重命名

图 2-17 新用户"赵一龙"属性

图 2-18 新用户赵一龙的隶属关系

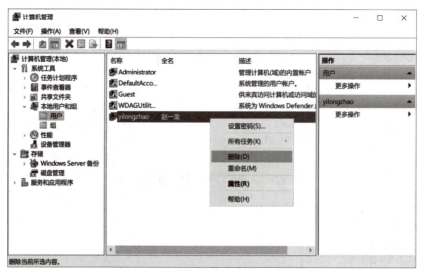

图 2-19 删除用户"yilongzhao"

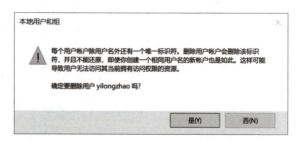

图 2-20 删除用户"yilongzhao"的确认窗口

7. 设置密码

在"本地用户和组"→"用户"列表中选择并右击该账户，选择"设置密码"命令，在弹出的窗口中填写新密码即可，如图2-21和图2-22所示。此时，无须提供旧密码。从某种程度上讲，方便了用户，但也会给系统安全带来不利的影响。

图2-21　选择"设置密码"命令

图2-22　为用户"**yilongzhao**"重设密码窗口

8. 禁用与激活账户

禁用与激活一个本地账户的操作基本相似。在"本地用户和组"→"用户"列表中选择并右击该账户，选择"属性"命令，弹出"属性"对话框，选择"常规"选项卡，选中"账户已禁用"复选框，如图2-23所示，单击"确定"按钮，该账户即被禁用。如果要重新启用某账户，只要取消选中"账户已禁用"复选框即可。

四、创建和管理本地组账户

1. 创建本地组账户

创建本地组账户的用户必须是 Administrators 组或 Account Operators 组的成员，才有权限建立本地组账户并在本地组中添加成员。以创建一个公司领导，名称为"leaders"的本地用户组为例，具体操作步骤如下：

（1）在 S02 服务器上以 Administrator 身份登录，启动"本地用户和组"，右击"组"，选择"新建组"命令。

（2）进入"新建组"对话框，如图 2 – 24 所示，输入组名、组的描述，单击"添加"按钮，可把已有的账户或组添加到该组中，该组的成员会在"成员"列表框中列出。

图 2 – 23　禁用账户"赵一龙"

图 2 – 24　创建用户组

（3）单击"创建"按钮完成创建工作。本地组用背景为计算机的两个人头像表示，如图 2 – 25 所示。

（4）管理本地组操作较简单，在"计算机管理"窗口右部的组列表中，右击选定的组，选择快捷菜单中的相应命令可以删除组、更改组名，或者为组添加或删除组成员。

2. 将用户账户加入组

如果让用户拥有组的权限，可以将该用户加入相应组中。例如，将用户赵一龙（登录名为"yilongzhao"）加入公司管理组（名称为"leaders"）中，具体的操作步骤如下：

（1）在"计算机管理"窗口中，选择"本地用户和组"→"用户"命令，在列表中选择并右击账户"yilongzhao"，弹出"yilongzhao 属性"对话框，选择"隶属于"选项卡。

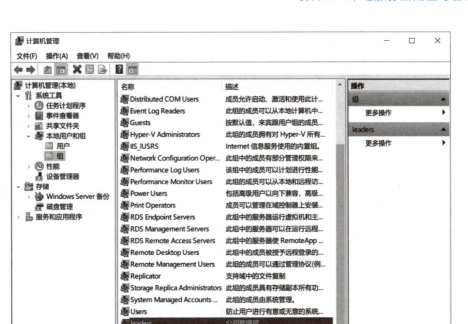

图 2－25　用户组"leaders"创建成功

（2）单击"添加"按钮，弹出"选择组"对话框，如图 2－26 所示，单击"高级（A）…"按钮，在弹出的"选择组"对话框中，单击"立即查找（N）"按钮，然后在查找的结果中双击选择组名"leaders"，如图 2－27 所示，单击"确定"按钮。（注意："leaders"组在上一步已建立好。）

图 2－26　用户加入组－选择组

（3）"leaders"组就加入"隶属于"列表了，单击"确定"按钮即将此账户加入组。

如果将一个用户"隶属于""Administrators"组，该用户就是系统管理员，拥有与用户"Administrator"同样的权限。出于安全考虑，这个 Administrators 组的成员要有一定量的限制。

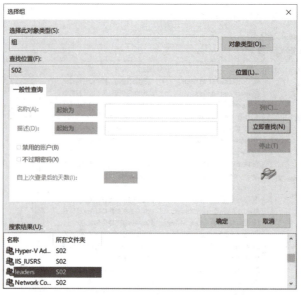

图 2 − 27 选择组 − 立即查找

五、本地安全策略

在创建用户账户的过程中，已使用了本地安全策略，配置了账户密码的复杂度。接下来介绍本地安全策略及应用。

1. 本地安全策略的打开

单击"开始"→"管理工具"→"本地安全策略"选项，即可打开"本地安全策略"对话框，如图 2 − 28 所示。

图 2 − 28 "本地安全策略"对话框

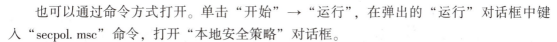

也可以通过命令方式打开。单击"开始"→"运行"，在弹出的"运行"对话框中键入"secpol. msc"命令，打开"本地安全策略"对话框。

2. 本地安全策略的组成

在图 2 –28 所示的"本地安全策略"窗口中，本地安全策略由以下项目组成：账户策略、本地策略、高级安全 Windows Defender 防火墙、网络列表管理器策略、公钥策略、软件限制策略、应用程序控制策略、高级审核策略配置及 IP 安全策略，在本地计算机等。每一策略中又包含许多子项目。

3. 本地安全策略的应用

在这里，只简要介绍几种本地安全策略的设置及应用，其他策略请参照设置并应用到本地服务器安全管理中。

1）账户策略——去掉账户密码复杂性限制

打开"本地安全策略"窗口，如图 2 – 29 所示，在窗口的左边部分选择"账户策略"分支下的"密码策略"，在右边窗口双击"密码必须符合复杂性要求"，在弹出的对话框中选择"已禁用"，然后单击"确定"按钮保存后退出。

图 2 – 29　"本地安全策略"窗口

设置完成后，单击"开始"→"运行"，在弹出的"运行"对话框中输入"gpupdate/force"命令，完成策略的刷新与即时生效即可。

2）本地策略——免除登录时按 Ctrl + Alt + Del 组合键的限制

打开"本地安全策略"窗口，在窗口的左边部分选择"本地策略"分支下的"安全选项"，在右边窗口双击"交互式登录：无须按 Ctrl + Alt + Del"，在弹出的对话框中选择"已启用"，然后单击"确定"按钮保存后退出。交互式登录如图 2 – 30 所示。

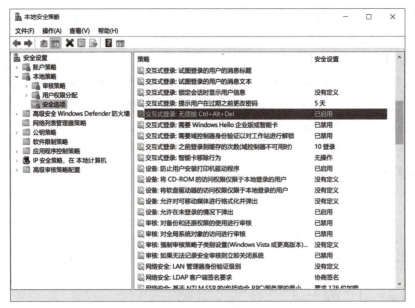

图 2 – 30　交互式登录

设置完成后，单击"开始"→"运行"，在弹出的"运行"对话框中输入"gpupdate /force"命令，完成策略的刷新与即时生效即可。

3）账户策略——账户锁定策略

利用账户锁定策略，可以控制用户登录时输入密码的次数，防止恶意登录情况出现。其设置过程为：打开"本地安全策略"，在窗口的左边部分选择"账户策略"分支下的"账户锁定策略"，在右边窗口双击"账户锁定阈值"，在弹出的对话框中设置账户锁定阈值为3，然后单击"确定"按钮保存后退出，如图 2 – 31 所示。

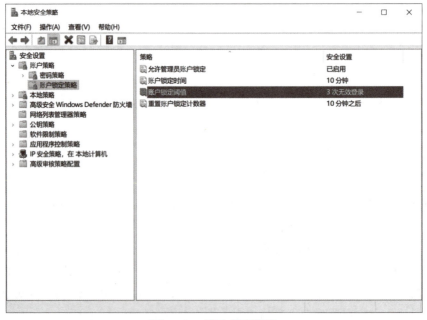

图 2 – 31　账户锁定阈值

设置完成后，单击"开始"→"运行"，在弹出的"运行"对话框中输入"gpupdate /force"命令，完成策略的刷新与即时生效即可。

注意：如果合法的用户账户被锁定，可以通过管理员账户在"本进用户与组"的用户账户管理中进行账户的解锁工作。

本地安全策略的简单应用请扫描图 2-32 所示的二维码观看。

图 2-32 本地安全策略的简单应用

4. 审核策略

Windows Server 2022 系统的审核功能在默认状态下并没有启用，可以针对特定系统事件来启用、配置它们的审核功能，这样该功能才会对相同类型的系统事件进行监视、记录，网络管理员日后只要打开对应系统的日志记录，就能查看到审核功能的监视结果了。审核功能的应用范围很广泛，不但可以对服务器系统中的一些操作行为进行跟踪、监视，而且还能依照服务器系统的运行状态对运行故障进行快速排除。不过，审核功能的启用往往要消耗服务器系统的一些宝贵资源，并会造成服务器系统的运行性能下降，因此，在服务器系统空间资源有限的情况下，建议谨慎使用审核功能，确保该功能只对一些特别重要的操作进行监视、记录。

1）审核策略

打开"本地安全策略"窗口，在窗口的左边部分选择"本地策略"分支下的"审核策略"，如图 2-33 所示，在对应"审核策略"分支选项的右侧显示窗格中显示了 Windows Server 2022 系统包含九项审核策略，也就是说，服务器系统可以允许对九大类操作进行跟踪与记录。

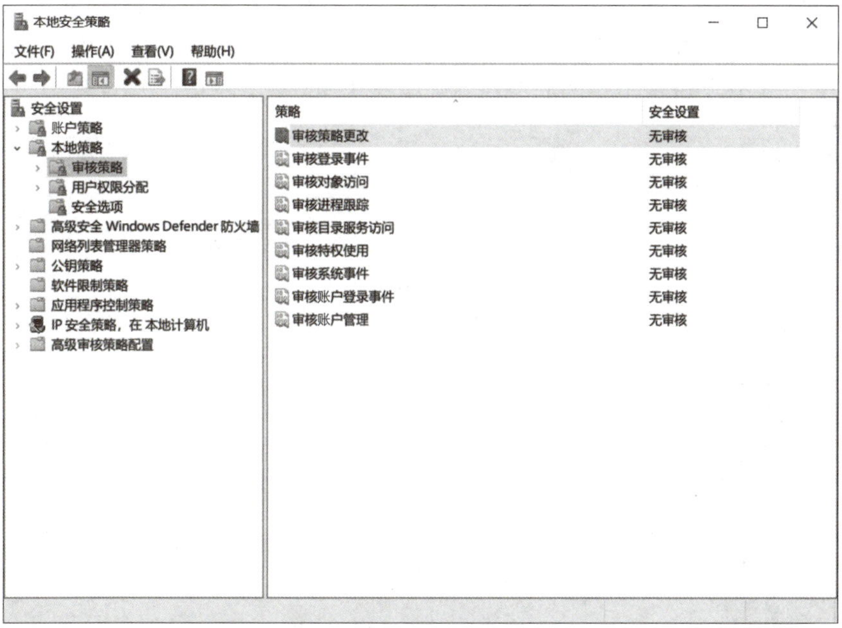

图 2-33 审核策略

审核策略更改：此安全设置确定 OS 是否对尝试更改用户权限分配策略、审核策略、账户策略或信任策略的每一个实例进行审核。

审核登录事件：此安全设置确定 OS 是否对尝试登录此计算机或从中注销的用户的每个

实例进行审核。在已登录用户账户的登录会话终止时，将生成注销事件。如果定义此策略设置，则管理员可以指定是仅审核成功、仅审核失败、同时审核成功和失败还是根本不审核这些事件（即既不审核成功，也不审核失败）。

审核进程跟踪：是专门用来对服务器系统的后台程序运行状态进行跟踪记录的，例如，服务器系统后台突然运行或关闭了什么程序，handle 句柄是否进行了文件复制或系统资源的访问等操作，审核功能都可以对它们进行跟踪、记录，并将监视、记录的内容自动保存到对应系统的日志文件中。

审核账户管理：是专门用来跟踪、监视服务器系统登录账号的修改、删除、添加操作的，任何添加用户账号操作、删除用户账号操作、修改用户账号操作，都会被审核功能自动记录下来。

审核特权使用：是专门用来跟踪、监视用户在服务器系统运行过程中执行除注销操作、登录操作以外的其他特权操作的，任何对服务器系统运行安全有影响的一些特权操作都会被审核功能记录保存到系统的安全日志中，网络管理员根据日志内容就容易找到影响服务器运行安全的一些蛛丝马迹。

启用不同的审核策略，Windows Server 2022 系统就会对不同类型的操作进行跟踪、记录，网络管理员应该依照自己的安全要求以及服务器系统的性能配置，来启用适合自己的审核策略，建议不要盲目地启用所有审核策略，那样审核功能的作用反而得不到充分发挥。

2）高级审核策略

在"本地安全策略"中，还有一个"高级审核策略"分支，如图 2 - 34 所示。高级审核策略配置设置可用于提供对审核策略的详细控制，标识对网络和资源的攻击企图或成功的攻击，并验证与监督关键组织资产的管理规则的遵从性。

图 2 - 34　高级审核策略设置

当使用高级审核策略配置设置时，还必须启用"本地策略"→"安全选项"下的"审核：强制审核策略子类别设置（Windows Vista 或更高版本）可替代审核策略类别设置"策略设置。

3）审核策略的应用

对服务器系统的登录状态进行跟踪、监视，以便确认网络中是否存在非法登录行为。

实现过程：打开"本地安全策略"窗口，在窗口的左边部分选择"本地策略"分支下的"审核策略"，在右边窗口双击"审核登录事件"，在弹出的对话框中选择"成功"和"失败"选项，然后单击"确定"按钮保存后退出，如图2-35所示。

刷新策略后，Windows Server 2022 系统就会自动对本地服务器系统的所有系统登录操作进行跟踪、记录，无论是登录服务器成功的操作还是登录服务器失败的操作，管理员都能通过事件查看器找到对应的操作记录，仔细分析这些登录操作的记录，就能发现本地服务器中是否真的存在非法登录甚至非法入侵行为。

4）账户管理审核，防止非法创建账户

服务器系统在局域网环境中很容易受到攻击，例如，一些木马程序常常会在服务器系统中偷偷创建用户账号，以便窃取服务器系统的超级管理员权限。网络管理员可以利用审核功能来对各种攻击行为进行跟踪监控，可以通过用户账号监控来确定服务器系统中究竟是否存在非法用户账号。

审核账户的过程如下：打开"本地安全策略"窗口，在窗口的左边部分选择"本地策略"分支下的"审核策略"，在右边窗口双击"审核账户管理"，在弹出的对话框中选择"成功"和"失败"选项，然后单击"确定"按钮保存后退出，如图2-36所示。

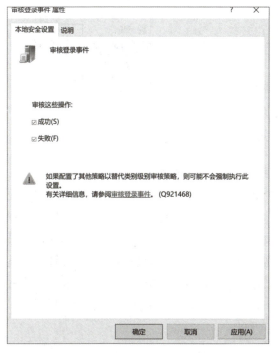

图2-35　审核登录事件　　　　　　　　图2-36　审核账户管理

策略生效后，无论用户账户是创建成功还是创建失败，Windows Server 2022 系统都会自动记录下用户账号创建事件。

5. 事件查看器

事件查看器可以把审核策略的事件进行记录，方便网络管理员查看。依次单击 Windows Server 2022 系统桌面中的"开始"→"管理工具"→"事件查看器"，打开对应系统的事件查看器控制台窗口。在该控制台窗口的左侧区域依次单击"Windows 日志"→"安全"子项，再从"安全"子项下面找到创建用户账号事件。如果找不到该事件内容，还需要采用手工方法随意在服务器系统中创建一个用户账号，这样用户账号创建事件就会出现在事件查看器中，如图 2 –37 所示。

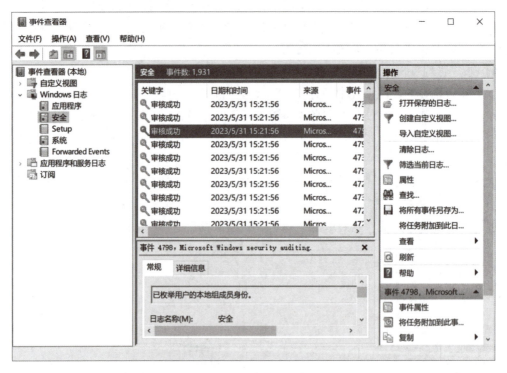

图 2 –37　事件查看器

为了把用户账号创建事件内容自动通知给网络管理员，还需要针对该事件附加执行自动报警的任务计划。在附加自动报警任务时，先用鼠标右击用户账号创建事件，从弹出的快捷菜单中执行"将任务附加到此事件"。在出现的"创建基本任务向导"中，按系统提示设置即可，如图 2 –38 所示。本例显示了向导中"操作"的设置，如图 2 –39 所示，其他按向导提示完成。当设置完成后，如果有用户账户创建，则会自动按操作设置启动程序，管理员就能在第一时间采取措施来解决相关问题，从而保障 Windows Server 2022 服务器系统不受非法攻击。

审核策略的应用请扫描图 2 –40 所示的二维码观看。

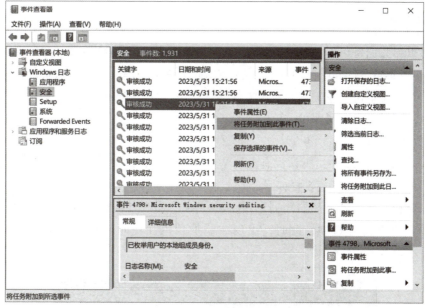

图 2-38 将任务附加到此事件

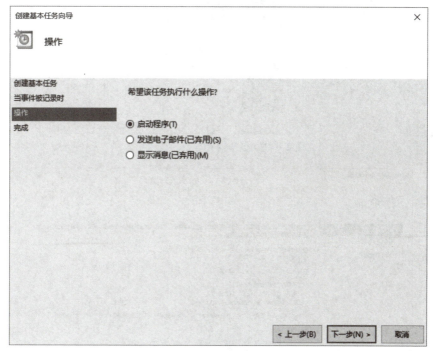

图 2-39 创建基本任务向导

图 2-40 审核策略的应用

六、Windows Server 备份

为了将重要数据备份到本地或联机位置，Windows Server 2022 提供了 Windows Server 备份（Windows Server Backup，WSB）工具。使用此工具，管理员不仅可以备份各种数据，还可以设置定时自动备份。该工具的使用方法非常简单，打开 Windows Server Backup，然后按照操作提示，选择备份时间即可。

1. 安装 Windows Server 备份

Windows Server 2022 中，默认没有安装 Windows Server 备份工具，用户需要安装后使用。Windows Server 备份工具安装过程如下。

首先，启动"服务器管理器"，打开仪表板界面，如图 2 – 41 所示。在右侧窗格中，单击"添加角色和功能"选项。此时，出现"添加角色和功能向导 – 开始之前"窗口，如图 2 – 42 所示。

图 2 – 41　服务器管理器 – 仪表板

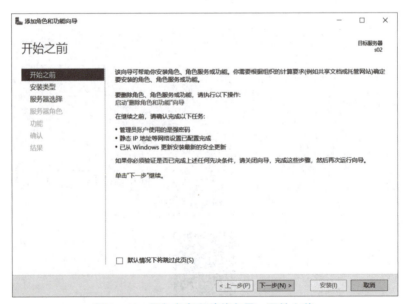

图 2 – 42　添加角色和功能向导 – 开始之前

在"添加角色和功能向导 – 开始之前"窗口中，介绍了安装前的一些先决条件准备工作，如果符合安装条件，单击"下一步"按钮，进入如图 2 – 43 所示的"添加角色和功能向导 – 安装类型"窗口。

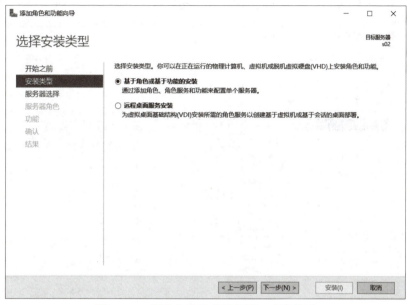

图 2 – 43　添加角色和功能向导 – 安装类型

在"添加角色和功能向导 – 安装类型"窗口中，选择安装类型，用户可以在正在运行的物理计算机、虚拟机或脱机虚拟硬盘（VHD）上安装角色和功能。此处，选择"基于角色或基于功能的安装"。单击"下一步"按钮，进入如图 2 – 44 所示的"添加角色和功能向导 – 选择目标服务器"窗口。

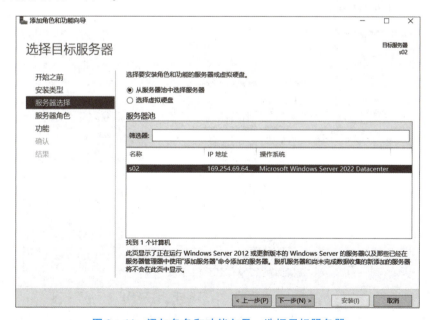

图 2 – 44　添加角色和功能向导 – 选择目标服务器

在此窗口中，选择"从服务器池中选择服务器"，在此，选择 S02 这台服务器，选择完成后，单击"下一步"按钮。

弹出如图 2−45 所示的"添加角色和功能向导−选择服务器角色"窗口。在此窗口中，显示服务器上可安装和已安装的角色。在此，直接单击"下一步"按钮。

图 2−45　添加角色和功能向导−选择服务器角色

弹出如图 2−46 所示的"添加角色和功能向导−选择功能"窗口。在此窗口中，勾选"Windows Server 备份"，然后单击"下一步"按钮。弹出如图 2−47 所示的"添加角色和功能向导−确认安装所选内容"窗口。在此窗口中，单击"安装"按钮，安装向导即可完成 Windows Server 备份工具的安装。

图 2−46　添加角色和功能向导−选择功能

图 2 – 47　添加角色和功能向导 – 确认安装

2. Windows Server 备份

Windows Server 备份工具安装完成后，打开"服务器管理器"窗口，在"工具"菜单中单击"Windows Server 备份"，可以打开如图 2 – 48 所示的"Windows Server 备份"工具。

图 2 – 48　"Windows Server 备份"工具

在"Windows Server 备份"窗口中，可以通过"操作"窗格中的"备份计划""一次性备份"等操作，按相应向导提示完成服务器系统备份工作。也可以通过"恢复"操作实现系统还原操作。

特别说明：可结合 Windows Server 2022 中的"任务计划"，实现更灵活的系统备份操作。

详细"Windows Server 备份"操作请扫描如图 2 – 49 所示的二维码在线观看。

图 2－49　Windows Server 备份操作

【任务实施】

本任务的实施按如图 2－50 所示步骤进行。

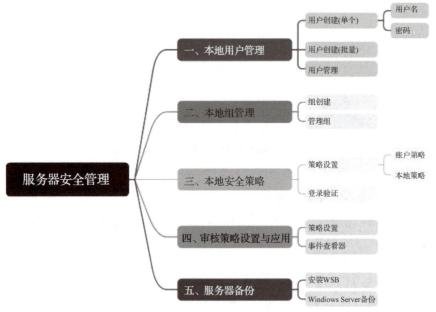

图 2－50　本任务操作步骤

【任务工单】

请扫描如图 2－51 所示的二维码下载任务工单，按工作要求与步骤记录并完成工作任务。

图 2－51　任务工单 2－1

【素养课堂】

2023 年，国家网络安全宣传周于 9 月 11—17 日在全国范围内统一开展，以"网络安全为人民，网络安全靠人民"为主题，突出为民宗旨，聚焦人民群众高度关注的关键信息基础设施防护、个人信息保护、数据安全治理、电信网络诈骗、青少年网络保护等问题，针对性地开展宣传活动，推动全社会网络安全意识和技能的提升。

作为计算机网络技术等专业的学生，在专业技能学习与训练中，牢固树立遵纪守法意识，更加注重网络安全，结合我们所学习的有关服务器安全的相关配置与管理，掌握专业技能，提升个人网络安全防护水平及网络安全运维能力。

【任务总结】

Windows Server 2022 通过建立账户（包括用户账户和组账户）并赋予账户适合的权限，

保证使用网络和计算机资源的合法性，以确保数据访问、存储和交换服从安全需要。如果是单纯的工作组模式的网络，需要使用"计算机管理"工具来管理本地用户和组；如果是域模式的网络，则需要通过"Active Directory管理中心"和"Active Directory用户和计算机"工具管理整个域环境中的用户和组，这部分内容将在后续项目中进行介绍。

本地安全策略内容非常丰富，可以灵活控制用户账户和计算机账户的工作环境，便于管理员进行操作系统、应用程序和用户的集中化管理与配置。驻留在单台计算机上的组策略对象仅适用于该台计算机。如果要应用一个策略到一个计算机组，则该策略需要依赖于活动目录进行分发，从而使该策略可以在一个域中的计算机中都起效。

任务2 磁盘管理

【任务描述】

你作为一名网络管理员，为确保公司服务器数据存储安全，提高存储效率，需要对服务器进行磁盘管理。详细工作任务要求如下：

在如图2-52所示的网络拓扑中，对S02服务器进行磁盘管理。

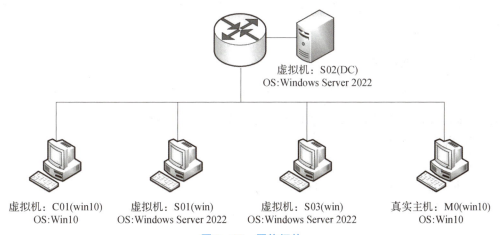

图2-52 网络拓扑

（1）为此虚拟主机添加4块新的硬盘，容量均为5 GB。

（2）建立跨区卷，盘符为F，大小为4 GB，由两块磁盘空间组成，其中，磁盘1空间为3 GB、磁盘2空间为1 GB。

（3）建立带区卷，盘符为G，名称为RAID0，大小为6 GB，由三块磁盘空间组成，其中，磁盘1空间为2 GB、磁盘2空间为2 GB，磁盘3空间为2 GB。

（4）建立镜像卷，盘符为H，名称为RAID1，由两块磁盘空间组成，其中，磁盘2空间为2 GB、磁盘3空间为2 GB。

（5）创建RAID-5卷，盘符为I，由三块磁盘空间组成，其中，磁盘2空间为1 GB、磁盘3空间为1 GB，磁盘4空间为1 GB。

（6）手动测试破坏一块磁盘（磁盘3），做 RAID5 磁盘修复。

【任务分析】

Windows Server 2022 中，磁盘分为基本磁盘与动态磁盘，每个磁盘上有相应的分区，网络管理员通过对本地服务器磁盘的有效管理，通过设置权限、共享、数据读写等操作，可以达到管理要求，提高管理效率。

【知识准备】

一、磁盘分区

基本磁盘用于存储文件之前，必须被划分成分区。分区是能够存放一个或更多卷的物理磁盘区域，这取决于这个分区是主分区还是扩展分区。

主分区可用来启动操作系统，又称基本分区。它可以存储引导扇区，引导扇区在启动操作系统时使用。当然，要让主分区成为可启动的，必须将它指定为活动的，并且在该分区上安装合适的操作系统启动文件。每个主分区都可以被赋予一个驱动器号（盘符）。

扩展分区无法用来启动操作系统，只可以被用来存储文件。扩展分区可以包含多个逻辑分区（逻辑驱动器）。扩展分区本身不能被赋予一个驱动器号（盘符），而位于扩展分区之中的逻辑分区可以被赋予一个驱动器号（盘符）。

二、基本磁盘与动态磁盘

在 Windows 系统中，磁盘分为基本磁盘和动态磁盘两种类型。所有磁盘一开始都是基本磁盘。基本磁盘带有数据结构，一方面便于操作系统识别该磁盘，另一方面存储一个磁盘签名，以唯一标识该磁盘。

1. 基本磁盘

一块基本磁盘只能包含 4 个分区，它们是最多 3 个主分区和 1 个扩展分区，扩展分区可以包含数个逻辑盘。动态磁盘没有卷数量的限制，只要磁盘空间允许，可以在动态磁盘中任意建立卷。

2. 动态磁盘

动态磁盘是从 Windows 2000 时代开始的新特性，相比于基本磁盘，它提供更加灵活的管理和使用特性。用户可以在动态磁盘上实现数据的容错、高速的读写操作、相对随意的修改卷大小等操作，这些操作不能在基本磁盘上实现。

3. 两者区别

在基本磁盘中，分区是不可跨越磁盘的。然而，通过使用动态磁盘，可以将数块磁盘中的空余磁盘空间扩展到同一个卷中来增大卷的容量。

基本磁盘的读写速度由硬件决定，不可能在不额外消费的情况下提升磁盘效率。可以在动态磁盘上创建带区卷来同时对多块磁盘进行读写，显著提升磁盘效率。

基本磁盘不可容错，如果没有及时备份而遭遇磁盘失败，会有极大的损失。用户可以在动态磁盘上创建镜像卷，所有内容自动实时被镜像到镜像磁盘中，即使遇到磁盘失败，也不必担心数据损失了。还可以在动态磁盘上创建带有奇偶校验的带区卷，来保证提高性能的同时，为磁盘添加容错性。

4. 基本卷

基本磁盘上的主分区和逻辑驱动器称为基本卷。当使用基本磁盘时，只能创建基本卷。基本卷由单个磁盘的连续区域构成，是可以被独立格式化的磁盘区域。

可以向现有的主分区和逻辑驱动器添加更多空间，方法是在同一磁盘上将原有的主分区和逻辑驱动器扩展到邻近的连续未分配空间。要扩展的基本卷，必须是使用 NTFS 文件系统格式化的。可以在包含连续可用空间的扩展分区内扩展逻辑驱动器。如果要扩展的逻辑驱动器大小超过了扩展分区内的可用空间大小，只要存在足够的连续未分配空间，扩展分区就会增大，直到能够包含逻辑驱动器的大小。

三、动态磁盘

动态磁盘在日常的管理、服务器的性能和容错方面都能更好地为用户管理本地服务器服务，下面介绍如何由基本磁盘升级到动态磁盘，并详述其各种特性。

1. 基本磁盘升级到动态磁盘

在"计算机管理"控制台中，可以对磁盘进行相应管理，将基本磁盘升级到动态磁盘。详细过程如下：

依次单击"开始"→"管理工具"，选择并双击"计算机管理"，打开计算机管理控制台。在控制台左侧分支中，依次展开"存储"→"磁盘管理"，可以显示当前本地服务器所管理的磁盘情况，如图 2 - 53 所示。

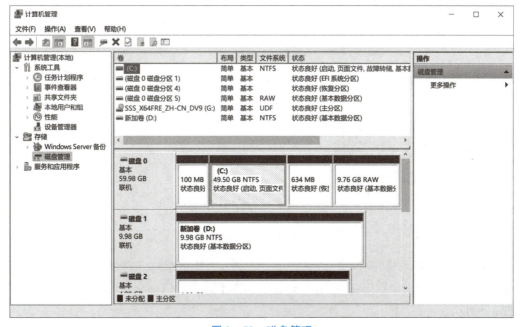

图 2 - 53　磁盘管理

　　在"计算机管理"中，单击"磁盘管理"，右击想升级到动态磁盘的基本磁盘名称，并选择"转换到动态磁盘"，如图 2 – 54 所示。在"转换为动态磁盘"对话框中选择想升级到动态磁盘的磁盘，如图 2 – 55 所示，在此，选择"磁盘 1"。如果想升级的磁盘中包含启动、系统分区或使用中的页面文件，需要重新启动计算机来完成升级过程。在升级之前，建议备份要升级的磁盘中的所有文件，虽然正常的升级过程不会损坏任何文件，但是当转换过程中出现问题时，备份就很有用了。

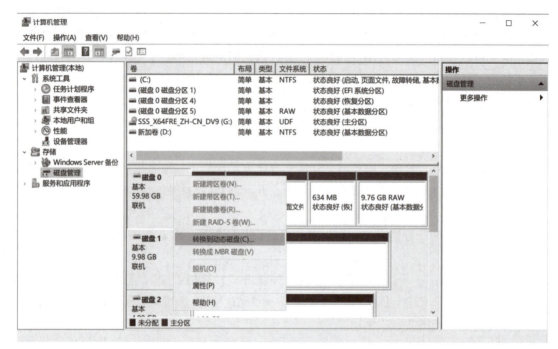

图 2 – 54　转换到动态磁盘

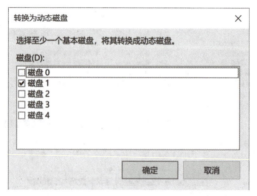

图 2 – 55　选择磁盘

　　升级完成后，原系统、启动分区和主分区将成为"简单卷"；原扩展分区中的逻辑盘将成为"简单卷"，而空余空间将成为"未分配的空间"，如图 2 – 56 所示，磁盘 1 由基本磁盘已转换为动态磁盘。

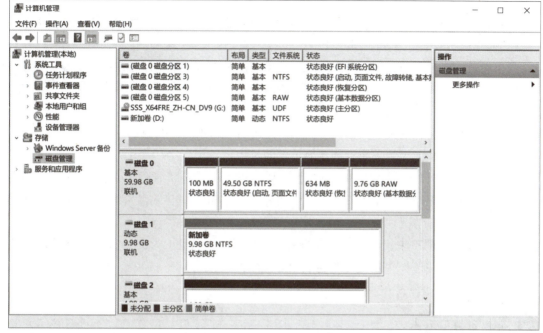

图 2 – 56　基本磁盘转换为动态磁盘

　　将动态磁盘转为基本磁盘的方法为：在动态磁盘上右击，选择"转换成基本磁盘"即可，如图 2 – 57 所示。注意，一旦磁盘被升级成动态磁盘，如果需要回转成基本磁盘，全部数据将会丢失。

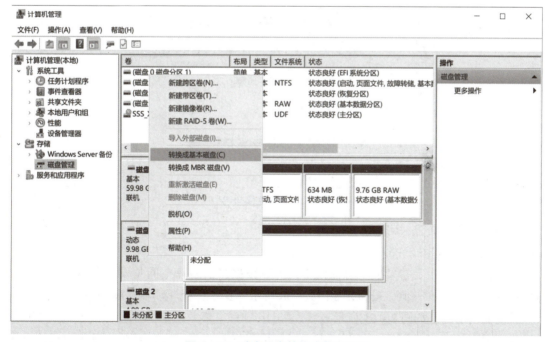

图 2 – 57　动态磁盘转换成基本磁盘

2. 动态磁盘分类和管理

动态磁盘分为 5 种卷类型，分别为简单卷、跨区卷、带区卷、镜像卷、RAID-5 卷。

1）简单卷

简单卷是构成单个动态磁盘空间的卷。它可以由磁盘上的单个区域或同一磁盘上连接在一起的多个区域组成，可以在同一磁盘内扩展简单卷。它与基本磁盘的分区较相似，但是它没有空间的限制以及数量的限制。当简单卷的空间不够用时，用户可以通过扩展卷来扩充其空间，而这丝毫不会影响其中的数据。简单卷适合希望增加分区数量的用户使用。

接下来，以磁盘 1 为例来演示创建简单卷的过程：

①依次单击"开始"→"管理工具"，选择并双击"计算机管理"，打开计算机管理控制台。在计算机管理控制台左侧分支中，依次展开"存储"→"磁盘管理"，显示当前本地服务器所管理的磁盘情况。

②在"磁盘管理"中，在要创建卷的磁盘上（以动态磁盘 1 为例）右击未分配的空间，在弹出的快捷菜单中选择"新建简单卷"，如图 2-58 所示。

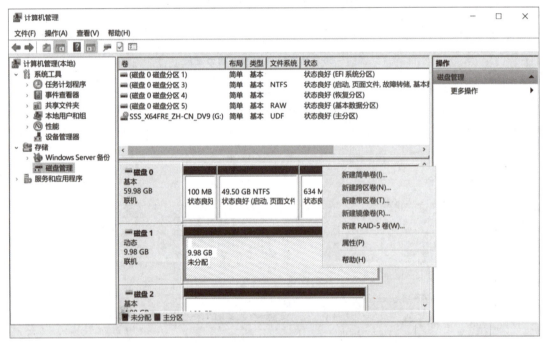

图 2-58　新建简单卷

③弹出"新建简单卷向导"对话框，对话框中提示：简单卷只能在单一磁盘上。单击"下一步"按钮，如图 2-59 所示。

④在弹出的"指定卷大小"对话框中，可以根据当前磁盘空间量设置简单卷大小。设置完成后，单击"下一步"按钮，如图 2-60 所示。在"分配驱动器号和路径"对话框中，可以设置驱动器号，如图 2-61 所示。

⑤在弹出的"格式化分区"对话框中，可以设置新建卷的文件系统。设置完成后，单击"下一步"按钮，如图 2-62 所示。

图2-59　新建简单卷向导

图2-60　指定卷大小

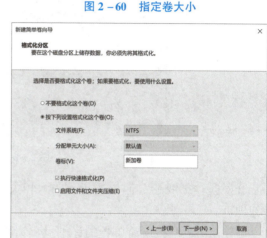

图2-61　分配驱动器号和路径

图2-62　格式化分区

⑥在弹出的"正在完成新建简单卷向导"对话框中，对创建简单卷工作进行了总结，如果重新设置，可以单击"上一步"按钮进行更改。单击"完成"按钮，完成简单卷的创建，如图2-63所示。

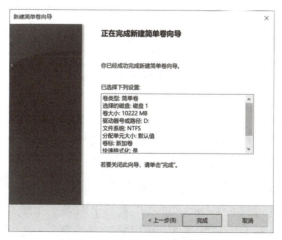

图2-63　新建简单卷向导完成

扩展简单卷的方法：

①打开"磁盘管理"，右击想扩展的简单卷，并选择"扩展卷"，如图 2–64 所示。

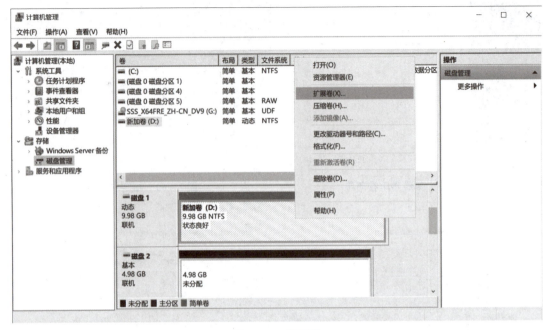

图 2–64　扩展卷

②根据"扩展卷"向导的指导输入相关信息，并单击"完成"按钮即可。

新建简单卷与扩展简单卷的详细过程请扫描图 2–65 所示的二维码观看。

图 2–65　新建简单卷与扩展简单卷

2）跨区卷

跨区卷是指多个位于不同磁盘的未分配空间所组合成的一个逻辑卷。可将多个磁盘内的多个未分配空间合并成一个跨区卷，并赋予一个共同的驱动器号。

一个跨区卷是将多个磁盘（至少 2 个，最多 32 个）上的未分配空间合成一个逻辑卷，向跨区卷中存储数据信息的顺序是存满第一块磁盘再逐渐向后面的磁盘中存储。通过创建跨区卷，用户可以将多块物理磁盘中的空余空间分配成同一个卷，充分利用资源。但是，跨区卷并不能提高性能或容错。简单卷和跨区卷都不属于 RAID 范畴。跨区卷适合希望扩充分区（卷）容量的用户。

跨区卷具有以下特性。

- 跨区卷必须由 2 个或 2 个以上物理磁盘上的存储空间组成。
- 组成跨区卷的每个成员，其容量大小可以不相同。
- 组成跨区卷的成员中，不可以包含系统卷与活动卷。
- 将数据存储到跨区卷时，是先存储到其成员中的第 1 个磁盘内，待其空间用尽时，才会将数据存储到第 2 个磁盘，依此类推。所以它不具备提高磁盘访问效率的功能。

接下来，以磁盘2和磁盘3为例来演示创建跨区卷的过程：

①依次单击"开始"→"管理工具"，选择并双击打开"计算机管理"，打开计算机管理控制台。在计算机管理控制台左侧分支中，依次展开"存储"→"磁盘管理"，显示当前本地服务器所管理的磁盘情况。

②在"磁盘管理"中，在要创建跨区卷的磁盘（本例选磁盘2）上右击未分配的空间，在弹出的快捷菜单上选择"新建跨区卷"。

③在弹出的"新建跨区卷向导"对话框中可创建。

如果在创建跨区卷之前未将基本磁盘升级为动态磁盘，系统会提示转换，但要注意，此时原磁盘中的数据将会丢失。

扩展跨区卷的方法：

①打开"磁盘管理"，右击想扩展的跨区卷，并选择"扩展卷"。

②根据"扩展卷"向导的指导输入相关信息，并完成即可。

跨区卷被视为一个整体，无法独立使用其中任何一个成员，除非将整个跨区卷删除。可以将未分配空间合并到跨区卷中，也就是扩展跨区卷的空间，以便扩大其容量。只有NTFS格式的跨区卷才可以被扩展。还可以通过压缩卷来缩小跨区卷的空间。

新建跨区卷与扩展卷的详细过程请扫描图2-66所示的二维码观看。

图2-66 新建跨区卷与扩展卷

3）带区卷

带区卷又称条带卷RAID0，是由2个或多个磁盘中的相同大小的空余空间组成的卷（最多32块磁盘）。在向带区卷中写入数据时，数据被分割成64 KB的数据块，然后同时向阵列中的每一块磁盘写入不同的数据块。带区卷提供最好的磁盘访问性能，提高了磁盘效率和性能，但是，带区卷不能被扩展或镜像，带区卷不提供容错性。带区卷可以看作硬件RAID中的RAID0。带区卷适合希望提高硬盘读写速度的用户。

下面以磁盘2、磁盘3上创建总大小为3 GB的带区卷为例来演示创建带区卷的方法。

①依次单击"开始"→"管理工具"，选择并双击"计算机管理"，打开计算机管理控制台。在计算机管理控制台左侧分支中，依次展开"存储"→"磁盘管理"，显示当前本地服务器所管理的磁盘情况。

②在"磁盘管理"中，在要创建带区卷的磁盘（磁盘2）上右击未分配的空间，在弹出的快捷菜单上选择"新建带区卷"，在弹出的"新建带区卷向导"对话框中按向导提示完成创建。

如果在创建跨区卷之前未将基本磁盘升级为动态磁盘，系统会提示首先转换磁盘，但要注意，此时原磁盘中的数据将会丢失。

图2-67 新建带区卷

创建带区卷的详细过程请扫描图2-67所示的二维码观看。

4）镜像卷

镜像卷（Mirrored Volume）又称RAID1技术，是将两个磁盘上相同尺寸的空间建立为镜像，有容错功能，但空间利用率只有50%，实现成本相对较高。可以很简单地解释镜像卷为一个带有一份完全相同的副本的简单卷，它需要两块磁盘：一块存储运作中的数据；另一块存储完全一样的那份副本，当一块磁盘失败时，另一块磁盘可以立即使用，避免了数据丢失。镜像卷提供了容错性，但是它不提供性能的优化。镜像卷可以看作硬件 RAID 中的 RAID1。镜像卷适合服务器用户在管理磁盘中应用。

创建镜像卷的方法：

①首先确保计算机包含两块磁盘，其中一块作为另一块的副本。

②依次单击"开始"→"管理工具"，选择并双击"计算机管理"，打开计算机管理控制台。在计算机管理控制台左侧分支中，依次展开"存储"→"磁盘管理"，显示当前本地服务器所管理的磁盘情况。

③在"磁盘管理"中，在要创建镜像卷的第一块磁盘上右击未分配的空间，在弹出的快捷菜单中选择"新建镜像卷"。

图 2 – 68　创建镜像卷

④在出现的"创建镜像卷向导"对话框中，按照向导的指引完成镜像卷的创建。注意，创建过程中，选择的两块磁盘大小应一致。

创建镜像卷的详细操作请扫描图 2 – 68 所示的二维码观看。

5）RAID – 5 卷

所谓 RAID – 5 卷，就是含有奇偶校验值的带区卷，采用 RAID – 5 技术，每个独立磁盘进行条带化分割、条带区奇偶校验，校验数据平均分布在每块硬盘上。其容错性能好，应用广泛，RAID – 5 卷至少包含 3 块磁盘，最多 32 块。RAID – 5 卷可用容量为（n – 1）/n 的总磁盘容量（n 为磁盘数）。阵列中，任意一块磁盘失败时，都可以由另两块磁盘中的信息做运算，并将失败的磁盘中的数据恢复，平均实现成本低于镜像卷。类似于硬件 RAID 中的 RAID – 5，在硬件 IDE RAID 中，RAID – 5 是很少见的，通常在 SCSI RAID 卡和高档 IDE RAID 卡中才能提供，普通 IDE RAID 卡仅提供 RAID0、RAID1 和 RAID0 + 1。RAID – 5 卷适合服务器用户在管理磁盘中应用。

创建 RAID – 5 卷的方法：

①确保计算机中包含 3 块或以上磁盘。

②依次单击"开始"→"管理工具"，选择并双击"计算机管理"，打开计算机管理控制台。在计算机管理控制台左侧分支中，依次展开"存储"→"磁盘管理"，显示当前本地服务器所管理的磁盘情况。

③在"磁盘管理"中，在要创建 RAID – 5 卷的第一块磁盘上右击未分配的空间，在弹出的快捷菜单中选择"新建 RAID – 5 卷"。

图 2 – 69　新建 RAID – 5 卷

④在出现的创建 RAID – 5 卷向导上，按照向导的指引完成 RAID – 5 卷的创建。

创建 RAID – 5 卷的详细操作请扫描图 2 – 69 所示的二维码观看。

【任务实施】

本任务通过图 2 – 70 所示步骤实现。

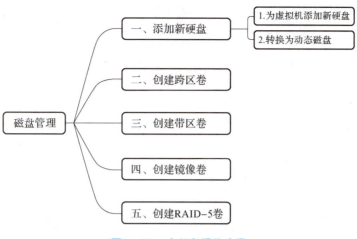

图 2-70　本任务操作步骤

【任务工单】

具体操作可按任务工单要求实施。请扫描图 2-71 所示的二维码下载任务工单，按工作要求与步骤记录并完成工作任务。

图 2-71　任务工单 2-2

【任务总结】

Windows Server 2022 的存储管理无论是技术上还是功能上，都比以前的版本有很大改进和提高，磁盘管理提供了更好的管理界面和性能。掌握基本磁盘和动态磁盘的配置与管理，是对一个网络管理员最基本的要求。

任务 3　赛场练兵

【任务描述】

你作为一个微软高级认证的技术工程师，被指派去构建一个公司的内部网络，要为员工提供便捷、安全稳定的内外网络服务。你必须在规定的时间内完成要求的任务，并进行充分的测试，确保设备和应用正常运行。任务所有规划都基于 Windows 操作系统，请根据网络拓扑、基本配置信息和服务需求完成网络服务安装与测试，确保设备和应用正常运行。

1. 拓扑图

构建 ChinaSkills.cn 的网络服务环境，如图 2-72 所示。

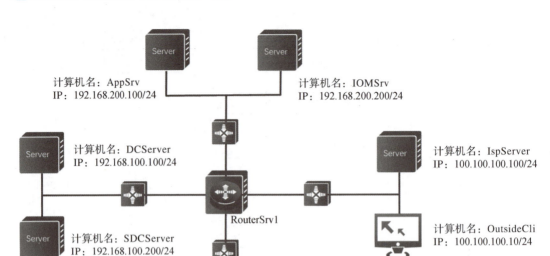

图 2-72　网络拓扑

2. 网络地址规划

服务器和客户端基本配置见表 2-2。

表 2-2　服务器和客户端基本配置

主机名	所在域	网络地址	DNS	网关
DCServer	chinaskills. com	192. 168. 100. 100/24	127. 0. 0. 1	192. 168. 100. 254
SDCServer	chinaskills. com	192. 168. 100. 200/24	127. 0. 0. 1	192. 168. 100. 254
AppSrv	chinaskills. com	192. 168. 200. 100/24	192. 168. 100. 100 192. 168. 100. 200	192. 168. 200. 254
RouterSrv1	chinaskills. com	192. 168. 100. 254/24 192. 168. 0. 254/24 192. 168. 200. 254/24 100. 100. 100. 251/24	192. 168. 100. 100	无
IspSrv	保持工作组状态	100. 100. 100. 100/24	127. 0. 0. 1	无
InsideCli	chinaskills. com	192. 168. 0. 1/24 （dhcp）	192. 168. 100. 100 192. 168. 100. 200	192. 168. 0. 254
OutsideCli	保持工作组状态	100. 100. 100. 10/24	100. 100. 100. 100	100. 100. 100. 254

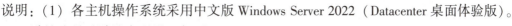

说明：（1）各主机操作系统采用中文版 Windows Server 2022（Datacenter 桌面体验版）。

（2）默认账号及默认密码设置如下：

Username：Administrator

Password：ChinaSkills23

Username：demo

Password：ChinaSkills23

注：若非特别指定，所有账号的密码均为 ChinaSkills23。

3. Windows 项目任务清单

1）系统基础环境配置

请根据提供的基础信息，配置服务器的主机名、IP 地址，创建要求的用户名及密码。

2）DCServer 服务器配置工作任务

①配置 Windows 防火墙，仅允许配置的服务通过防火墙；禁止 ICMP 回显请求。

②每天 23:30 自动将系统盘数据备份到本地的 D 盘根目录。

3）AppSrv 服务器磁盘配置工作任务

①添加 2 块 4 GB 磁盘。

②配置系统软 RAID；在服务器上创建一个 RAID1 阵列。

③格式化该磁盘，挂载为 I 盘，名称为 RAID1。

4）SDCServer 服务器磁盘配置工作任务

①在安装好的 SDCServer 虚拟机中添加 3 块 10 GB 虚拟磁盘。

②组成 RAID – 5，磁盘分区命名为卷标 F 盘：RAID – 5。

③手动测试破坏一块磁盘，做 RAID 磁盘修复；确认 RAID – 5 配置完毕。

【任务工单】

具体操作可按任务工单要求实施。请扫描图 2 – 73 所示的二维码下载任务工单，按工作要求与步骤记录并完成工作任务。

图 2 – 73   任务工单 2 – 3

【任务总结】

此项任务为国赛赛场模拟真实网络环境场景构建，本任务通过虚拟软件平台 VMware 实现了虚拟网络环境的搭建，构建了各种服务器，实现相关服务器安全配置及磁盘配置。详细任务完成过程可登录"智慧职教"本课程在线课程观看与学习，任务工单可在线下载。

项 目 三

域服务配置与应用

目前，慧心科技有限公司已经迈入了发展的快车道，专门成立了网络信息管理部门。为此，公司领导提出了一些网络管理方面的要求，希望网管部门完成以下项目任务：

如图 3-1 所示，要求建立统一的网络管理规划，出于统一管理及网络安全角度考虑，要求所有员工所使用的办公设备如计算机、打印机以及日常办公事务统一在公司域环境管理之下。

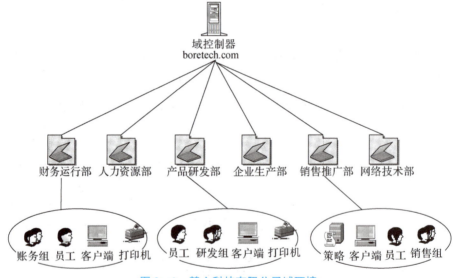

图 3-1   慧心科技有限公司域环境

【证书考点与赛项目标】

（1）遵守健康及安全标准，快速理解规则及掌握规章。

（2）具备网络规划与设计能力。

（3）具备根据优先顺序表定期制订计划、重新修订计划及多任务组织能力。

（4）能依据设计图要求组建小型网络，配置和管理应用服务器。

（5）以项目团队成员的身份与同伴有效合作，并把工作效率和学习能力发挥到最大。

【知识目标与技能目标】

（1）理解活动目录，掌握域、域树、域林、信任关系等重要概念。

（2）熟悉域控制器在网络中的作用，了解活动目录的结构、计算机角色等内容。

（3）掌握安装活动目录的过程，掌握 OU、用户等的创建与管理。

（4）掌握组策略在活动目录中的设置与应用。

（5）具备中小型企业域网络规划、设计、实施的能力。

（6）具备域网络组建、管理的基本能力。

【素养目标】

（1）培养尊重宽容、团结友善、推己及人的优良品质。

（2）培养沟通力、抗压力、6S 规范等职业素质。

（3）培养精益求精的工匠精神，并融入专业技能训练的过程中。

（4）通过实践基于真实企业网络应用场景、基于真实工作流程，将劳动实践与专业技能相融合，强化劳动意识。

（5）树立网络安全法治意识，自觉依法进行网络信息技术活动。

【需求分析】

域是计算机网络的一种形式，其中所有用户账户、计算机、打印机和其他安全主体都在位于域控制器的一个或多个中央计算机集群上的中央数据库中注册，身份验证在域控制器上进行。通过使用域，可以将网络中的多台计算机在逻辑上组织到一起，对网络资源进行集中管理，让用户可以更便捷地去访问网络资源，从而大大降低网络管理成本。为实现企业内部网络管理环境，可以利用 Windows Server 2022 提供的域服务进行相应的网络管理。

【方案设计】

依据慧心科技有限公司的现有的网络规划及各部门情况，在网络管理中，搭建一个域服务器（域控制器），作为网络管理的核心。在"域"模式下，域控制器负责每一台联入网络的电脑和用户的验证工作，相当于一个行政区域的主管一样，它包含了由这个域的账户、密码、属于这个域的计算机等信息构成的数据库。当电脑联入网络时，域控制器首先要鉴别这台电脑是否属于这个域，用户使用的登录账号是否存在、密码是否正确。如果以上信息有一样不正确，那么域控制器就会拒绝这个用户从这台电脑登录。不能登录，用户就不能访问服务器上有权限保护的资源，只能以对等网用户的方式访问 Windows 共享出来的资源，这样就在一定程度上保护了网络上的资源。对于慧心科技有限公司的各个部门，在网络管理中，作为组织单元，用于对部门人员、设备等进行管理。所有用户及设备加入域中，接受域控制器的集中式管理。其域管理下的拓扑结构如图 3-2 所示。

本项目划分为以下任务完成：

任务 1 域环境配置与管理

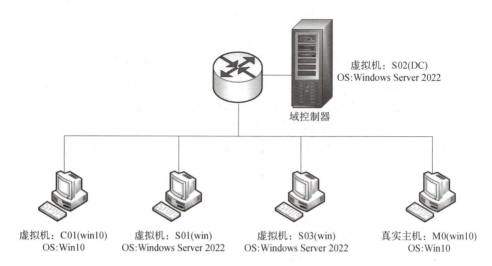

图 3 – 2　慧心科技有限公司域管理下的拓扑结构

任务 2　组策略应用与管理

任务 3　赛场练兵

任务 1　域环境配置与管理

【任务描述】

目前，慧心科技有限公司已经迈入了发展的快车道，专门成立了网络信息管理部门。公司建立统一的网络管理规划，出于统一管理及网络安全角度考虑，要求所有员工所使用的办公设备如计算机、打印机以及日常办公事务统一在公司域环境管理之下，请根据以下设计搭建域网络，网络管理采用单域模式。

1. 域规模与 IP 地址规划

本项目中，IP 地址采用 192.168.1.0/24 网段。计算机默认网关为 192.168.1.250 ~ 192.168.1.254 之间的 IP，服务器采用 192.168.1.1 ~ 192.168.1.50 之间的 IP，客户机占用 192.168.1.100 以上的 IP。

2. 域规划

根据网络规模、集中管理与结构简单原则，公司决定先采用单域结构，域名为 boretech.com。与多域结构相比，它能实现网络资源集中管理并保障管理上的简单性和低成本。在域内，按照部门名称划分组织单位（OU），分别是财务运行部、人力资源部、产品研发部、企业生产部、销售推广部、网络技术部，用于存储和管理各部门的用户资源。整个域结构与公司管理结构相匹配，可以实现网络资源的层次管理。域控制器作为整个域的核心服务器，完成对公司所有员工的账户管理和安全策略的实施，如图 3 – 3 所示。

3. 用户账户和组规划

在各部门的 OU 中，分别为该部门员工创建唯一的域用户账户，并要求域用户账户在首次登录时更改密码。密码最小长度为 8 位，并且符合复杂性要求。为每个部门创建全局组

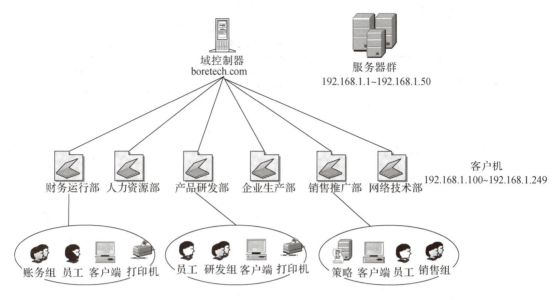

图 3 – 3 域规划

（财务运行部、产品研发部、企业生产部、人力资源部、网络技术部、销售推广部）和组织单元（财务运行部、产品研发部、企业生产部、人力资源部、网络技术部、销售推广部），并将同部门的员工账户分别加入各部门的全局组，域用户：zhangsan、lisi、yanfa1 ~ yanfa20（产品研发部）、wangwu、zhaoliu、caiwu1 ~ caiwu20（财务运行部），其中，zhangsan 登录域时间设置为星期一至星期五 7：00—17：00，并且只能由 S01 这台机器登录至域。限制 lisi 只能从 S03 这台计算机上登录至域，并且自 2023 年 9 月 1 日后不能登录。要求客户机加入域。

4. 网络拓扑结构

为了验证慧心科技有限公司域网络，采用虚拟平台验证相应的管理与应用，虚拟平台网络拓扑结构如图 3 – 4 所示。

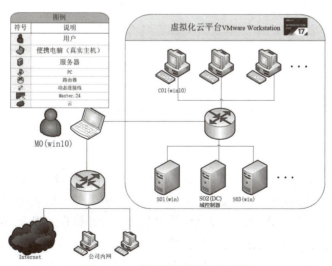

图 3 – 4 虚拟平台网络拓扑结构

网络内各机器配置见表 3 – 1。

表 3 – 1　网络内各机器配置

序号	机器名称	硬件配置	操作系统	计算机名称、所在网络、IP、网关	网络连接方式	备注
1	S01（win）	硬盘 60 GB、内存 2 GB	Windows Server 2022 Datacenter	计算机名：S01 隶属于域：boretech. com IP：192. 168. 1. 11/24 网关：192. 168. 1. 254	自定义网络 hxkj	虚拟机，服务器
2	S02（DC）	硬盘 60 GB、内存 2 GB、双网卡	Windows Server 2022 Datacenter	计算机名：S02 域控制器：boretech. com IP：192. 168. 1. 21/24 网关：192. 168. 1. 254	自定义网络 hxkj	虚拟机，域控制器
3	S03（win）	60 GB 硬盘、内存 2 GB	Windows Server 2022 Datacenter	计算机名：S03 隶属于域：boretech. com IP：192. 168. 1. 31/24 网关：192. 168. 1. 254	自定义网络 hxkj	虚拟机，服务器
4	C01（win10）	硬盘 40 GB、内存 1 GB、单网卡	Windows 10	计算机名：C01 隶属于域：boretech. com IP：192. 168. 1. 107/24 网关：192. 168. 1. 254	自定义网络 hxkj	虚拟机，客户机
5	M0（win10）		Windows 10	计算机名：M0 隶属于工作组：workgroup IP：192. 168. 1. 110/24 网关：192. 168. 1. 254		真实主机，客户机

【任务分析】

　　Windows 域是计算机网络的一种组织形式，其中所有用户账户、计算机、打印机和其他安全主体都位于域控制器的一个或多个中央计算机集群上的中央数据库中注册，身份验证在域控制器上进行。通过使用域，可以将网络中的多台计算机在逻辑上组织到一起，对网络资源进行集中管理，让用户可以更便捷地去访问网络资源，从而大大降低网络管理成本。

　　基于以上技术分析，本任务主要使用活动目录域服务搭建域控制器，并根据实体中的组织架构在域控制器中创建组织单元，然后创建相应的用户账户、计算机等信息。需要被管理的计算机等设备加入域中，实现统一的管理和集中的身份验证。

【知识准备】

一、工作组与域的基本概念

工作组（WorkGroup）是最常见的资源管理模式，默认情况下，计算机都是采用工作组方式进行资源管理的。域（Domain）是由网络管理员定义的共享用户账号、计算机账号及安全策略的一组计算机的集合。在"域"模式下，至少有一台服务器负责每一台联入网络的电脑和用户的验证工作，像一个单位的门卫一样，称为域控制器（Domain Controller, DC）。域控制器中保存着整个域的用户账号、组、计算机、共享文件夹等活动目录对象的相关数据构成的数据库，管理员可以通过修改类似于数据库的配置，实现对整个域的管理和控制。

"域"和"工作组"都是由一些计算机组成的，其主要区别在于：

（1）域和工作组适用的环境不同，域一般用在比较大的网络里，工作组则用在较小的网络里。

（2）工作组是对等网络，一个工作组里的所有计算机都是对等的，也就是没有服务器和客户机之分。域是 B/S 架构，集中式管理。

（3）工作组是一群计算机的集合，它仅仅是一个逻辑的集合，各自计算机由各自管理，要访问其中的计算机，要到被访问计算机上实现用户验证。而域不同，域是一个有安全边界的计算机集合，在同一个域中的计算机彼此之间已经建立了信任关系，在域内访问其他机器，不再需要被访问机器的许可了。

（4）创建方式不同，"工作组"可以由任何一个计算机的主人来创建，而"域"只能由服务器来创建。

（5）安全机制不同，在"域"中有可以登录该域的账号，这些由域管理员来建立，登录"域"时，要提交"域用户名"和"密码"，一旦登录，便被赋予相应的权限。在工作组方式下，计算机启动后自动就在工作组中。在"工作组"中不存在组账号，只有本机上的账号和密码。

二、活动目录 Active Directory 域服务架构

1. AD DS

活动目录（Active Directory，AD）是 Windows Server 中的一种目录服务，负责架构中大型网络环境的集中式目录管理服务。活动目录域服务全称为 Active Directory Domain Service（AD DS），它存储有关网络对象（如用户、群组、计算机、组织单元、共享资源、打印机和联系人等）的信息，并向用户和网络管理员提供这些信息。

2. AD DS 作用

管理用户的域账号、用户信息、企业通讯录（与电子邮箱系统集成）、用户组管理、用

户身份认证、用户授权管理、按需实施组管理策略等；管理服务器及客户端计算机账户、所有服务器及客户端计算机加入域管理并按需实施组策略；管理打印机、文件共享服务、网络资源等实施组策略；对于电子邮件、在线及时通信、企业信息管理、微软 CRM、ERP 等业务系统提供数据认证（身份认证、数据集成、组织规则等）；系统管理员可以集中地配置各种桌面配置策略，如用户适用域中资源权限限制、界面功能的限制、应用程序执行特征的限制、网络连接限制、安全配置限制等。

3. AD DS 结构

活动目录结构主要是指网络中所有用户、计算机以及其他网络资源的层次关系，就像是一个大型仓库中分出若干个小的储藏间，每一个小储藏间分别用来存放不同的东西一样。通常情况下，活动目录的结构可以分为逻辑结构和物理结构。

1）活动目录的逻辑结构

活动目录的逻辑结构非常灵活，目录中的逻辑单元包括域、域树、域林和组织单元（Organizational Unit，OU）。

①组织单元。组织单元是一个容器对象，是基于管理的目的而创建的。可以把域中的对象组织成逻辑组，帮助网络管理员简化管理组。组织单元可以用户、计算机、工作组、打印机、安全策略、其他组织单位等。可以在组织单元的基础上部署组策略，统一管理组织单位中的域对象。组织单元是用于指派组策略设置或委派管理权限的最小作用域或单元。

可以利用组织单元把域中的对象组成一个完全逻辑上的层次结构。对于企业来讲，可以按部门把所有的用户和设备组成一个组织单元层次结构，也可以按地理位置形成层次结构，还可以按功能和权限分成多个组织层次结构。由于组织单元层次结构局限于域的内部，所以，一个域中的组织单元层次结构，与另一个域中的组织单元层次结构没有任何关系，就像是 Windows 资源管理器中位于不同目录下的文件，可以重名或重复。

②组作用域（Group Scope）。本地域（Domain Local）可用于包含具有相似资源访问需求的用户和组，例如所有需要能过修改某一项目报告的用户；全局域（Global）可用于通过不同条件，例如工作职能、位置等区分用户；通用域（Universal）用于从多个域收集用户和组。

组类型（Group Type）包括安全组（Security）和通讯组（Distribution）。前者针对资源分配权限，还可以配置为电子邮件分发列表；后者针对电子邮件应用组，无法针对资源分配权限，职能用于不需要访问资源的电子邮件分发列表。

③用户。用户（User）是 AD 中最小的管理单位，域用户最容易管理又最难管理，如果赋予域用户的权限过大，将带来安全隐患，如果权限过小，域用户无法正常工作。

域中常见用户类型分为：

普通用户：创建的域用户默认添加到"Domain Users"中。

域管理员：普通域用户添加进"Domain Admins"中，其权限升为域管理员。

企业管理员：普通域管理员添加进"Enterprise Admins"后，其权限提升为企业管理员，企业管理员具有最高权限。

只有 Administrators 组的用户才有权限建立域组账户，域组账户要创建在域控制器的活动目录中。

2）活动目录的物理结构

在域结构的网络（图 3 - 5）中，计算机身份是一种不平等的关系，存在着以下四种类型。

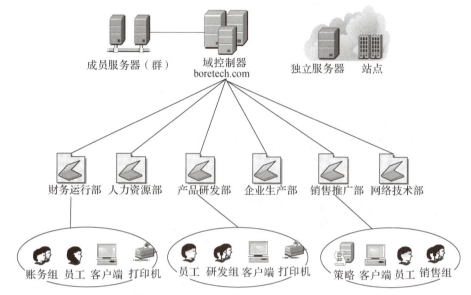

成员服务器（群）　域控制器 boretech.com　独立服务器　站点

财务运行部　人力资源部　产品研发部　企业生产部　销售推广部　网络技术部

账务组　员工　客户端　打印机　　员工　研发组　客户端　打印机　　策略　客户端　员工　销售组

图 3 - 5　域中的计算机身份：域控制器 DC、成员服务器、独立服务器与客户端

①域控制器：在域结构中，最核心的就是域控制器（Domain Control，DC），运行 AD DS 的服务器称为域控制器。创建域首先要安装 AD DS，然后提升该操作系统为 DC。DC 创建完成后，把所有的客户端加入 DC，要由网络管理员进行相应的设置，把这台电脑加入域中，这样才能实现文件的共享，集中统一，便于管理，这样就形成了域环境。

②成员服务器：成员服务器是指安装了 Windows Server 操作系统，又加入了域的计算机，但没有安装活动目录，这时服务器的主要目的是提供网络资源，也被称为现有域中的附加域控制器。成员服务器通常具有以下类型服务器的功能：文件服务器、应用服务器、数据库服务器、Web 服务器、证书服务器、防火墙、远程访问服务器、打印服务器等。

③独立服务器：独立服务器和域没有什么关系，如果服务器不加入域中，也不安装活动目录，就称为独立服务器。独立服务器可以创建工作组，和网络上的其他计算机共享资源，但不能获得活动目录提供的任何服务。

④域中的客户端：域中的计算机还可以是安装了 Windows 其他操作系统的计算机，用户利用这些计算机和域中的账户，就可以登录到域，成为域中的客户端。域用户账号通过域的安全验证后，即可访问网络中的各种资源，

服务器的角色可以改变，例如服务器在删除活动目录时，如果是域中最后一个域控制器，则使该服务器成为独立服务器，如果不是域中唯一的域控制器，则将使该服务器成为成员服务器。同时，独立服务器既可以转换为域控制器，也可以加入某个域成为成员服务器。

三、域、多域、域树、域林

活动目录 AD DS 的逻辑结构还包括域、根域、多域、域树、域林等逻辑单元。

1. 域、根域

单域环境中只使用一个 DNS 名字空间，例如 abc.com。域中的所有计算机账户和用户账户都是用同一个域后缀（DNS 名称后缀）。一般情况下，小型企业使用单域。

网络中创建的第一个域就是根域，一个域林中只能有一个根域，根域在整个域林中处于重要地位，对其他域具备最高管理权限。

2. 多域

出于管理上的要求，将大的网络划分成小的网络，每个小的网络管理员管理自己所属的账户，这样就形成了多域。划分成小的网络（域）后，域 A 中的用户登录后，可以访问域 A 中的服务器上的资源，域 B 的用户可以访问域 B 中的服务器上的资源，但域 A 的用户访问不了域 B 中服务器上的资源，域 B 的用户也访问不了域 A 中服务器上的资源。域是一个安全的边界，实际上就是这层意思：当两个域独立的时候，一个域中的用户无法访问另一个域中的资源，如同国家与国家之间的关系一样。单域、域树与域林之间的关系如图 3-6 所示。

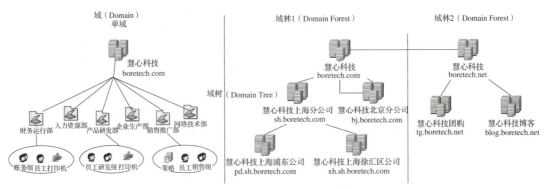

图 3-6 单域、域树与域林之间的关系

3. 域树

从 Windows 2000 Server 起，域树（Domain Tree）开始出现，如图 3-7 所示。域树中的域以树的形式出现，最上层的域名为 boretech. com，是这个域树的根域，根域下有两个子域：sh. boretech. com 和 bj. boretech. com。pd. sh. boretech. com 和 xh. sh. boretech. com 子域下又有自己的子域。

在域树中，父域和子域的信任关系是双向可传递的，因此，域树中的一个域隐含地信任域树中所有的域。

4. 域林

企业可能同时拥有 boretech. com 和 boretech. net 两个域名，如果某个域用 boretech. net 作为域名，boretech. net 将无法挂在 boretech. com 域树中，这个时候只能单独创建另一个域树，如图 3-8 所示，新的域树根域为 boretech. net，这两个域树共同构成了域林（Domain Forest）。

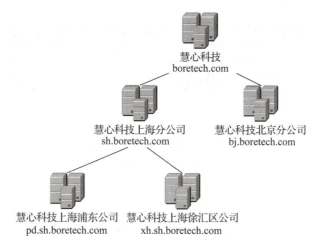

图 3 – 7　慧心科技有限公司的域树（自上而下）

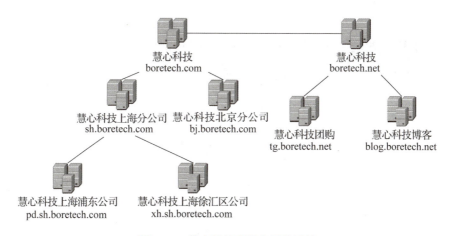

图 3 – 8　慧心科技有限公司的域林

四、安装域控制器

域控制器的安装与配置分为两步：第一步为添加部署活动目录域服务（AD DS）；第二步将活动目录域服务提升为域控制器（DC）。具体以在虚拟网络平台服务器 S02（DC）创建域，域名为 boretech. com 为例，进行详细讲解。

1. 添加部署活动目录域服务（AD DS）

首先，启动服务器管理器。启动"服务器管理器"的过程为：单击"开始"菜单，在"管理工具"中选择"服务器管理器"，或者直按单击任务栏上的"服务器管理器"图标，可以打开"服务器管理器"窗口。在服务器管理器中，首先显示的是仪表板界面，如图 3 – 9 所示，利用仪表板中的"添加角色和功能"，可以进行角色和功能的添加。

单击图 3 – 9 仪表板中的"添加角色和功能"按钮，启动"添加角色和功能向导"，如图 3 – 10 所示。注意这些先决条件，应该让服务器符合后才能继续进行安装。如果已满足相应的先决条件，单击图 3 – 10 中的"下一步"按钮，出现如图 3 – 11 所示的"选择安装类

图 3 – 9　仪表板界面

图 3 – 10　添加角色和功能向导 – 开始之前

型"对话框。在此对话框中，安装类型有两种选择：一是基于角色或基于功能的安装，主要用于通过添加角色、角色服务和功能来配置单个服务器；二是远程桌面服务安装，用于为虚拟桌面基础结构安装所需的角色服务，以创建基于虚拟机或基于会话的桌面布置。这里选择第一种，然后单击"下一步"按钮，出现如图 3 – 12 所示的"选择服务器角色"对话框。

在"选择服务器角色"对话框中，选择"Active Directory 域服务"，此时，会弹出如图 3 – 13 所示的"添加 Active Directory 域服务所需的功能？"对话框，勾选"包括管理工具（如果适用）"，然后单击"添加功能"按钮关闭弹出的对话框。

出现如图 3 – 14 所示的"选择功能"对话框，此对话框用于选择要安装在所选服务器上的一个或多个功能，选择默认推荐的即可，然后单击"下一步"按钮。

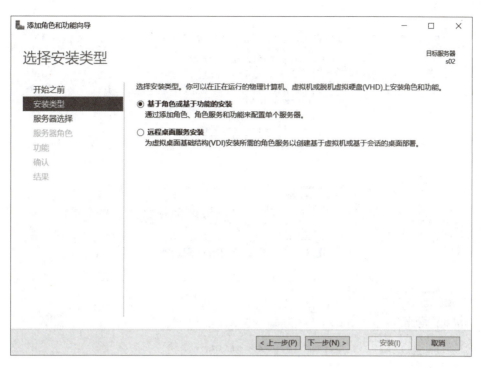

图 3 – 11　选择安装类型

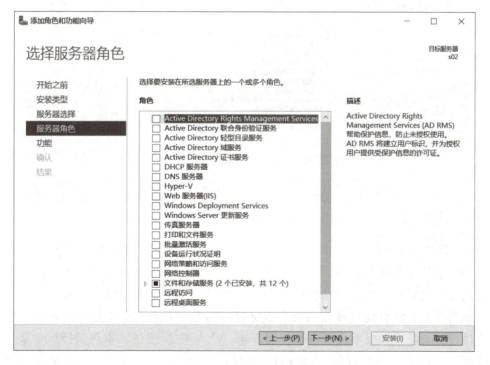

图 3 – 12　选择服务器角色

图 3 – 13　添加 AD DS 所需功能

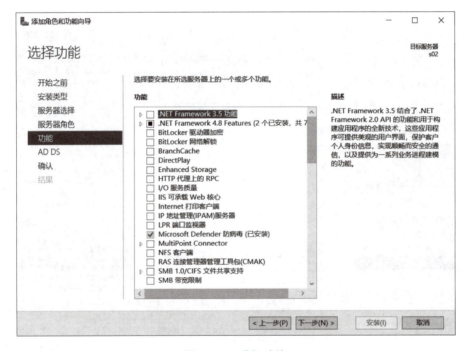

图 3 – 14　选择功能

　　弹出如图 3 – 15 所示的 "Active Directory 域服务" 对话框，详细解读了 Active Directory 域服务的相关功能及注意事项。单击 "下一步" 按钮，显示如图 3 – 16 所示的 "确认安装所选内容" 对话框。在此对话框中，勾选 "如果需要，自动重新启动目标服务器" 选项，以便系统安装时自动选择按需重启服务器。同时，前面步骤中选择的可选功能在此页面中进行了汇总，如果不希望安装，可单击 "上一步" 按钮，重新选择。如果不需要重新选择，单击 "安装" 按钮，会进行 AD DS 的安装，需要重启时，系统会自动重新启动。

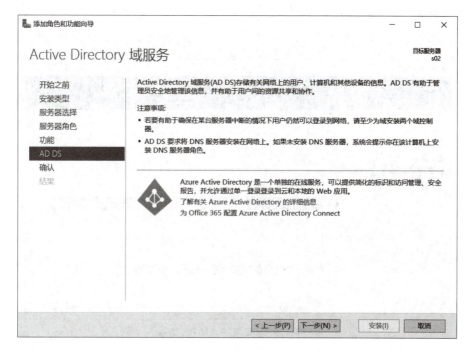

图 3 – 15　Active Directory 域服务

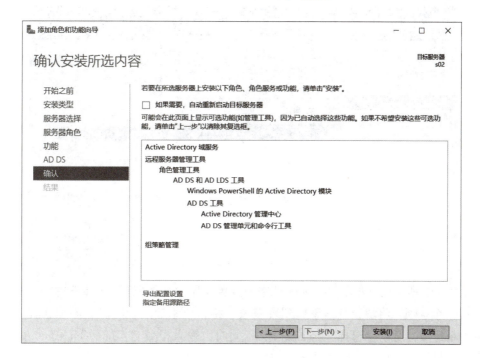

图 3 – 16　确认安装所选内容

2. 将活动目录域服务提升为域控制器（DC）

AD DS 安装成功后，会出现如图 3 – 17 所示的已安装的 AD DS 选项。此时，服务器还未被配置为域控制器，需要进一步安装配置。单击图 3 – 17 中带有黄色提示标记的小三角旗图标，出现如图 3－18 所示的"部署后配置"选项，单击"将此服务器提升为域控制器"选项按钮。

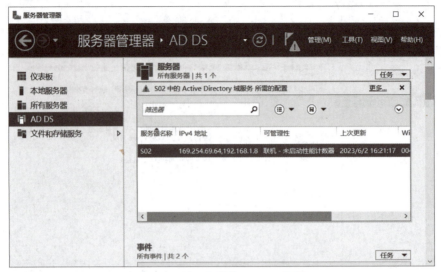

图 3－17   已安装的 AD DS 选项

图 3－18   将此服务器提升为域控制器

在图 3－19 所示的 Active Directory 域服务配置向导"部署配置"对话框中，"选择部署操作"有三个选项：将域控制器添加到现有域、将新域添加到现有林、添加新林。因为本服务器为新建域，所以，选择"添加新林"。同时，输入根域名：boretech.com，此域名为任务中慧心科技有限公司域服务域名。完成以上操作后，单击"下一步"按钮。

在经过一段时间的配置后，Active Directory 域服务配置向导出现如图 3－20 所示的"域控制器选项"对话框，在此对话框中，需要选择新林和根域的功能级别，直接选择系统默认最高版本即可。在"键入目录服务还原模式密码"选项中输入密码，并且确认密码。注意，密码应该符合复杂性策略。

图 3 – 19　部署配置

图 3 – 20　域控制器选项

　　单击"下一步"按钮，Active Directory 域服务配置向导出现如图 3 – 21 所示的"DNS 选项"对话框。在此对话框中，提示信息为"无法创建该 DNS 服务器的委派"，因为无法找到有权威的父区域或者它未运行 Windows DNS 服务器。如果你要与现有 DNS 基础结构集成，应在父区域中手动创建对该 DNS 服务器的委派，以确保来自域"boretech. com"以外的可靠名称解析。否则，不需要执行任何操作，直接单击"下一步"按钮。

图 3 – 21　DNS 选项

Active Directory 域服务配置向导接下来出现如图 3 – 22 所示的"其他选项"对话框。在此对话框中，自动为域分配 NetBIOS 名称，默认即可。单击"下一步"按钮，出现"路径"对话框，指定 AD DS 数据库、日志文件和 SYSVOL 的位置，默认即可。单击"下一步"按钮，出现如图 3 – 23 所示的"查看选项"对话框。在此对话框中，查看你的选择，如果需要重新选择，可以单击"上一步"按钮重新选择；如果确认无误，直接单击"下一步"按钮。

图 3 – 22　其他选项

图 3 – 23　查看选项

接下来出现如图 3 – 24 所示的"先决条件检查"对话框。在此对话框中，会将安装先决条件检查的结果进行显示。如果显示的是"所有先决条件检查都成功通过。请单击'安装'开始安装。"，则单击"安装"按钮开始安装。如果先决条件检查未通过，可以单击"上一步"按钮，重新选择安装条件。

图 3 – 24　先决条件检查

AD DS 安装完成后，系统在"管理工具"菜单中新增 4 项，即 Active Directory 管理中心、Active Directory 用户和计算机、Active Directory 域和信任关系、Active Directory 站点和服务。

图 3 – 25　域服务安装与配置

3. 安装成功与否的判定

以上两步工作是 Windows Server 中域环境的安装与配置的详细过程。相关安装视频请扫描图 3 – 25 所示的二维码在线观看。

4. 删除域服务器角色

Active Directory 域服务的删除（卸载）工作分为两个步骤完成：一是删除 Active Directory 域服务，二是删除域控制器或降低域控制器级别。具体操作为：打开服务器管理，选择菜单项"管理"→"删除角色和功能"命令，如图 3 – 26 所示，打开"删除角色和功能向导"对话框，并按着向导的步骤进行删除，这里不再细述其过程。相关操作请扫描图 3 – 27 所示的二维码在线观看。

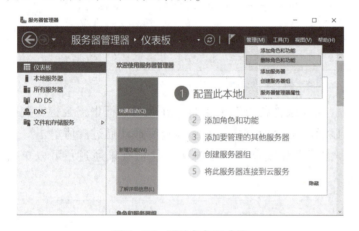

图 3 – 26　删除角色和功能

图 3 – 27　域服务卸载

五、创建容器对象

创建容器对象主要是组织单位（OU）的创建及对其管理。在慧心科技有限公司域环境设计中，根据部门工作性质不同，设计了不同的 OU，包括财务运行部、产品研发部、企业生产部、人力资源部、网络技术部、销售推广部，同时，在组织单元中创建名称相同的全局安全组，以便实施不同的网络管理。

1. 组织单位 OU 的创建

（1）启动并进入域控制器窗口。

单击"开始"→"管理工具"，选择"Active Directory 用户和计算机"，启动设置窗口，如图 3 – 28 所示。

（2）在"boretech. com"域控制器名称图标上右击，选择"新建"→"组织单位"，启动创建窗口，如图 3 – 29 所示。

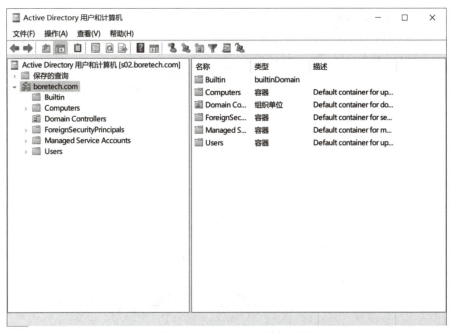

图 3 − 28　Active Directory 用户和计算机

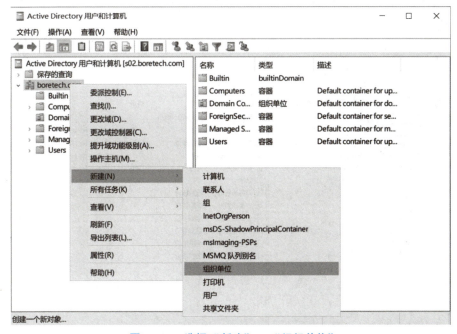

图 3 − 29　选择"新建"→"组织单位"

（3）在弹出的如图 3 − 30 所示的"新建对象 − 组织单位"对话框中，输入"财务运行部"，然后单击"确定"按钮，完成一个新的组织单元的创建。如果要防止容器被意外删除，可以将此选项勾选上。

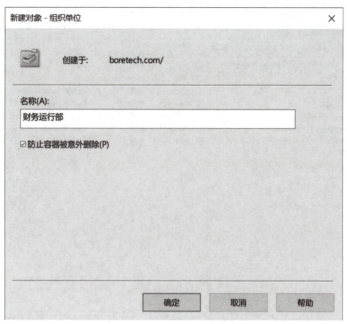

图 3 – 30　新建对象 – 组织单位

（4）同样，完成慧心科技有限公司另外 5 个部门 OU 的创建，创建成功的 6 个组织单位如图 3 – 31 所示。

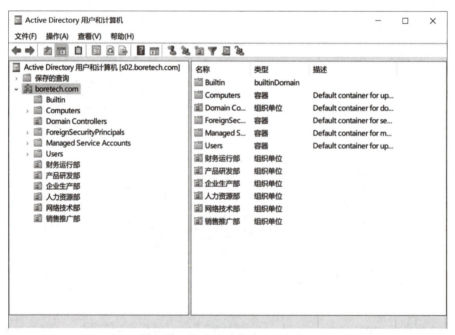

图 3 – 31　创建成功的 6 个组织单位

2. 组的创建

在图 3 – 31 所示的"Active Directory 用户和计算机"窗口中，在已建立好的某一组织单元上右击，选择"新建组"，然后输入相应的组名即可创建组。

3. 组织单位 OU 的删除

在要删除的 OU 上右击，在弹出的快捷菜单中选择"删除"选项，即可实现相应 OU 的删除操作。

详细操作请扫描图 3−32 所示的二维码观看。

图 3−32 OU 与组的
建立与管理

六、域用户的创建与管理

以在产品研发部 OU 中创建一位名为 zhangsanfeng 的用户为例，演示创建域用户及对域用户进行相应管理的操作。

1. 创建域用户

创建域用户的具体操作步骤如下：

①单击"开始"→"管理工具"，选择"Active Directory 用户和计算机"选项，弹出"Active Directory 用户和计算机"窗口，如图 3−33 所示。在窗口的左部选中组织单位"产品研发部"，右击，选择"新建"→"用户"。

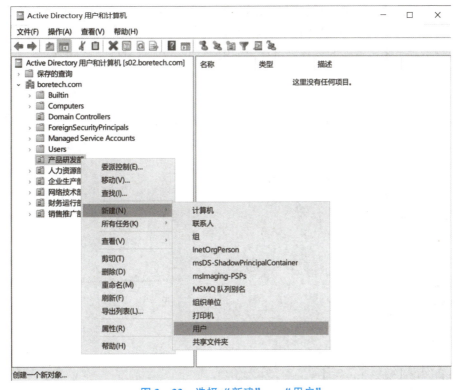

图 3−33 选择"新建"→"用户"

②进入"新建对象−用户"对话框，如图 3−34 所示，输入用户的姓名及用户登录名等资料。注意，只有登录名才是用户登录系统所需要输入的。

③单击"下一步"按钮，打开密码对话框，如图 3−35 所示，输入密码并选择对密码的控制项，单击"下一步"按钮，出现如图 3−36 所示的创建用户成功窗口，单击"完成"按钮。

图 3 – 34　新建对象 – 用户

图 3 – 35　新建域用户 – 密码

④关于密码的特别说明：系统安装域完成后，在"本地安全策略"中将默认启用"密码必须符合复杂性要求"，并且用户不能禁用该项，如图 3 – 37 所示。所以，如果在上一步设置的密码不满足密码策略的要求，将弹出如图 3 – 38 的提示窗口。

图 3 – 36　创建用户成功

图 3 – 37　安全策略中的密码复杂性设置

系统默认的系统复杂性必须符合以下条件：至少有 6 个字符长；包含以下 4 类字符中的 3 类字符：英文大写字母（A ~ Z）、英文小写字母（a ~ z）、10 个基本数字（0 ~ 9）、非字母字符（例如!、$ 、#、%）。

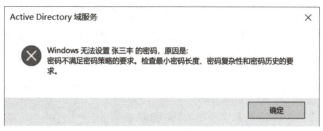

图 3－38　密码不满足密码策略的要求提示窗

2. 域用户加入组

在域用户名称上右击，选择"添加到组"，然后按向导提示加入相应组即可。

3. 删除域用户

在删除域账户之前，要确定计算机或网络上是否有该账户加密的重要文件，如果有，则先将文件解密再删除账户，否则，该文件将不会被解密。删除域账户的操作步骤为：在"Active Directory 用户和计算机"窗口中，选择用户列表中欲删除的用户，右击，选择"删除"命令，在弹出的对话框中单击"是"按钮即可实现删除域用户。

4. 禁用域账户

如果某用户离开公司，就要禁用该账户，操作步骤与以上相同，只是在列表中选择要禁用的账户名，在弹出的快捷菜单中选择"禁用账户"命令即可。

5. 复制域账户

在列表中右击作为模板的账户，选择"复制"命令，进入"复制对象－用户"对话框，与新建用户账户步骤相似，依次输入相关信息即可。

6. 移动域账户

如果某员工调动到新部门，系统管理员需要将该账户移到新部门的组织单元中，用鼠标将账户拖曳到新的组织单元即可移动。

7. 域用户属性管理与设置

新建用户账户后，管理员要对账户做进一步的设置，例如添加用户个人信息、账户信息、进行密码设置、限制登录时间等，这些都是通过设置账户属性来完成的。

1）域用户个人信息设置

域用户属性相比于本地用户属性，项目要多出许多，包括常规、地址、账户、配置文件、电话、单位、隶属于、拨入、环境、会话、远程控制、终端服务配置文件和 COM＋等。管理员在账户属性中对应的选项卡中设置即可。

2）登录时间的设置限制

要限制账户登录的时间，需要设置账户属性的"账户"选项卡，默认情况下用户可以在任何时间登录到域。例如，设置用户"张三丰"登录时间是星期一至星期五 7:00—17:00，操作步骤如下：

①在"Active Directory 用户和计算机"窗口中，在 OU 中，右击要设置登录时间的账户，选择"属性"，单击"账户"选项卡，单击"登录时间（L）…"按钮。

②打开"登录时间"对话框，如图3-39所示，选择星期一到星期五7:00—17:00时间段，选择"允许登录"单选按钮，单击"确定"按钮即可。注意，这里只能限制用户的登录域的时间，如果用户在允许时间段登录，但一直连到超过时间，系统不能自动将其注销。

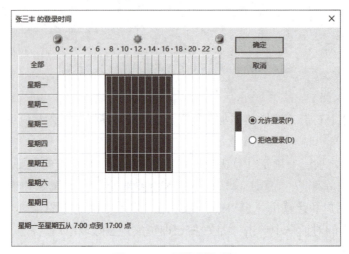

图3-39 设置登录时间

3）设置账户只能从特定计算机登录

系统默认用户可以从域内任一台计算机登录域，也可以限制账户只能从特定计算机登录。其方法是，在"Active Directory用户和计算机"窗口中，在OU中，右击要设置登录时间的账户，选择"属性"，单击"账户"选项卡，单击"登录到（T）…"按钮，在"登录工作站"对话框中，如图3-40和图3-41所示，设置登录的计算机名。

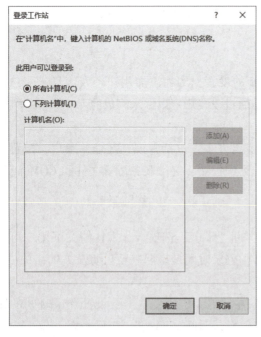

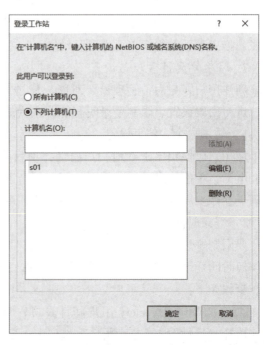

图3-40 设置登录的计算机名（1）　　图3-41 设置登录的计算机名（2）

4）设置账户过期日

设置账户过期日，一般是为了不让临时聘用的人员在离职后继续访问网络，通过对账户属性事先进行设置，使账户到期后自动失效，省去了管理员手工删除该账户的操作。设置的步骤是：在"Active Directory 用户和计算机"窗口中，右击账户，选择"属性"，单击"账户"选项卡，在"账户过期"选项中，单击"在这之后"下拉菜单，在日期组件中选择想设定的时间即可。完成后，单击"确定"按钮退出，如图 3 – 42 所示。

图 3 – 42　设置账户过期日

以上为域用户的创建与设置，详细操作请扫描图 3 – 43 所示的二维码观看。

七、客户机加入域与登录域

加入域及登录域的过程请扫描图 3 – 44 所示的二维码观看。

图 3 – 43　域用户创建与设置

图 3 – 44　客户机加入及登录域

【任务实施】

本任务的实施主要是按给定的工作任务搭建域环境，域环境的搭建主要经过图 3 - 45 所示步骤。

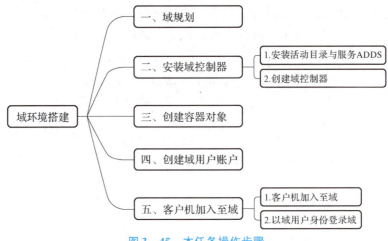

图 3 - 45　本任务操作步骤

（1）域规划。

域的规划本身存在多样性。每个企业都有不同的需求。对一般小型企业，如果没有分公司，可以采用单域结构。如果集团下的各个公司都是独立运行管理，集团多公司一般使用单林多域。对于大中型企业，交叉业务比较多，一般情况是一个总部 + 多个分公司。建议使用父子域或者集中地管理一个域，然后划分站点。

一般情况下，如果没有特殊需求，域规划越简单越好，能用单域多站点解决的应用，尽量不使用父子域；能用父子域解决的应用，尽量不使用单林多域环境。

按任务要求，将服务器 S02 安装为 boretech.com 域控制器，在其上创建组织单元及域用户，其他机器作为客户机使用。

（2）安装域控制器。

（3）创建容器对象。

（4）创建域用户账户。

（5）客户机加入至域。

【任务工单】

请扫描如图 3 - 46 所示的二维码下载任务工单，按工作要求与步骤记录并完成工作任务。

图 3 - 46　任务工单 3 - 1

【任务总结】

本任务主要完成域服务的安装与配置过程，以便构建域网络。在过程中，重点掌握域控制器的安装与配置、组织单元的建立与管理、域用户的创建与管理、客户机加入域的方法、登录至域的过程。通过域服务的使用，可以有效实现集中式管理。

任务 2　组策略应用与管理

【任务描述】

慧心科技有限公司网络采用 Windows Server 域环境进行管理，其网络拓扑结构如图 3 –47 所示。各部门员工用户账户都位于各自部门的 OU（财务运行部、产品研发部、企业生产部、人力资源部、网络技术部、销售推广部）和组（财务运行部、产品研发部、企业生产部、人力资源部、网络技术部、销售推广部）中，其中，OU "产品研发部" 中包含员工用户账户 zhangsan、lisi，OU "财务运行部" 中包含用户账户 wangwu 和 zhaoliu，所有计算机已加入域。现在公司要求应用组策略设置用户工作环境以及应用组策略设置计算机工作环境。你作为公司的网络管理员，请使用组策略实现域网络管理。

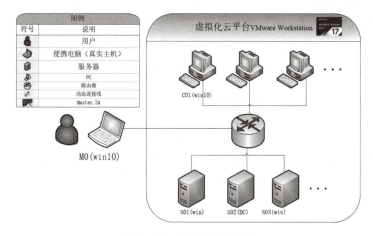

图 3 –47　域网络拓扑结构

【任务分析】

在任务 1 中，域网络环境搭建完成，通过在域中实施组策略，管理员可以很方便地管理域中的所有用户账户和计算机账户的工作环境。

【知识准备】

一、组策略

组策略（Group Policy）是管理员为计算机和用户定义的，用来控制应用程序、系统设置和管理模板的一种机制。通俗来说，它是介于控制面板和注册表之间的一种修改系统、设置程序的工具。使用组策略带来的优点如下：

（1）减少管理成本，因为只需设置一次，相应的用户或计算机即可全部应用规定的设置。

（2）减少用户单独配置错误的可能。

（3）可以针对特定对象（用户和计算机）实施特定策略。

通过此部分的学习，将让系统管理员更擅长、高效地管理组策略的设计、实施、应用和排错。

二、组策略类型

1. 本地计算机策略

在 Windows Server 中，本地计算机策略由本地组策略编辑器来进行设置与应用。本地组策略编辑器是一个 Microsoft 管理控制台（MMC）管理单元，可以用来编辑本地组策略对象（GPO）。本地组策略的设置都存储在各个计算机内部，不论该计算机是否属于某个域。本地组策略包含的设置要少于非本地组策略的设置，比如在"安全设置"上就没有域组策略那么多的配置，也不支持"文件夹重定向"和"软件安装"这些功能。

1）启动本地组策略编辑器

启动本地组策略编辑器的方法如下：

单击"开始"菜单，选择"运行"选项，在弹出的对话框中输入"gpedit.msc"命令，单击"确定"按钮，弹出如图 3-48 所示的"本地组策略编辑器"窗口。本地组策略编辑器主要用于本地计算机策略的设置与应用。

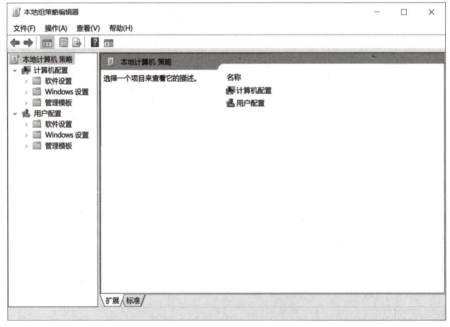

图 3-48　本地组策略编辑器

2）本地计算机策略的组成

（1）计算机配置。

计算机配置包括软件设置、Windows 设置和管理模板设置。当计算机开机时，系统会根据计算机配置的内容来设置计算机环境，包括桌面外观组成、安全设置、应用程序分配和计算机启动和关机脚本运行等。

（2）用户配置。

用户配置包括软件设置、Windows 设置和管理模板。当用户登录时，系统会根据用户配置的内容来设置计算机环境，包括应用程序配置、桌面外观配置、应用程序分配和计算机启动和关机脚本运行等。

常用的本地计算机策略见表 3 – 2，请参考使用。

表 3 – 2　常用的本地计算机策略

策略功能	设置方式
密码策略	计算机配置→Windows 设置→安全设置→账户策略→密码策略："密码必须符合复杂性要求"，设置为"已禁用"
	计算机配置→Windows 设置→安全设置→账户策略→密码策略："密码长度最小值"，设置为"0"（不需要密码）
	计算机配置→Windows 设置→安全设置→账户策略→密码策略："密码最短使用期限"，根据说明设置；"密码最长使用期限"，根据说明设置
账户锁定策略	计算机配置→Windows 设置→安全设置→账户策略→账户锁定策略："账户锁定时间"，根据说明自定义设置
	计算机配置→Windows 设置→安全设置→账户策略→账户锁定策略："账户锁定阈值"，根据说明自定义设置
用户权限分配	计算机配置→Windows 设置→安全设置→本地策略→用户权限分配：根据不同策略，自定义设置
安全选项	计算机配置→Windows 设置→安全设置→本地策略→安全选项：根据不同策略，自定义设置
关闭事件跟踪程序	计算机配置→管理模板→系统→显示"关闭事件跟踪程序"，设置为"已禁用"
登录时不显示"管理你的服务器"页	计算机配置→管理模板→系统→登录时不显示"管理你的服务器"页，设置为"已启用"
"开始"菜单和任务栏	用户配置→管理模板→"开始"菜单和任务栏：根据不同策略，自定义设置，例如，"从'开始'菜单删除'运行'菜单"，可以删除运行菜单
控制面板	用户配置→管理模板→控制面板：根据不同策略，自定义设置，例如，"隐藏指定的控制面板项"可以指定不显示特定的控制面板项目

2. 域组策略

域组策略与本地计算机策略的"一机一策略"不同，在域环境内可以有成百上千个组策略能够创建和存在于活动目录中，并且能够通过活动目录这个集中控制技术实现整个计算机、用户网络的基于组策略的控制管理。在活动目录中，授权用户或管理员可以为站点、域、OU 创建不同管理要求的组策略，而且允许每一个站点、域、OU 能同时设置多套组策略，实现对整个站点、整个域或某个特定 OU 的计算机和用户的管理控制。

域组策略是通过组策略对象来进行管理的。域组策略的所有配置信息都存放在 GPO（Group Policy Object，组策略对象）中，组策略被视为 Active Directory 中的一种特殊对象，可以将 GPO 和活动目录的容器（站点、域和 OU）连接起来，以影响容器中的用户和计算机。

【任务实施】

在 Windows Server 域环境下，组策略应用可以分为图 3-49 所示步骤进行。

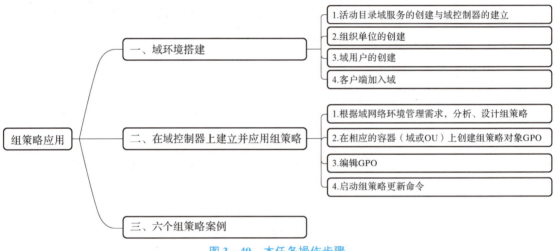

图 3-49　本任务操作步骤

一、域环境搭建

参考任务 1 及本任务要求搭建。

二、在域控制器上建立并应用组策略

1. 分析、设计组策略

如果需要对整个域内的用户工作环境做一些统一的设定，此时只需要新建一个 GPO（例如名称为"全域用户工作环境策略"）并链接到域级别容器上，然后针对此策略进行修改即可。

如果需要针对域内 OU 进行组策略设置，在相应 OU 上创建 GPO 即可。

2. 建立、编辑组策略对象

为了实现"财务运行部"所有员工"我的文档"文件夹重定向，确保用户在域网络中任意节点登录时，都可访问各自的数据，并且确保不因为客户端故障而导致"我的文档"中文件丢失，实现漫游办公功能。其组策略对象 GPO 应该应用于"财务运行部"OU。详细实现过程如下：

①在域内文件服务器上新建一个共享文件夹，并赋予此文件所有用户都有通过网络访问的读写权限。本例中，在域控制器 S02 下，建立一个名称为"share"的共享文件夹，并设置组"财务运行部"具有读取/写入权限。注意：此共享文件夹也可以创建在文件服务器上，注意保存其 UNC 网络路径，以备接下来组策略设置使用。

②打开"组策略管理器"，在组织单元"财务运行部"上右击，选择"在这个域中创建GPO 并在此处链接…"，新建一个名为"我的在线文档"GPO。

创建完成后，右击"我的在线文档"，选择"编辑"，打开"组策略管理编辑器"，编辑"我的在线文档"GPO，定位到"用户配置"→"策略"→"Windows 设置"→"文件夹重定向"→"文档"，右击，选择"属性"，如图 3 – 50 所示。

图 3 – 50　文件夹重定向

③在打开的"文档属性"对话框中，首先启用配置，然后进行属性配置与编辑。特别注意，根路径要输入 UNC 网络路径，如图 3 – 51 所示。设置完成后，单击"确定"按钮即可。

④单击"开始"→"运行"，输入"gpupdate /force"，刷新策略。

三、六个组策略案例

1. 禁止自动播放策略

任务：实现全域客户端驱动器不自动播放，有时由于光驱的自动播放文件不好读取时而导致系统资源占用甚至死机，有时只是系统刚插入 U 盘，机器就中毒了，这些问题都可以通过禁止驱动器自动播放的策略得到解决。

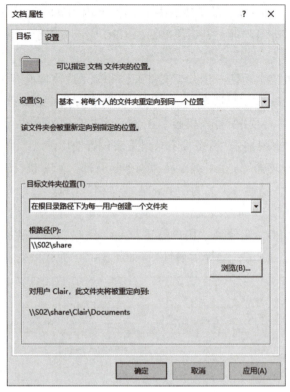

图 3-51 "文档属性"对话框

实现步骤：

①在域 boretech.com 上新建"全域用户工作环境策略"GPO，在组策略编辑器中编辑"全域用户工作环境策略"，定位到"用户配置"→"策略"→"管理模板"→"Windows 组件"→"自动播放策略"。

②在右边工作区双击"关闭自动播放"进行配置，将其启用即可。

③在"开始"→"运行"中输入"gpupdate /force"，刷新策略。

④启动客户端测试效果即可。

此策略应用设置过程请扫描图 3-52 所示的二维码在线观看。

图 3-52 禁止
自动播放

2. 禁止使用移动存储设备

任务：限制移动磁盘使用，加强企业文件安全性。

在企业网络管理实际应用中，为了加强企业文件安全性，实现数据的安全，禁止客户端限制移动磁盘使用，既能防止病毒通过移动存储设备流入，又能防止客户端非法复制数据。

实现步骤如下：

①在域 boretech.com 上新建"全域用户工作环境策略"GPO，在组策略编辑器中编辑"全域用户工作环境策略"，定位到"用户配置"→"策略"→"管理模板"→"系统"→"可移动存储访问"。

②在右边工作区设置"所有可移动存储类：拒绝所有权限"为"已启用"。

③单击"开始"→"运行"，输入"gpupdate /force"，刷新策略。

④启动客户端测试效果即可。

以上操作请扫描图 3-53 所示的二维码在线观看。

3. 客户端显示统一桌面

任务：控制客户端显示统一桌面壁纸设定，实现企业工作环境统一的形象。

为了实现统一桌面，需要事先准备一个桌面壁纸文件，并将其放入域控制器中的一个共享文件夹下，并且设置 everyone 权限为读取。

创建组策略对象，然后设置其组策略，详细分支为"用户配置"→"策略"→"管理模板"→"桌面"→"Active Desktop"，然后设置三个选项即可，分别为"启用 Active Desktop""不允许更改""桌面墙纸"。注意：一定要保证桌面壁纸图片的 UNC 路径位置正确，否则，客户端不能正确显示。

实现工作环境统一的详细操作请扫描图 3-54 所示的二维码在线观看。

图 3-53　禁止使用移动存储设备

图 3-54　客户端统一桌面

4. 应用组策略配置高级安全 Windows 防火墙

以上操作请扫描图 3-55 所示的二维码在线观看。

5. 应用组策略实现软件部署

以上操作请扫描图 3-56 所示的二维码在线观看。

图 3-55　配置 WINDOWS 高级防火墙

图 3-56　软件部署

6. 应用组策略实现 QoS 带宽管理

以上操作请扫描图 3-57 所示的二维码在线观看。

【任务工单】

请扫描图 3-58 所示的二维码下载任务工单，按工作要求与步骤记录并完成工作任务。

图 3-57　QoS 管理

图 3-58　任务工单 3-2

【素养课堂】

随着数字化时代的到来，企业的信息化程度越来越高，但是同时也面临着越来越多的网络安全威胁。网络安全与企业文化之间有着密切的联系，因为企业的文化和价值观会影响员工对网络安全的重视程度。这种文化可以通过以下几种方式实现：

1. 培养员工的网络安全意识

员工是企业网络安全的第一道防线，因此，他们需要了解网络安全威胁的类型、如何预防这些威胁以及如何处理网络安全事件。企业可以通过网络安全培训、定期演习和知识共享等方式提高员工的网络安全意识。

2. 加强网络安全管理

企业需要建立完善的网络安全管理制度，制定明确的网络安全政策和流程，确保员工能够遵守企业的网络安全规定。同时，企业还应该加强对网络安全的监控和审计，及时发现并应对网络安全事件。

3. 强化网络安全文化

企业应该将网络安全理念融入企业文化中，将保护企业信息和客户数据的安全作为企业的核心价值观之一，并将网络安全纳入企业的绩效考核体系中，以激励员工更加关注网络安全。

【任务总结】

本任务主要完成应用组策略设置用户工作环境以及应用组策略设置计算机工作环境，在组策略设计完成后，可以在客户机登录至域中体验域组策略集中式管理的优势。

任务 3　赛场练兵

【任务描述】

作为一个微软高级认证的技术工程师，你被指派去构建一个公司的内部网络，要为员工提供便捷、安全稳定内外网络服务。你必须在规定的时间内完成要求的任务，并进行充分的测试，确保设备和应用正常运行。任务所有规划都基于 Windows 操作系统，请根据网络拓扑、基本配置信息和服务需求完成网络服务安装与测试，确保设备和应用正常运行。网络拓扑图和基本配置信息如下：

1. 拓扑图

构建 ChinaSkills. cn 的网络服务环境，如图 3 – 59 所示。

2. 网络地址规划

服务器和客户端基本配置见表 3 – 3。

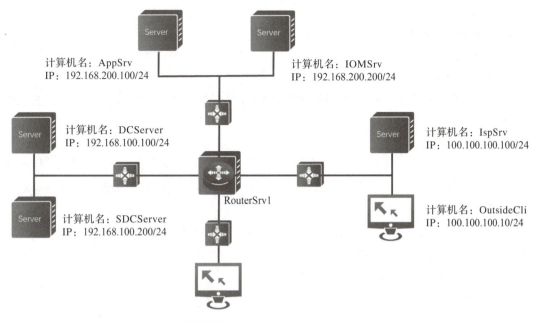

图 3 − 59　ChinaSkill. cn 网络拓扑

表 3 − 3　服务器和客户端基本配置

主机名	所在域	网络地址	DNS	网关
DCServer	chinaskills. com	192. 168. 100. 100/24	127. 0. 0. 1	192. 168. 100. 254
SDCServer	chinaskills. com	192. 168. 100. 200/24	127. 0. 0. 1	192. 168. 100. 254
AppSrv	chinaskills. com	192. 168. 200. 100/24	192. 168. 100. 100 192. 168. 100. 200	192. 168. 200. 254
RouterSrv1	chinaskills. com	192. 168. 100. 254/24 192. 168. 0. 254/24 192. 168. 200. 254/24 100. 100. 100. 251/24	192. 168. 100. 100	无
IspSrv	保持工作组状态	100. 100. 100. 100/24	127. 0. 0. 1	无
InsideCli	chinaskills. com	192. 168. 0. 1/24 （dhcp）	192. 168. 100. 100 192. 168. 100. 200	192. 168. 0. 254
OutsideCli	保持工作组状态	100. 100. 100. 10/24	100. 100. 100. 100	100. 100. 100. 254

说明：（1）各主机操作系统采用中文版 Windows Server 2022（Datacenter 桌面体验版）

（2）默认账号及默认密码设置如下：

Username：Administrator

Password：ChinaSkills23

Username：demo

Password：ChinaSkills23

注：若非特别指定，所有账号的密码均为 ChinaSkills23。

【任务清单】

（1）在 DCServer 和 SDCServer 服务器上安装活动目录域服务，DCServer 作为主域控，SDCServer 作为备份域控，活动目录域名为 chinaskills. com。域用户能够使用［username］@csk. cn 进行登录。

（2）创建一个名为"CSK"的 OU，并新建以下域用户和组：

sa01 ~ sa20，将该用户添加到 sales 用户组。

it01 ~ it20，将该用户添加到 IT 用户组。

ma01 ~ ma10，将该用户添加到 manager 用户组。

（3）组策略。

除 manager 组和 IT 组，所有用户隐藏 C 盘。

除 manager 组和 IT 组，所有普通用户禁止使用 cmd。

禁止客户端电脑显示用户首次登录动画。

所有用户的 IE 浏览器首页设置为"https：//www. chinaskills. com"。

所有用户都应该收到登录提示信息：标题为"登录安全提示："，内容为"禁止非法用户登录使用本计算机。"。

设置所有主机的登录 Banner：标题为"CHINASKILLS – DOMAIN"，内容为"Hello, unauthorized login is Prohibited！"。

域内的所有计算机（除 DC 外），当 DC 服务器不可用时，禁止使用缓存登录。

启用 AD 回收站功能。

（4）证书颁发机构。

在 DCServer 服务器上安装证书颁发机构。

定义名称：CSK2022 – ROOTCA。

证书颁发机构有效期：3 年。

为 chinaskills. com 域内的 Web 站点颁发 Web 证书。

当前拓扑内所有机器必须信任该证书颁发机构。

域内所有计算机自动颁发一张计算机证书。

【任务工单】

请扫描图 3 – 60 所示的二维码下载任务工单，按工作要求与步骤记录并完成工作任务。

图 3 – 60 任务工单 3 – 3

【任务总结】

　　此项任务为国赛赛场模拟真实网络环境场景构建，本任务通过虚拟软件平台 VMware 实现了域网络环境的搭建、管理与应用。详细操作过程可登录"智慧职教"本课程在线课程观看与学习，任务工单可在线下载。

项目四

DNS服务配置与管理

【项目场景】

为了加强对慧心科技有限公司的网络管理，公司要求网络管理部门设计与规划好网络各服务器域名，在慧心科技有限公司的内网服务器群中需要建立 DNS 服务器，用于将公司的各个字符域名与 IP 地址相对应进行解释，做好 DNS 服务器的各项配置与管理工作，以提高用户网络访问效率。出于节约成本考虑，本服务器与域服务器使用同一台服务器。域名为 boretech. com，DNS 服务器在公司内部网络中的地址为 192. 168. 1. 21，如图 4 – 1 所示。同时，使用虚拟机软件 VMware Workstation 进行网络环境的模拟，利用虚拟机软件 VMware Workstation 搭建一个与真实网络环境相匹配的虚拟环境，项目中包含真实环境中使用的服务器版网络操作系统以及常用的客户机个人计算机操作系统版本。

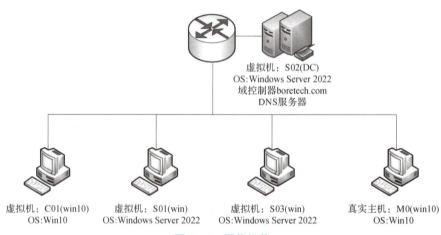

虚拟机：S02(DC)
OS:Windows Server 2022
域控制器boretech.com
DNS服务器

虚拟机：C01(win10)　　虚拟机：S01(win)　　虚拟机：S03(win)　　真实主机：M0(win10)
OS:Win10　　OS:Windows Server 2022　　OS:Windows Server 2022　　OS:Win10

图 4 – 1　网络拓扑

【证书考点与赛项目标】

（1）遵守健康及安全标准，快速理解规则及掌握规章。

（2）具备网络规划与设计能力。

（3）具备根据优先顺序表，定期制订计划、重新修订计划及多任务组织能力。

（4）能依据设计图纸要求，安装操作系统映像，组建小型网络，配置和管理应用服务器。

（5）以项目团队成员的身份，与同伴有效合作，并把工作效率和学习能力发挥到最大。

【知识目标与技能目标】

（1）熟悉 DNS 的基本概念和原理。

（2）掌握在 Windows Server 中安装 DNS 服务器的过程。

（3）掌握在 Windows Server 中配置与管理 DNS 服务器。

（4）掌握 DNS 客户端的设置与应用测试。

（5）具备中小型企业网络规划、设计、实施的能力。

（6）具备网络组建、管理的基本能力。

【素养目标】

（1）培养尊重宽容、团结友善、推己及人的优良品质。

（2）培养沟通力、抗压力、6S 规范等职业素质。

（3）培养精益求精的工匠精神，并融入专业技能训练的过程中。

（4）通过实践基于真实企业网络应用场景、基于真实工作流程，将劳动实践与专业技能相融合，强化劳动意识。

（5）树立网络安全法治意识，自觉依法进行网络信息技术活动。

【需求分析】

在项目三中，搭建了域服务，在使用域服务过程中，需要用到 DNS 服务，因此，可以在已搭建的虚拟云平台上添加 DNS 服务，做好 DNS 服务的安装与配置管理及客户机服务测试与应用工作。

【方案设计】

作为一名网络管理人员，必须熟练掌握 DNS 服务器配置的基础知识，所有上岗前的网络管理人员必须熟练掌握 DNS 服务器的运用。为构建相应的操作环境，操作系统为 Windows Server 2022，本项目 DNS 服务器在公司网络环境中的作用见表 4 - 1。

表 4 - 1　公司 DNS 服务器配置一览表

图标	名称	域名与对应 IP	说明
	域服务器 活动目录服务器	boretech. com 192. 168. 1. 21	慧心科技有限公司的主服务器之一。用于管理公司本部的内网资源，包括组织单位（OU）、组、用户、计算机、打印机等。由于访问量较大，该服务器配置较高，是网络建设中重点投资的设备之一
DNS	DNS 服务器 （域名解析服务器）	boretech. com 192. 168. 1. 21 别名： dns. boretech. com	用于将公司的各个字符域名与 IP 地址相对应进行解释。公司进行了域名注册。公司内网架设 DNS 服务器，用于局域网的域名解析。出于节约成本考虑，本服务器与域服务器使用同一台服务器

本项目划分为以下任务完成：

任务 1　DNS 服务器搭建与配置

任务 2　赛场练兵

任务 1　DNS 服务器搭建与配置

【任务描述】

慧心科技有限公司网络采用 Windows Server 域环境进行管理，其网络拓扑结构如图 4 - 2 所示。现公司的内网服务器群中需要建立一个 DNS 服务器，用于将公司的各个字符域名与 IP 地址相对应进行解释。你作为公司的网络管理员，请按如下工作任务配置相关服务器并对公司网络进行有效管理。

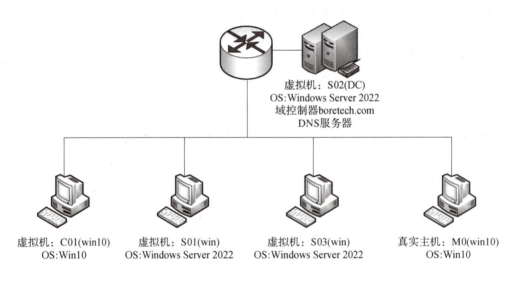

虚拟机：S02(DC)
OS：Windows Server 2022
域控制器boretech.com
DNS服务器

虚拟机：C01(win10)　　虚拟机：S01(win)　　虚拟机：S03(win)　　真实主机：M0(win10)
OS：Win10　　　　　　OS：Windows Server 2022　　OS：Windows Server 2022　　OS：Win10

图 4 - 2　网络拓扑

（1）在 S02 服务器上安装及配置 DNS 服务。

（2）创建 boretech. com 正向查找区域、反向查找区域。

（3）把当前机器 S02 作为互联网根域服务器，创建 test1. com ~ test100. com，并在所有正向区域中创建一条 A 记录，解析到本机地址。

（4）添加必要的域名解析记录。其中，为 S01 虚拟机添加 www. boretech. com 和 ftp. boretech. com 主机名，为 S02 虚拟机添加 dns. boretech. com 主机名，为 S03 虚拟机添加 mail. boretech. com，并配置相应域名反向指针 PTR。

网络内各机器配置见表 4 - 2。

表 4 – 2　网络内各机器配置

序号	机器名称	硬件配置	操作系统	计算机名称/所在网络/IP、网关	网络连接方式	备注
1	S01（win）	60 GB 硬盘、内存 2 GB	Windows Server 2022 Datacenter	计算机名：S01 隶属于域：boretech. com IP：192. 168. 1. 11/24 网关：192. 168. 1. 254	自定义网络 hxkj	虚拟机，服务器
2	S02（DC）	硬盘 60 GB、内存 2 GB、双网卡	Windows Server 2022 Datacenter	计算机名：S02 域控制器：boretech. com IP：192. 168. 1. 21/24 网关：192. 168. 1. 254 DNS 服务器	自定义网络 hxkj	虚拟机，域控制器，DNS 服务器
3	S03（win）	1 块 60 GB 硬盘、内存 2 GB	Windows Server 2022 Datacenter	计算机名：S03 隶属于域：boretech. com IP：192. 168. 1. 31/24 网关：192. 168. 1. 254	自定义网络 hxkj	虚拟机，服务器
4	C01（win10）	硬盘 40 GB、内存 1 GB、单网卡	Windows 10	计算机名：C01 隶属于域：boretech. com IP：192. 168. 1. 107/24 网关：192. 168. 1. 254	自定义网络 hxkj	虚拟机，客户机
5	M0（win10）		Windows 10	计算机名：M0 隶属于工作组：workgroup IP：192. 168. 1. 110/24 网关：192. 168. 1. 254		真实主机，客户机

【任务分析】

众所周知，在网络中唯一能够用来标识计算机身份和定位计算机位置的方式就是 IP 地址，但网络中往往存在许多服务器，如 E – mail 服务器、Web 服务器、FTP 服务器等，记忆这些纯数字的 IP 地址不仅枯燥无味，而且容易出错。通过 DNS 服务器，将这些 IP 地址与形象易记的域名一一对应，使网络服务的访问更加简单，同时可以完美地实现与 Internet 的融合，这对网站的推广发布起到极其重要的作用。此外，许多重要的网络服务（如 E – mail 服务）的实现也需要借助 DNS 服务。因此，DNS 服务可视为网络服务的基础。

【知识准备】

一、域名的基本概念与原理

1. IP 地址

在 TCP/IP 网络中，每个主机都有唯一的地址，其是通过 IP 协议来实现的。IP 协议要求在每次与 TCP/IP 网络建立连接时，每台主机都必须为这个连接分配唯一的 IP 地址，因为这个 IP 地址不但可以用来识别某一台主机，而且隐含着网际间的路径信息。需要强调指出的是，这里的主机是指网络上的一个结点，不能简单地理解为一台计算机，实际上 IP 地址是分配给计算机的网络适配器（即网卡）的，一台计算机有多个网络适配器，就可以有多个 IP 地址，一个网络适配器就是一个结点。

2. 域名

在用户与 Internet 上的某个主机通信时，IP 地址的点 – 分十进制表示法虽然简单，但当要与多个 Internet 上的主机进行通信时，单纯数字表示的 IP 地址非常难记忆，那么能不能用一个有意义的名称来给主机命名，并且有助于记忆和识别呢？于是就产生了"名称 – IP 地址"的转换方案，只要用户输入一个主机名，计算机会将其转换成机器所能识别的二进制 IP 地址。例如：Internet 或 Intranet 的某一个主机，其 IP 地址为 218.3.172.16，按照这种域名方式，可用一个有意义的名字"www.xzcit.cn"来代替；同样，在局域网内有一台域名服务器，其 IP 地址 192.168.1.21 对应的名字为"dns.boretech.com"。

3. 域名空间与区域

域名系统（DNS）是一种采用客户机/服务器机制，实现名称与 IP 地址转换的系统。其是由名字分布数据库组成的，它建立了域名空间的逻辑树结构，是负责分配、改写、查询域名的综合性服务系统。该空间中的每个结点或域都有唯一的名字。

DNS 域名空间：组成 DNS 系统的核心是 DNS 服务器，它的作用是回答域名服务查询，它允许为私有 TCP/IP 网络和连接公共 Internet 的用户服务器保存包含主机名及相应 IP 地址的数据库。例如，如果提供了域名 dns.boretech.com，DNS 服务器将返回网站的 IP 地址 192.168.1.12。图 4 – 3 所示显示了顶级域的名字空间及下一级子域之间的树形结构关系，每一个结点以及其下的所有结点叫作一个域，域可以有主机（计算机）和其他域（子域）。在该图中，dns.boretech.com 就是一台主机，而 boretech.com 则是一个子域。一般在子域中会含有多个主机，boretech.com 子域下就含有 www.boretech.com、dns.boretech.com、dhcp.boretech.com、ftp.boretech.com 以及 mail.boretech.com 等几台主机（注：在慧心科技有限公司的网络规划中，还有一些提供特殊服务的主机，如流媒体服务器等）。

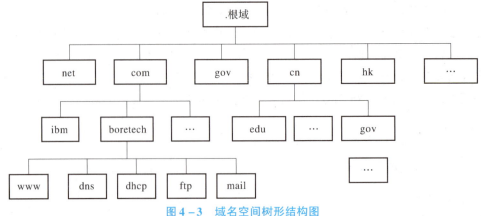

图 4 – 3　域名空间树形结构图

域名和主机名只能用字母"a~z"（在 Windows 服务器中，大小写等效，而在 UNIX 中则不同）、数字"0~9"和连线"–"组成，其他公共字符如连接符"&"、斜杠"/"、句点"."和下划线"_"都不能用于表示域名和主机名。

根域：代表域名命名空间的根，这里为空。

顶级域：直接处于根域下面的域，代表一种类型的组织或一些国家。在 Internet 中，顶级域由 InterNIC（Internet Network Information Center）进行管理和维护。

二级域：在顶级域下面，用来标明顶级域以内的一个特定的组织。在 Internet 中，二级域也是由 InterNIC 负责管理和维护的。

子域：在二级域的下面所创建的域，它一般由各个组织根据自己的需求与要求，自行创建和维护。

主机：是域名命名空间中的最下面一层，它被称为完全合格的域名（Fully Qualified Domain Name，FQDN），例如 dns. boretech. com 就是一个完全合格的域名。

二、名称解析与地址解析

1. 名称解析

在网络系统中，一般存在着以下三种计算机名称的形式。

1）计算机名

通过计算机的"系统属性"对话框或 hostname 命令，可以查看和设置本地计算机名（Local Host Name）。

2）NetBIOS 名

NetBIOS（Network Basic Input/Output System）使用长度限制在 16 个字符的名称来标识计算机资源，这个标识也称为 NetBIOS 名。伴随着 Windows Server 的发布，网络中的计算机不再需要 NetBIOS 名称接口的支持，只要求客户端支持 DNS 服务就可以了，不再需要 NetBIOS 名。

3）FQDN

FQDN（Fully Qualified Domain Name，完全合格域名），是指主机名加上全路径，全路径中列出了序列中所有域成员。完全合格域名可以从逻辑上准确地表示出主机在什么地方，也可以说它是主机名的一种完全表示形式。该名字不可超过 256 个字符，我们平时访问 Internet 使用的就是完整的 FQDN，如 www. 163. com，其中，www 就是 163. com 域中的一台计算机的 NetBIOS 名。

2. 地址解析

Internet 利用地址解析的方法将用户使用的域名方式的地址解析为最终的物理地址，中间经历了两层地址的解析工作。

1）FQDN 与 IP 地址之间的解析

DNS 的域名解析包括正向解析和逆向解析两个不同方向的解析。

正向解析：是指从主机域名到 IP 地址的解析。

逆向解析：是指从 IP 地址到域名的解析。

例如，正向解析是将用户习惯使用的域名，如 www. 163. com，解析为其对应的 IP 地址；反向解析将网易网站的 IP 地址解析为主机域名。DNS 中的正向区域存储着正向解析需要的数据，而反向区域存储着逆向解析需要的数据。无论是 DNS 服务器、客户端还是服务器中的区域，只有经过管理员配置后才能完成 FQDN 到 IP 之间的解析任务。

2）IP 地址与物理地址之间的解析

在 TCP/IP 网络中，IP 地址统一了各自为政的物理地址；这种统一仅表现在自 IP 层以上使用了统一形式的 IP 地址。然而，这种统一并非取消了设备实际的物理地址，而是将其隐藏起来。因此，在使用 Internet 技术的网络中必然存在着两种地址，即 IP 地址和各种物理网络的物理地址。若想把这两种地址统一起来，就必须建立两者之间的映射关系。

正向地址解析：是指从 IP 地址到物理地址之间的解析，在 TCP/IP 中，正向地址解析协议（ARP）完成正向地址解析的任务。

逆向地址解析：是指从物理地址到 IP 地址的解析，逆向地址解析协议（RARP）完成逆向地址的解析任务。

与 DNS 不同的是，用户只要安装和设置了 TCP/IP，就可以自动实现 IP 地址与物理地址之间的转换工作。TCP/IP 及 DNS 服务器与客户端配置完成之后，计算机名字的查找过程是完全自动的。

三、查询模式

当客户机需要访问 Internet 上的某一主机时，首先向本地 DNS 服务器查询对方的 IP 地址，如果在本地 DNS 服务器无法查询出结果，本地 DNS 服务器会继续向另外一台 DNS 服务器查询，直到解析出需访问主机的 IP 地址，这一过程称为查询。DNS 查询模式有三种，即递归查询、迭代查询和反向查询。

1. 递归查询（Recursive Query）

递归查询，是指 DNS 客户端发出查询请求后，如果 DNS 服务器内没有所需的数据，则 DNS 服务器会代替客户端向其他的 DNS 服务器进行查询。在这种方式中，DNS 服务器必须向 DNS 客户端做出回答。DNS 客户端的浏览器与本地 DNS 服务器之间的查询通常是递归查询，客户端程序送出查询请求后，如果本地 DNS 服务器内没有需要的数据，则本地 DNS 服务器会代替客户端向其他 DNS 服务器进行查询。本地 DNS 会将最终结果返回给客户端程序。因此，从客户端来看，它是直接得到了查询的结果。

2. 迭代查询（Iterative Query）

迭代查询多用于 DNS 服务器与 DNS 服务器之间的查询方式。它的工作过程是：当第一台 DNS 服务器向第二台 DNS 服务器提出查询请求后，如果在第二台 DNS 服务器内没有所需要的数据，则它会提供第三台 DNS 服务器的 IP 地址给第一台 DNS 服务器，让第一台 DNS 服务器直接向第三台 DNS 服务器进行查询。依此类推，直到找到所需的数据为止。如果到最后一台 DNS 服务器中还没有找到所需的数据，则通知第一台 DNS 服务器查询失败。

3. 反向查询（Reverse Query）

反向查询的方式与递归型和迭代型两种方式都不同，它是让 DNS 客户端利用自己的 IP

地址查询它的主机名称。反向查询是依据 DNS 客户端提供的 IP 地址来查询它的主机名。由于 DNS 名字空间中域名与 IP 地址之间无法建立直接对应关系，所以必须在 DNS 服务器内创建一个反向型查询的区域，该区域名称的最后部分为 in – addr. arpa。由于反向查询会占用大量的系统资源，因而会给网络带来不安全，因此通常均不提供反向查询。

四、DNS 服务器管理

1. 正向查找区域

在 DNS 服务器中，正向查找区域（Forward Lookup Zone）是一种用于将域名解析为相应 IP 地址的区域。它是 DNS 服务器中的一部分，用于提供正向查询服务。

当客户端设备（如计算机、手机等）需要将域名转换为 IP 地址时，它们会发送 DNS 查询请求到 DNS 服务器。正向查找区域负责处理这些查询请求并返回相应的 IP 地址。

2. 反向查找区域

在 DNS 服务器中，反向查找区域（Reverse Lookup Zone）是一种用于将 IP 地址解析为相应域名的区域。它是 DNS 服务器中的一部分，用于提供反向查询服务。

当需要确定特定 IP 地址所对应的域名时，客户端设备（如计算机、服务器等）可以发送反向 DNS 查询请求到 DNS 服务器。反向查找区域负责处理这些查询请求并返回相应的域名。

反向区域并不是必需的，可以在需要时创建，例如，若在 IIS 网站利用主机名称来限制联机的客户端，则 IIS 需要利用反向查找来检查客户端的主机名称。当利用反向查找来将 IP 地址解析成主机名时，反向区域的前面半部分是其网络 ID（Network ID）的反向书写，而后半部分必须是 in – addr. arpa。in – addr. arpa 是 DNS 标准中为反向查找定义的特殊域，并保留在 Internet DNS 名称空间中，以便提供切实可靠的方式执行反向查询。例如，如果要针对网络 ID 为 192. 168. 1 的 IP 地址来提供反向查找功能，则此反向区域的名称必须是 1. 168. 192. in – addr. arpa。

反向查找区域允许管理员管理和维护 IP 地址与域名之间的映射关系。这对网络故障排除、安全审计和授权访问等场景非常有用。需要注意的是，使用反向查找区域需要在 DNS 服务器中配置相应的反向查找区域，并添加适当的 PTR 记录（指向域名），以实现 IP 地址到域名的反向解析。

3. 资源记录

DNS 服务器中的资源记录是用于存储和提供特定类型数据的信息单元。各种类型的资源记录在 DNS 系统中发挥不同的作用，用于解析域名、指定服务器、指向其他资源等。下面是一些常见资源记录的作用。

A 记录：将域名解析为 IPv4 地址。A 记录用于将域名映射到相应的 IP 地址，以便客户端能够访问相应的服务器。

AAAA 记录：将域名解析为 IPv6 地址。AAAA 记录类似于 A 记录，但用于 IPv6 地址的解析。

CNAME 记录：提供域名的别名。CNAME 记录将一个域名映射到另一个域名，从而实现域名的重定向或别名解析。

MX 记录：指定接收域名电子邮件的邮件交换器（Mail Exchanger）。MX 记录用于指定负责接收电子邮件的邮件服务器。

NS 记录：指定授权域名的名称服务器（Name Server）。NS 记录用于指定负责解析特定域名的 DNS 服务器。

PTR 记录：用于反向解析 IP 地址。PTR 记录将一个 IP 地址映射到相应的域名，提供 IP 地址到域名的反向查询功能。

TXT 记录：用于存储任意文本信息。TXT 记录通常用于存储验证、SPF（Sender Policy Framework）记录、DKIM（Domain Keys Identified Mail）记录等。

SRV 记录：用于指定提供特定网络服务的服务器。SRV 记录通常用于指定提供 VoIP、即时通信等服务的服务器。

SOA 记录：起始授权机构（Start of Authority）记录，指定域名区域的授权信息和参数，包括主要授权服务器、域名管理员联系信息、序列号等。

这些资源记录共同构成了 DNS 系统，使域名解析、电子邮件路由、服务发现等功能得以实现。通过在 DNS 服务器中配置适当的资源记录，可以管理和控制域名的解析、电子邮件传递和其他相关服务的运作。

4. 转发器

在 DNS 服务器中，转发器（Forwarder）是一种配置选项，用于将未知或无法解析的域名查询请求转发给其他 DNS 服务器进行解析。

当 DNS 服务器接收到一个域名查询请求时，它首先检查自身的缓存来查找已解析过的域名。如果查询的域名在缓存中不存在，DNS 服务器将尝试递归地解析该域名，即向根域名服务器、顶级域名服务器和授权域名服务器发出查询请求。

但是，在某些情况下，DNS 服务器可能无法解析特定的域名或遇到延迟。这时，通过配置转发器，DNS 服务器可以将这些未知或无法解析的域名查询请求转发给其他可靠的 DNS 服务器，以获取更快速、准确的解析结果。

五、安装 DNS 服务器

默认情况下，Windows Server 系统中没有安装 DNS 服务器，因此管理员需要手工进行 DNS 服务器的安装操作[①]。如果希望该 DNS 服务器能够解析 Internet 上的域名，还需保证该 DNS 服务器能正常连接 Internet。接下来，以在 S02 这台虚拟机上安装 DNS 服务器为例来演示具体操作步骤。

（1）在服务器中选择"开始"→"管理工具"→"服务器管理器"命令打开服务器管理器窗口，选择左侧"仪表板"一项之后，单击右侧的"添加角色和功能"链接，如图 4-4 所示。此时，出现"添加角色和功能向导"对话框，如图 4-5 所示，首先显示的是"开始之前"选项，此选项提示用户，在开始安装角色之前，需验证以下事项：

---

① 注：如果服务器已经安装了活动目录域服务 AD DS，则 DNS 服务器已经自动安装，不必进行 DNS 服务器的再次安装操作，可以直接配置使用。

①Administrator 账户具有强密码。

②已配置网络设置，例如配置静态 IP 地址。

③已安装 Windows Update 中的最新安全更新。

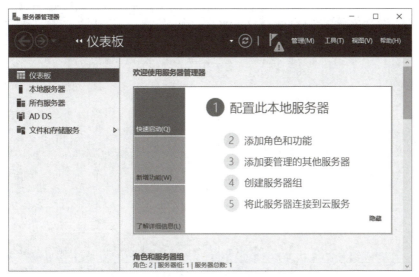

图 4 −4　添加角色和功能

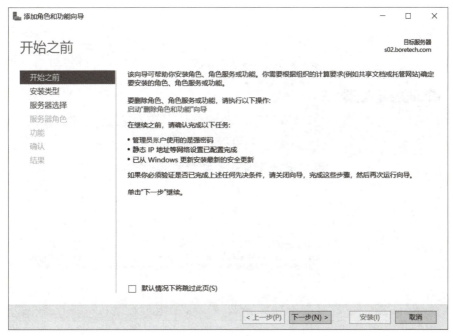

图 4 −5　"添加角色和功能向导"对话框

（2）单击"下一步"按钮，在如图 4 −6 所示的"安装类型"对话框中选择"基于角色或基于功能的安装"，然后单击"下一步"按钮。在如图 4 −7 所示的"服务器选择"对话框中，选择目标服务器。在此，选择当前服务器，然后单击"下一步"按钮继续操作。

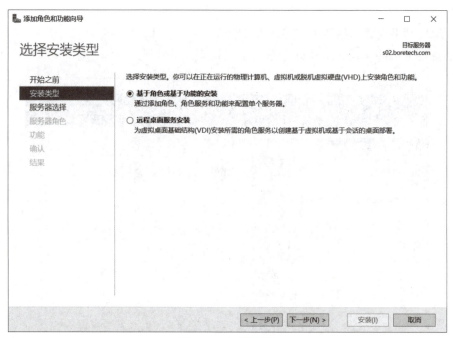

图 4 - 6　安装类型

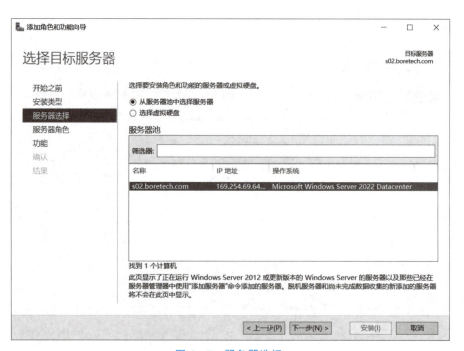

图 4 - 7　服务器选择

（3）在如图 4 - 8 所示的"服务器角色"对话框中，勾选"DNS 服务器"。在此对话框中，对 DNS 服务器进行了描述："域名系统（DNS）服务器为 TCP/IP 网络提供名称解析。如果与 Active Directory 域服务安装在同一服务器上，DNS 服务器将更易于管理。如果选择 Active Directory 域服务角色，可以安装并配置 DNS 服务器和 Active Directory 域服务一起工作。"如果已安装域控制器，DNS 服务器会显示已安装。如果未安装过域控制器，不会出现"已安装"提示。

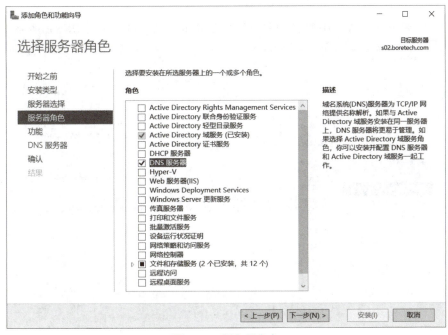

图 4 - 8　服务器角色

单击"下一步"按钮，在图 4 - 9 所示的"功能"对话框中，对选择的功能进行了简要介绍。

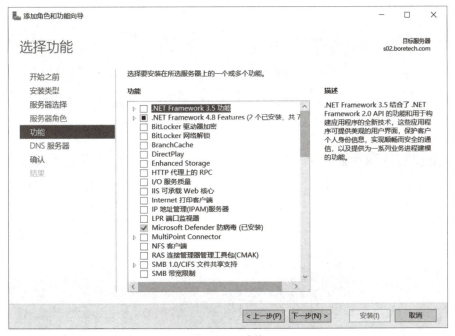

图 4 - 9　功能

（4）单击"下一步"按钮，在图 4 – 10 所示的"DNS 服务器"对话框中，单击"下一步"按钮，弹出如图 4 – 11 所示的"确认安装所选内容"对话框，对安装选项进行小结。单击"安装"按钮，在经过短暂的安装过程后，DNS 服务器显示安装进度，开始进行安装，此时，在"安装进度"界面中单击"关闭"按钮即可，系统自动进行 DNS 服务器安装。

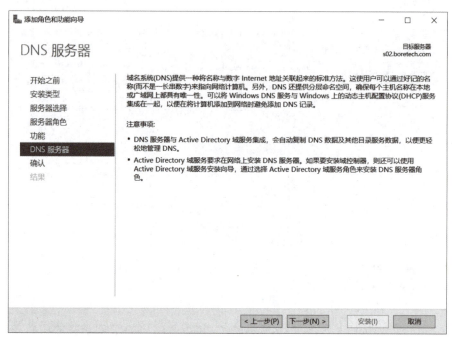

图 4 – 10   DNS 服务器

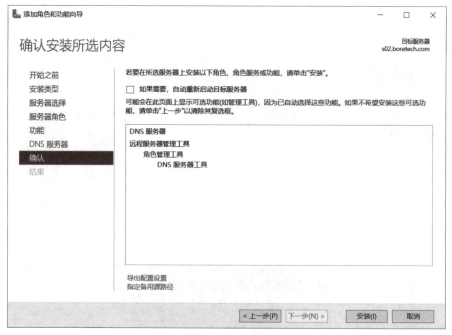

图 4 – 11   确认

安装完成后，选择"开始"→"程序"→"管理工具"→"服务器配置管理器"，返回服务器管理器界面之后，可以在"角色"中查看到当前服务器中已经安装了 DNS 服务器，如图 4 – 12 所示。

图 4 – 12　安装结果

提示：DNS 服务器安装成功后会自动启动，并且会在系统目录 % systemroot% \System32\ 下生成一个 dns 文件夹，如图 4 – 13 所示。其中默认包含了缓存文件、日志文件、模板文件夹、备份文件夹等与 DNS 相关的文件，如果创建了 DNS 区域，还会生成相应的区域数据库文件。

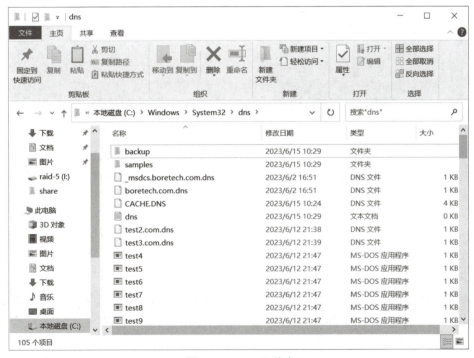

图 4 – 13　dns 文件夹

DNS 服务器安装的过程请扫描图 4 – 14 所示的二维码观看。

图 4 – 14　DNS
服务器安装

六、配置与管理 DNS 服务器

1. 创建正向查找区域

安装完成 DNS 服务器后，系统的管理工具中会增加一个"DNS"选项，管理员可以通过这个选项完成 DNS 服务器的前期设置与后期的运行管理等工作，具体的操作步骤如下。

（1）选择"开始"→"管理工具"→"DNS"命令，会打开"DNS 管理器"窗口，如图 4 – 15 所示。在"DNS 管理器"窗口中右击当前计算机名称，从弹出的快捷菜单中选择"配置 DNS 服务器"命令（图 4 – 15），激活 DNS 服务器配置向导，弹出"欢迎使用 DNS 服务器配置向导"对话框，说明该向导的配置的内容："此向导帮助你通过创建正向和反向查找区域和指定根提示和转发器来配置 DNS 服务器，"如图 4 – 16 所示，单击"下一步"按钮。

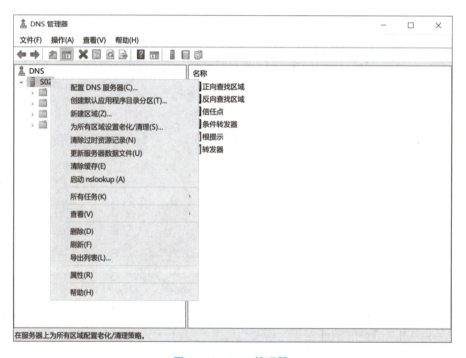

图 4 – 15　DNS 管理器

（2）进入"选择配置操作"对话框，如图 4 – 17 所示，可以设置网络查找区域的类型，在默认的情况下，系统自动选择"创建正向查找区域（适合小型网络使用）"单选按钮，如果用户设置的网络适用于小型网络，则可以保持默认选项并单击"下一步"按钮继续操作（本次操作选择这一项）。如果用户配置应用于大型网络，则可以选择第二项"创建正向和反向查找区域（适用于大型网络使用）"。也可以选择第三项"只配置提示（只适合高级用户使用）"。

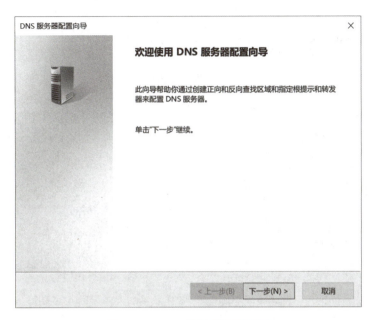

图 4-16 DNS 服务器配置向导

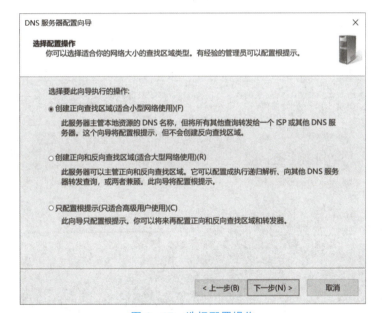

图 4-17 选择配置操作

（3）进入"主服务器位置"对话框，如图 4-18 所示，如果当前所设置的 DNS 服务器是网络中的第一台 DNS 服务器，则选择"这台服务器维护该区域"单选按钮，将该 DNS 服务器作为主 DNS 服务器使用，否则，可以选择"ISP 维护该项区域，一份只读的次要副本常驻在这台服务器上"单选按钮。本次操作选择第一项。

（4）单击"下一步"按钮，进入"区域名称"对话框，如图 4-19 所示。此时，输入区域名称"boretech. net"，单击"下一步"按钮继续操作。

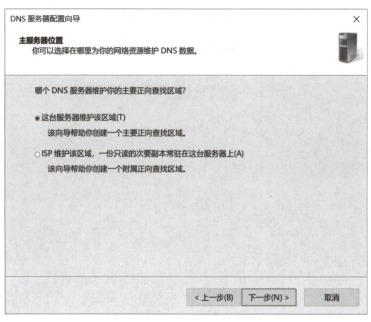

图 4 - 18　主服务器位置

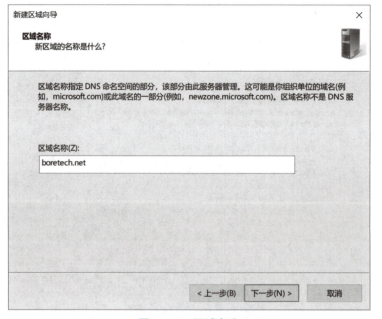

图 4 - 19　区域名称

（5）单击"下一步"按钮后，进入"动态更新"对话框，如图 4 - 20 所示，选择"不允许动态更新"单选按钮，不接受资源记录的动态更新，以安全的手动方式更新 DNS 记录。各选项功能如下。

- 只允许安全的动态更新（适合 Active Directory 使用）：只有在安装了 Active Directory 集成的区域后才能使用该项。

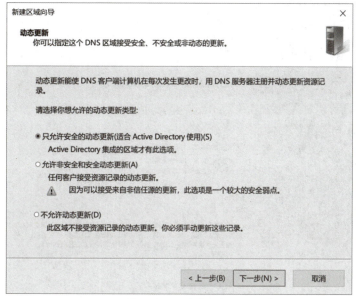

图 4 - 20　动态更新

- 允许非安全和安全动态更新：如果要使用任何客户端都可接受资源记录的动态更新，可选择该项，但由于可以接受来自非信任源的更新，所以使用此项时可能会不安全。
- 不允许动态更新：可使此区域不接受资源记录的动态更新，使用此项比较安全。

（6）单击"下一步"按钮，进入"转发器"对话框，如图 4 - 21 所示，保持"是，应当将查询转送到有下列 IP 地址的 DNS 服务器上"默认设置，可以在 IP 地址编辑框中键入 ISP 或者上级 DNS 服务器提供的 DNS 服务器 IP 地址，如果没有上级 DNS 器，则可以选择"否，不应转发查询"单选项。本次操作选择第二项。

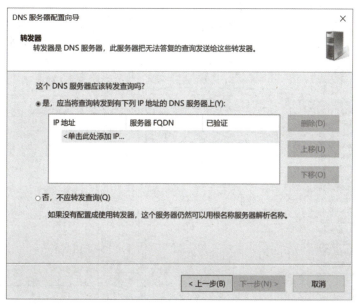

图 4 - 21　转发器

（7）单击"下一步"按钮，进入"正在完成 DNS 服务器配置向导"对话框，如图 4 – 22 所示，可以查看到有关 DNS 配置的信息，单击"完成"按钮关闭向导。

图 4 – 22　正在完成 DNS 服务器配置向导

至此，DNS 服务器配置完成。此时，选择"开始"→"管理工具"→"DNS"命令，在如图 4 – 23 所示的"DNS 管理器"窗口中，依次展开"DNS"→当前计算机名称→"正向查找区域"，boretech. com 区域已经创建完成。

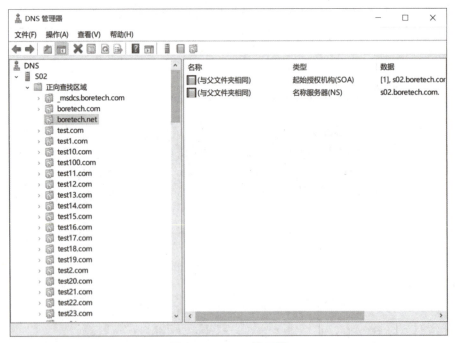

图 4 – 23　DNS 管理器

项目四 DNS 服务配置与管理

创建正向查找区域的过程请扫描图 4 – 24 所示的二维码观看。

特别说明：以上过程为创建单个正向查找区域，如果需要批量创建正向查找区域，可以在 Windows Server 系统中的命令提示符或 PowerShell 中执行批命令完成。接下来，以任务"在当前 S02 虚拟机 DNS 服务器中建立创建 test1. com ~ test100. com，并在所有正向区域中创建一条 A 记录，解析到本机地址 192. 168. 1. 21"为例演示批命令用法。具体如下：

图 4 – 24 创建正向查找区域

C:\Users\Administrator > for /L % a in（1,1,100）do dnscmd /zoneadd test% a. com /primary /file test% a. com

C:\Users\Administrator > for /L % a in（1,1,100）do dnscmd /recordadd test% a. com @ A 192. 168. 1. 21

说明：第一条命令是批量创建 100 个正向查找区域，第二条命令是为每一个正向区域添加一条 A 记录，指向 IP 地址 192. 168. 1. 21。

2. 创建反向查找区域

这里创建一个 IP 地址为 192. 168. 1 的反向查找区域，和创建正向查找区域的操作有些相似，具体的操作步骤如下：

（1）选择"开始"→"管理工具"→"DNS"命令，在"DNS 管理器"窗口左侧计算机名称 S02 下的"反向查找区域"处右击，在弹出的快捷菜单中选择"新建区域"选项（图 4 – 25），显示"新建区域向导"对话框（图 4 – 26）。

图 4 – 25 新建区域

（2）单击"下一步"按钮，弹出如图 4 – 27 所示的"区域类型"对话框，选择"主要区域"选项。单击"下一步"按钮，进入如图 4 – 28 所示的"反向查找区域名称"对话框。

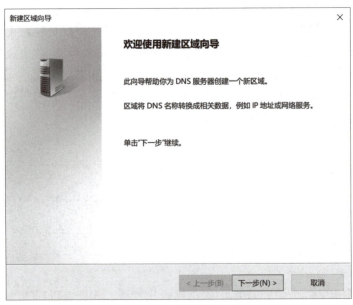

图 4 - 26　新建区域向导

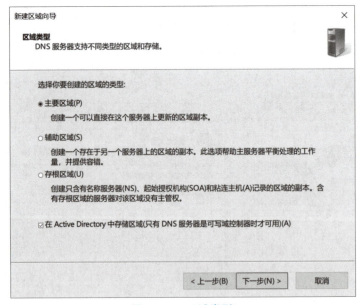

图 4 - 27　区域类型

（提示：在本书的上一项目中，当前的服务器被配置为 AD DS，则此时当前 DNS 服务器也是一台域控制器，那么，在图 4 - 27 中单击"下一步"按钮时，会进入"Active Directory 区域传送作用域"对话框，如图 4 - 29 所示，选择"至此域中的所有域控制器（为了与 Windows 2000 兼容）：boretech. com"单选项，然后继续单击"下一步"按钮）。

（3）在如图 4 - 28 所示的"反向查找区域名称"对话框中，根据目前网络的状况，一般建议选择"IPv4 反向查找区域"。

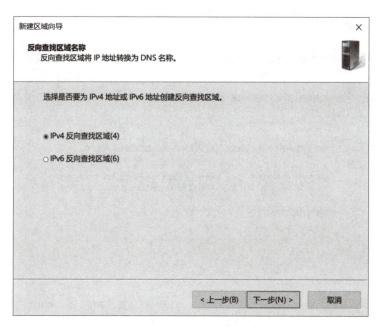

图 4 - 28　反向查找区域名称

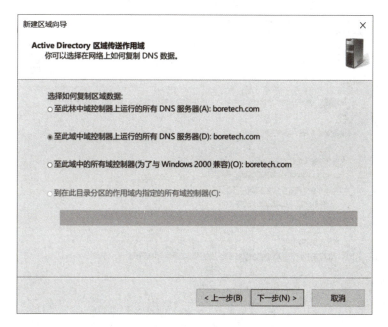

图 4 - 29　Active Directory 区域传送作用域

（4）单击"下一步"按钮，进入如图 4 - 30 所示的"反向查找区域名称"对话框，在"网络 ID 选项"中输入 IP 地址 192. 168. 1，同时，它会在"反向查找区域名称"文本框中显示为 1. 168. 192. in - addr. arpa。

（5）单击"下一步"按钮，进入如图 4 - 31 所示的"动态更新"对话框，在此，选择"不允许动态更新"单选项，以减少来自网络的攻击。

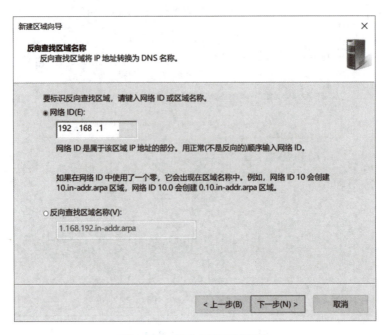

图 4 – 30　反向查找区域名称

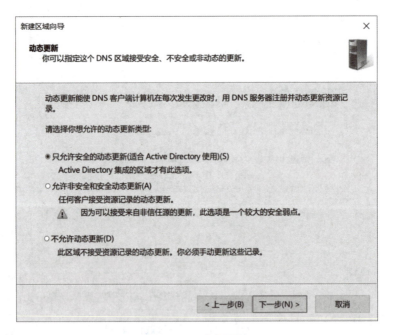

图 4 – 31　动态更新

（6）继续单击"下一步"按钮，显示"正在完成新建区域向导"，如图 4 – 32 所示，单击"完成"按钮即可。

当反向区域创建完成后，该反向主要区域就会显示在 DNS 的"反向查找区域"项中，并且区域名称显示为"1. 168. 192. in – addr. arpa"（图 4 – 33）。

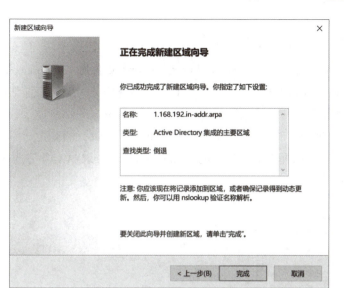

图 4 – 32　正在完成新建区域向导

图 4 – 33　反向区域创建成功

提示：以上创建反向区域的过程，在独立服务器与在已创建域控制器的服务器上稍有差别。添加 IPv6 地址的反向查找区域的过程同上，在此不一一赘述。

创建反向查找区域的过程请扫描图 4 – 34 所示的二维码观看。

图 4 – 34　创建反向
查找区域

3. 添加 DNS 资源记录

创建新的主区域后，"DNS 服务管理器"会自动创建起始机构授权、名称服务器等记录。除此之外，DNS 数据库还包含其他资源记录，用户可根据需要自行向主区域或域中添加资源记录。

1）主机（A 或 AAAA 类型）记录

在本任务中，需要在 Windows Server 服务器上创建域名为 dns. boretech. com 的域名地址，对应的 IP 为主机地址（192.168.1.21）。接下来以项目任务为例，来详细说明创建主机记录的过程。创建步骤如下：

①在"DNS 管理器"窗口中，选择要创建主机记录的区域（本项目区域名称为 boretech. com），右击，选择快捷菜单中的"新建主机（A 或 AAAA）"选项（图 4 –35），弹出如图 4 –36 所示的窗口。

图 4 –35　新建主机（A 或 AAAA）

图 4 –36　新建主机

②由于项目任务中需要创建的主机名称为 dns. boretech. com，则在图 4 - 36 所示的"名称"文本框中应输入主机名称为"dns"。注意：这里应输入相对名称，而不能是全称域名（输入名称的同时，域名会在"完全限定的域名"中自动显示出来）。在"IP 地址"框中输入主机对应的 IP 地址，输入后的效果如图 4 - 37 所示。然后单击"添加主机"按钮，弹出如图 4 - 38 所示的提示框，则表示已经成功创建了主机记录。

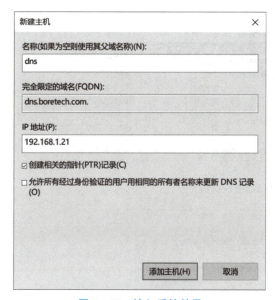

图 4 - 37　输入后的效果　　　　　　　图 4 - 38　创建主机记录成功

使用同样的方法可以为任何主机创建主机记录。

说明：并非所有计算机都需要主机资源记录，但是在网络上以域名来提供共享资源的计算机都需要该记录。一般为具有静态 IP 地址的服务器创建主机记录，也可以为分配静态 IP 地址的客户端创建主机记录。当 IP 配置更改时，运行 Windows 2000 及以上版本的计算机，使 DHCP 客户服务在 DNS 服务器上动态注册和更新自己的主机资源记录。如果运行更早版本的 Windows 系统，并且启用 DHCP 的客户机从 DHCP 服务器获取它们的 IP 租约，则可通过代理来注册和更新其主机资源记录。

2）起始授权机构（SOA）记录

起始授权机构（Start of Authority，SOA）记录是 DNS 中的一种资源记录类型。它在每个 DNS 区域的起始位置定义了该区域的授权信息，包括主要授权服务器和其他与该区域相关的参数。

SOA 记录是 DNS 中最重要的记录之一，它提供了授权和管理区域的关键信息。它确保了 DNS 区域的可靠性、一致性和及时更新。

修改和查看该记录的方法如下：在 DNS 管理窗口中，选择某一正向查找区域（如 boretech. com），在窗口右侧，右击"起始授权机构"（图 4 - 39），在快捷菜单中选中"属性"命令，打开如图 4 - 40 所示的"boretech. com 属性"对话框，在此对话框中可以进行 SOA 记录的编辑。

图 4-39　右击"起始授权机构"

图 4-40　起始授权机构属性

3）名称服务器（NS）记录

在 Windows Server 操作系统的 DNS 管理工具窗口中，每创建一个区域，就会自动建立这个记录。如果需要修改和查看该记录的属性，可以在图 4-41 所示的对话框中右击"名称服务器（NS）"，选择"属性"，打开"名称服务器"选项卡，如图 4-42 所示，单击其中的项目即可修改 NS 记录。

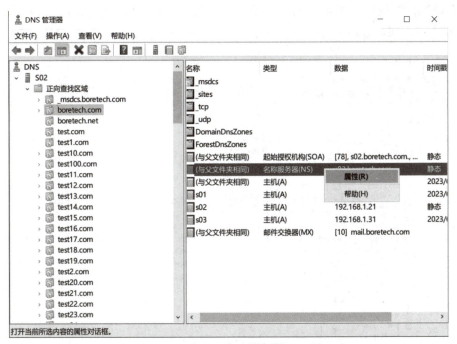

图 4-41　右击"名称服务器（NS）"

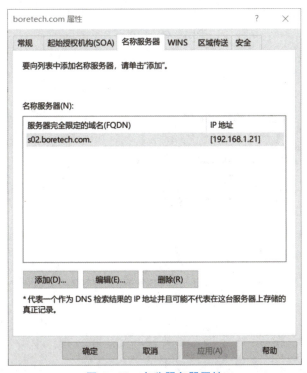

图 4-42　名称服务器属性

4）别名（CNAME）记录

在 DNS 管理窗口中右击已创建的主要区域（boretech. com），选择快捷菜单中的"新建别名（CNAME）"选项（图4-43），显示"新建资源记录"窗口，如图4-44所示。输入主机别名（ftp）和指派该别名的主机名称，如dns. boretech. com。

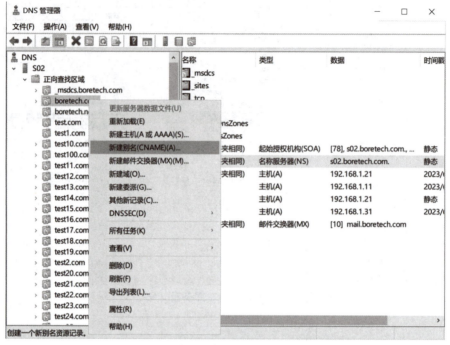

图4-43　新建别名

图4-44　新建资源记录

在图 4 –44 中，也可以通过单击"浏览"按钮来选择目标主机完全合格的域名，如图 4 – 45 所示。别名创建成功后，如图 4 –46 所示，在"DNS 管理器"窗口中会进行显示（注意：在类型中显示的是"别名（CNAME）"）。

图 4 –45　浏览

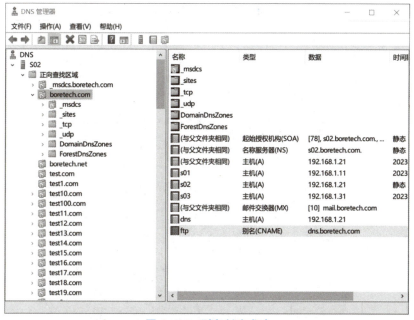

图 4 –46　别名创建成功

以上操作完成后，别名 ftp. boretech. com 被指向目标域名 dns. boretech. com。当客户端设备尝试解析 ftp. boretech. com 时，它将被重定向到 dns. boretech. com，并使用后者进行后续的解析。

5）邮件交换器（MX）记录

在 DNS 管理窗口中选取已创建的主要区域（boretech.com），右击，在快捷菜单中选择"新建邮件交换器（MX）"选项（图 4 – 47），弹出如图 4 – 48 所示的"新建资源记录"对话框。

图 4 – 47　新建邮件交换器

图 4 – 48　新建资源记录

图 4-48 中相关选项的功能如下：

主机或子域：邮件交换器（一般是指邮件服务器）记录的域名，也就是要发送邮件的域名，例如 mail，得到的用户邮箱格式为 user@ mail. boretech. com，但如果该域名与"父域"的名称相同，则可以不填或为空，得到的邮箱格式为 user@ boretech. com。

邮件服务器的完全限定的域名（FQDN）：设置邮件服务器的全称域名 FQDN（如 mail. boretech. com，此主机名应该是已建立的主机记录），也可单击"浏览"按钮，在如图 4-49 所示的"浏览"窗口列表中选择。

邮件服务器优先级：如果该区域内有多个邮件服务器，可以设置其优先级，数值越低，优先级越

图 4-49 浏览

高（0 最高），范围为 0~65 535。当一个区域中有多个邮件服务器时，其他的邮件服务器向该区域的邮件服务器发送邮件时，它会先选择优先级最高的邮件服务器。如果传送失败，则会再选择优先级较低的邮件服务器。如果有两台以上的邮件服务器的优先级相同，系统会随机选择一台邮件服务器。

设置完以上选项后，单击"确定"按钮，一个新的邮件交换器记录便创建成功，如图 4-50 所示。

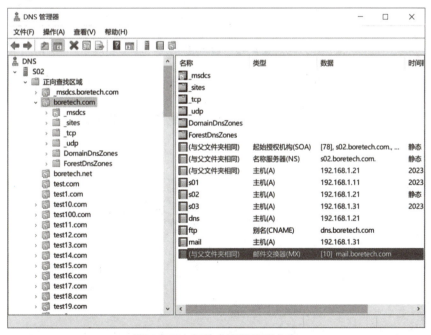

图 4-50 邮件交换器创建成功

6）创建其他资源记录

在区域中可以创建的记录类型还有很多，如 HINFO、PTR、MINFO、MR、MB 等，如用

户有需要，可以查询 DNS 管理窗口的帮助信息或者有关书籍。

　　具体的操作步骤为：选择一个区域或域（子域），右击，选择快捷菜单中的"其他新记录"选项（图4-51），弹出如图4-52所示的"资源记录类型"对话框，从中选择所要建立的资源记录类型，例如：ATM 地址（ATMA）。单击"创建记录"按钮，即可打开如图4-53所示窗口，同样需要指定主机名称和值。在建立资源记录后，如果还想修改，可右击该记录，选择快捷菜单中的"属性"选项。

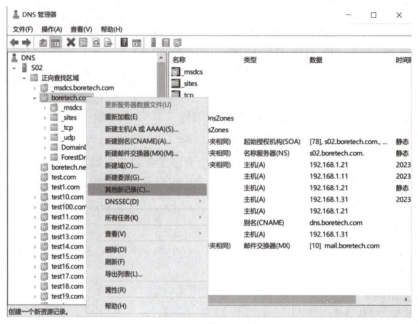

图 4-51　其他新记录

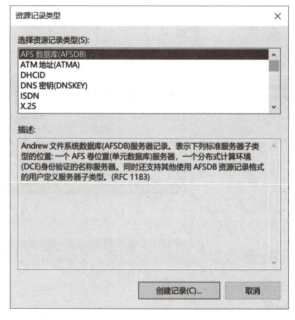

图 4-52　资源记录类型

设置完以上选项后，单击"确定"按钮，一个新的记录便创建成功，如图 4 – 54 所示。

图 4 – 53 新建资源记录

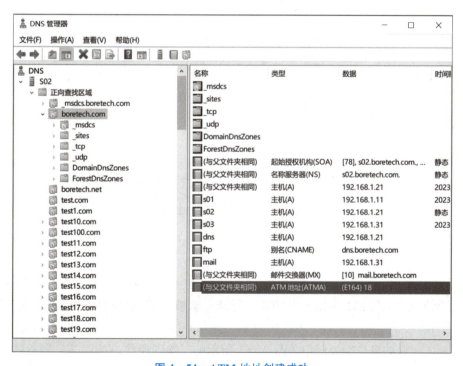

图 4 – 54 ATM 地址创建成功

以上创建过程演示如何创建不同的 DNS 记录类型，回到本项目的任务中，需要在 Windows Server 服务器上创建域名为 dns. boretech. com 的地址，对应的 IP 为主机地址（192. 168. 1. 21），通过上面的创建过程已经实现。详细实现过程请扫描图 4 – 55 所示的二维码观看。

图 4 – 55　添加资源记录

7）反向记录指针 PTR

当反向区域创建完成后，还必须在该区域内创建指针记录数据，即建立 IP 地址与 DNS 名称之间的搜索关系，只有这样，才能提供用户反向查询功能，在实际的查询中才是有用的。增加指针记录（以 S01 虚拟机创建反向记录 PTR 为例）的具体操作步骤如下：

①右击反向主要区域名称 "1. 168. 192. in – addr. arpa"，选择快捷菜单中的 "新建指针（PTR）" 选项（图 4 – 56），弹出如图 4 – 57 所示的 "新建资源记录" 窗口，在 "主机 IP 地址" 文本框中输入主机 IP 地址的最后一段（前 3 段是网络 ID），并在 "主机名" 后输入主机名，或单击 "浏览" 按钮，选择该 IP 地址对应的主机名。

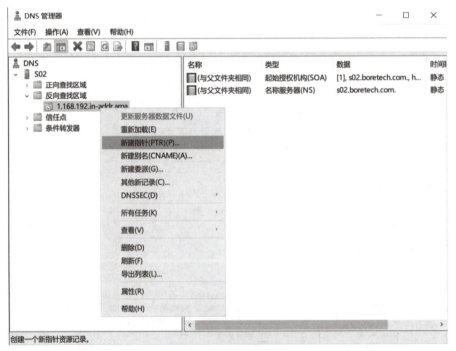

图 4 – 56　新建指针（PTR）

②输入完成后，效果如图 4 – 58 所示。最后单击 "确定" 按钮，一个反向记录就创建成功了，如图 4 – 59 所示。

◇ 小知识点：在创建正向区域的主机记录时，也可以顺便建立指针记录，如图 4 – 60 所示。只要勾选 "创建相关的指针（PTR）记录" 选项，就会自动创建反向查找区域的指针记录。

创建反向记录的操作视频请扫描图 4 –61 所示的二维码观看。

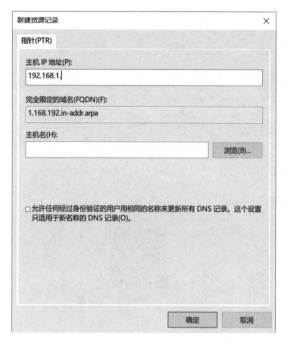

图 4 – 57　输入 IP 地址

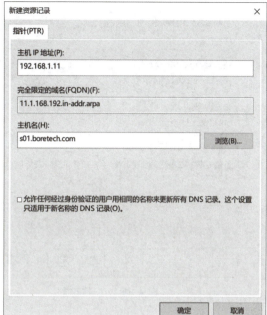

图 4 – 58　输入主机名

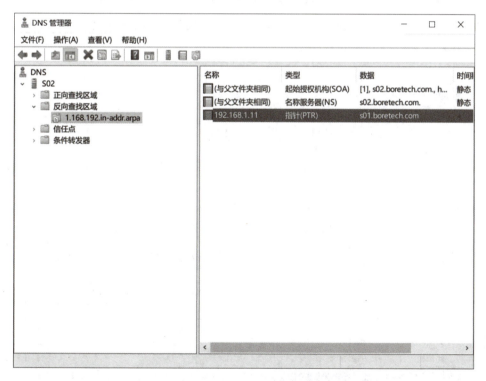

图 4 – 59　指针创建成功

图 4 – 60　创建指针

图 4 – 61　创建反向记录

4. 转发器、缓存文件

缓存文件用于存储最近进行的 DNS 查询的结果，以便在将来的查询中快速响应并减轻对上游 DNS 服务器的负载。本地 DNS 服务器就是通过名为 CACHE. DNS 的缓存文件找到根域内的 DNS 服务器的。在安装 DNS 服务器时，缓存文件就会被自动复制到% systemroot%\System32\dns 目录下，位置如图 4 – 62 所示。

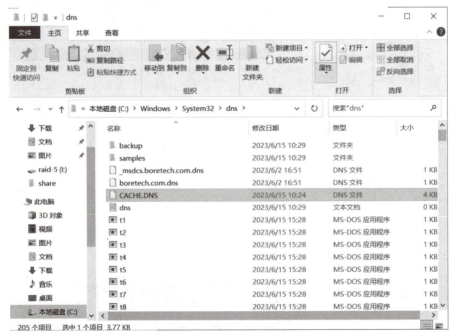

图 4 – 62　CACHE. DNS 位置

除了直接查看缓存文件外，还可以在"服务器管理器"窗口中查看，右击 DNS 服务器名，在弹出的菜单中选择"属性"命令，打开如图 4 – 63 所示的 DNS 服务器属性窗口，选择"根提示"选项卡，在"名称服务器"列表中就会列出 Internet 的 13 台根域服务器的 FQDN 和对应的 IP 地址。

这些自动生成的条目一般不需要修改，当然，如果企业的网络不需要连接到 Internet，则可以根据需要将此文件内根域的 DNS 服务器信息更改为企业内部最上层的 DNS 服务器。最好不要直接修改 cache. dns 文件，而是通过 DNS 服务器所提供的根提示功能来修改。

如果企业内部的 DNS 客户端要访问公网，有两种解决方案：在本地 DNS 服务器上启用根提示功能或者为它设置转发器。转发器是网

图 4 – 63　根提示

络上的一台 DNS 服务器，用于外部域名的 DNS 查询。转发器可以管理对网络外的名称（如 Internet 上的名称）的解析，并改善网络中计算机的名称解析效率。

对于小型网络，如果没有本网络域名解析的需要，则可以只设置一个与外界联系的 DNS 转发器，对于公网主机名称的查询，将全部转发到指定的公用 DNS 的 IP 地址或者转发到"根提示"选项卡中提示的 13 个根服务器。

对于大中型企事业单位，可能需要建立多个本地 DNS 服务器，如果所有 DNS 服务器都使用根提示向网络外发送查询，则许多内部和非常重要的 DNS 信息都可能暴露在 Internet 上，除了安全和隐私问题，还会导致大量外部通信，而且通信费用高昂，效率比较低。为了内部网络的安全，一般只将其中的一台 DNS 服务器设置为可以与外界 DNS 服务器直通的服务器，这台负责所有本地 DNS 服务器查询的计算机就是 DNS 服务的转发器。

如果在 DNS 服务器上存在一个"."域（如在安装活动目录的同时安装 DNS 服务，就会自动生成该域），根提示和转发器功能就会全部失效，解决的方法就是直接删除"."域。设置转发器的具体操作步骤如下：

（1）选择"开始"→"管理工具"→"DNS 服务器"命令，在左侧的目录树中右击 DNS 服务器名称，并在快捷菜单中选择"属性"选项，弹出如图 4 – 64 所示的属性窗口。

（2）选择"转发器"选项卡，如图 4 – 65 所示，单击"编辑"按钮，进入"编辑转发器"对话框，可添加或修改转发器的 IP 地址。转发器是可以用来进行 DNS 记录查询的服务器，而这些记录是该服务器无法解决的。

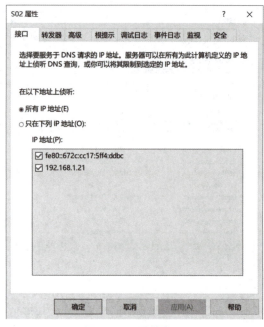

图 4 – 64　属性窗口　　　　　　　图 4 – 65　"转发器"选项卡

（3）在"转发服务器的 IP 地址"列表框中，输入 ISP 提供的 DNS 服务器的 IP 地址。重复上述操作，可添加多个 DNS 服务器的 IP 地址。需要注意的是，除了可以添加本地 ISP 的 DNS 服务器的 IP 地址外，还可以添加其他著名 ISP 的 DNS 服务器的 IP 地址。

（4）在转发器的 IP 地址列表中，选择要调整顺序或删除的 IP 地址，单击"上移""下移"或"删除"按钮，即可执行相关操作。应当将反应最快的 DNS 服务器的 IP 地址调整到最高端，从而提高 DNS 查询速度。单击"确定"按钮，保存对 DNS 转发器的设置。

三、配置 DNS 客户端

1. 配置 DNS 客户端的过程

在 C/S 模式中，DNS 客户端就是指那些使用 DNS 服务的计算机。从系统软件平台来看，有可能安装的是 Windows 的服务器版本，也可能安装的是 Linux 工作站系统。

DNS 客户端分为静态 DNS 客户和动态 DNS 客户。静态 DNS 客户是指管理员手工配置 TCP/IP 协议的计算机，对于静态客户，Windows 操作系统的各个版本设置的主要内容就是指定 DNS 服务器，一般只要设置 TCP/IP 的 DNS 选项卡的 IP 地址即可。动态 DNS 客户是指使用 DHCP 服务的计算机，对于动态 DNS 客户，重要的是在配置 DHCP 服务时，指定"域名称和 DNS 服务器"。

在 Windows Server 或 Windows 10 操作系统中配置 DNS 客户端大同小异，下面仅以在 Windows Server 操作系统中配置静态 DNS 客户为例进行介绍，具体的操作步骤如下：

（1）在"控制面板"中双击"网络和 Internet"图标，打开"网络和共享中心"窗口，其中列出了所有可用的网络连接，右击"本地连接"图标，在快捷菜单中选择"属性"，弹出如图 4 – 66 所示的"Ethernet0 属性"窗口。

（2）在"此连接使用下列项目"列表框中，选择"Internet 协议版本 4（TCP/IPv4）"，并单击"属性"按钮，弹出如图 4 – 67 所示的"Internet 协议版本 4（TCP/IPv4）属性"窗口。选择"使用下面的 DNS 服务器地址"选项，分别在"首选 DNS 服务器"和"备用 DNS 服务器"文本框中输入主 DNS 服务器和辅 DNS 服务器的 IP 地址。单击"确定"按钮，保存对设置的修改即可（根据上面的设置，首选 DNS 服务器地址为 192. 168. 1. 12）。

 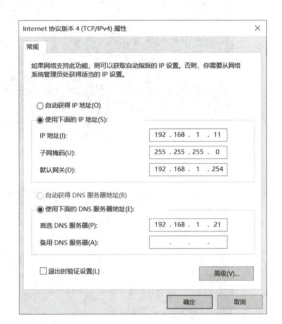

图 4 – 66　"Ethernet0 属性"窗口　　　图 4 – 67　"Internet 协议版本 4（TCP/IPv4）属性"窗口

在客户端配置 DNS 服务器的过程请扫描图 4 – 68 所示的二维码在线观看。

2. 测试 DNS 服务器连通情况

DNS 服务器安装与配置之后，还要在服务器端与 DNS 客户端测试 DNS 服务器是否正常工作，一般使用命令提示符窗口或 PowerShell 比较方便。

图 4 – 68　客户端配置 DNS 服务器

1）ping 命令测试连通性

ping 命令是用来测试 DNS 能否正常工作最为简单和实用的工具，如果想测试 DNS 服务器能否解析域名 dns. boretech. com，在客户端命令行直接输入，根据输出结果，可以很容易判断出 DNS 解析是成功的。

在客户机上单击"开始"→"运行…"，在弹出的"运行"对话框中输入"CMD"，则可以进入命令行窗口，直接在命令行中输入以下命令（画线部分）：

C：\ > ping dns. boretech. com

C：\ > ping 192. 168. 1. 21

图 4 – 69 所示为 ping 域名服务器的效果。图 4 – 70 所示为 ping IP 地址的效果。

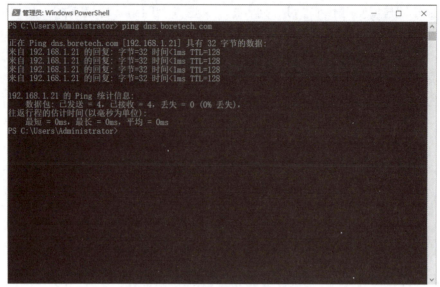

图 4 – 69   ping 域名服务器的效果

图 4 – 70   ping IP 地址的效果

注：为了能更准确地测试出 DNS 服务器安装是否正确，以及客户机是否能够正常使用，上面的测试请在客户机上进行。

2）nslookup 命令

nslookup 是一个监测网络中 DNS 服务器是否能正确实现域名解析的命令行工具，它用来向 Internet 域名服务器发出查询信息，有两种模式：交互式和非交互式。

当没有指定参数（使用默认的域名服务器）或第一个参数是"_"，第二个参数为一个域名服务器的主机名或 IP 地址时，nslookup 为交互模式；当第一个参数是待查询的主机的域名或 IP 地址时，nslookup 为非交互模式。这时，任选的第二个参数指定了一个域名服务器的主机名或 IP 地址。

下面通过实例介绍如何使用交互模式对 DNS 服务进行测试（注：下划线部分为输入的相关命令）。

　　①查找主机。

　　nslookup 命令用来查找默认 DNS 服务器主机的 IP 地址。

　　C：\ > nslookup

　　默认服务器：dns. boretech. com

　　Address：192. 168. 1. 21

　　命令使用及相关结果如图 4 - 71 所示。

　　> boretech. com

　　服务器：dns. boretech. com

　　Address：192. 168. 1. 21

　　名称：boretech. com

　　Address：192. 168. 1. 21

　　命令使用及相关结果如图 4 - 72 所示。

图 4 - 71　nslookup　　　　　　　　图 4 - 72　ping IP 地址

　　②查找域名信息。

　　set type 表示设置查找的类型，ns 表示域名服务器。

　　> set type = ns

　　> boretech. com

　　命令格式及相关效果如图 4 - 73 所示。

　　③检查反向 DNS。

　　假如已知道客户端 IP 地址，要查找其域名，输入：

　　> set type = ptr

　　> 192. 168. 1. 21

　　命令格式及相关效果如图 4 - 74 所示。

　　④检查 MX 邮件记录。

　　要查找域名的邮件记录地址，输入：

图4-73　查找域名信息

图4-74　检查反向DNS

> set type = mx

> boretech. com

命令格式及相关效果如图4-75所示。

⑤检查CNAME别名记录。

此操作时查询域名主机有无别名。

> set type = cname

> boretech. com

命令格式及相关效果如图4-76所示。

图4-75　检查MX邮件记录　　　　　图4-76　检查CNAME别名记录

3）ipconfig命令查看网络配置

DNS客户端会将DNS服务器发来的解析结果缓存下来，在一定时间内，若客户端再次需要解析相同的名字，则会直接使用缓存中的解析结果，而不必向DNS服务器发起查询。解析结果在DNS客户端缓存的时间取决于DNS服务器上响应资源记录设置的生存时间（TTL）。如果在生存时间规定的时间内，DNS服务器对该资源记录进行了更新，则在客户端会出现短时间的解析错误，此时可尝试清空DNS客户端缓存来解决问题，具体的操作使用ipconfig命令及其参数来完成。

①查看DNS客户端缓存。

在DNS客户端输入以下命令查看DNS客户端缓存。

C：\ > ipconfig /displaydns

②清空DNS客户端缓存。

在DNS客户端输入以下命令清空DNS客户端缓存。

C：\ > ipconfig /flushdns

再次使用命令"ipconfig /displaydns"来查看 DNS 客户端缓存，可以看到已将其部分内容清空。

【任务实施】

为完成 DNS 服务器的创建与应用，一般分为如图 4 - 77 所示三个阶段。

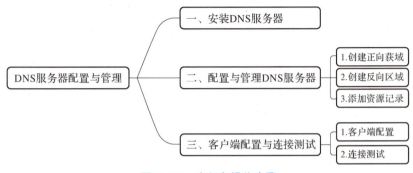

图 4 - 77　本任务操作步骤

【任务工单】

请扫描图 4 - 78 所示的二维码下载任务工单，按工作要求与步骤记录并完成工作任务。

图 4 - 78　任务
工单 4 - 1

【素养课堂】

党的二十大报告指出，要建设现代化产业体系：坚持把发展经济的着力点放在实体经济上，推进新型工业化，加快建设制造强国、质量强国、航天强国、交通强国、网络强国、数字中国。网络安全作为网络强国、数字中国的"底座"，将在未来的发展中承担托底的重担，是我国现代化产业体系中不可或缺的部分，既关乎国家安全、社会安全、城市安全、基础设施安全，也和每个人的生活密不可分。而域名系统作为互联网上不可或缺的组成部分，对于网络安全具有重要作用。然而，当前的域名系统面临着一些问题，因此，为了保障网络安全，需要我们特别重视域名系统的建设。

1. 域名系统的重要性

DNS 在互联网上的重要性不容小觑。它为整个互联网提供了基本的命名服务和映射服务，确保了它的正常运转。同时，DNS 还为互联网上的信息传播打下了坚实的基础。它通过解析域名，完成了互联网上信息传递。因此，DNS 的可靠性和安全性直接关系到互联网的整体安全。

2. 当前的域名系统存在的问题

当前的域名系统虽然具备一些基本的安全机制，但仍然存在一些不足。其中，最主要的问题是 DNS 的安全性和可靠性。由于 DNS 的分布式架构，信息识别和恶意攻击很容易发生。例如：DNS 污染、中间人攻击等，这些都会导致域名解析失效或者解析到错误的 IP 地址。

另外，DNS 的管理和维护问题也值得我们关注。当前的域名系统由一些根域名服务器和一些顶级域名服务器组成。这些服务器是全球性的，有着重要的地位。然而，由于这些服务器集中在少数国家或组织，其管理和维护也存在一定的问题，而且容易受到政治因素的干扰。

保障网络安全，重视域名系统是当今互联网时代亟待解决的问题。我们应该共同关注并采取必要的措施，加强域名系统的安全和可靠性，推进其多元化和分布化，为互联网建立一个更加稳健的基础。

【任务总结】

本任务主要完成 Windows DNS 服务器的安装与测试，并掌握 DNS 服务器的基本设置，通过创建正向查找区域设置、添加 DNS 记录、创建反向查找区域等配置，用户可以模拟组建出不同场景下的域名与 IP 地址的映射，以满足不同开发与管理需求。

任务 2　赛场练兵

【任务描述】

你作为一个微软高级认证的技术工程师，被指派去构建一个公司的内部网络，要为员工提供便捷、安全稳定的内外网络服务。你必须在规定的时间内完成要求的任务，并进行充分的测试，确保设备和应用正常运行。任务所有规划都基于 Windows 操作系统，请根据网络拓扑、基本配置信息和服务需求完成网络服务安装与测试，确保设备和应用正常运行。

1. 拓扑图

构建 ChinaSkills. cn 的网络服务环境，如图 4-79 所示。

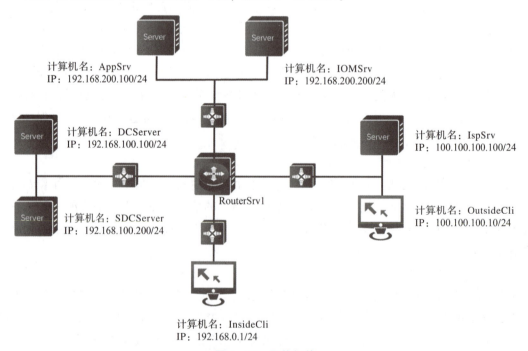

图 4-79　网络拓扑

2. 网络地址规划

服务器和客户端基本配置见表 4-3。

表 4-3　服务器和客户端基本配置

主机名	所在域	网络地址	DNS	网关
DCServer	chinaskills. com	192. 168. 100. 100/24	127. 0. 0. 1	192. 168. 100. 254
SDCServer	chinaskills. com	192. 168. 100. 200/24	127. 0. 0. 1	192. 168. 100. 254
AppSrv	chinaskills. com	192. 168. 200. 100/24	192. 168. 100. 100 192. 168. 100. 200	192. 168. 200. 254
RouterSrv1	chinaskills. com	192. 168. 100. 254/24 192. 168. 0. 254/24 192. 168. 200. 254/24 100. 100. 100. 251/24	192. 168. 100. 100	无
IspSrv	保持工作组状态	100. 100. 100. 100/24	127. 0. 0. 1	无
InsideCli	chinaskills. com	192. 168. 0. 1/24 （DHCP）	192. 168. 100. 100 192. 168. 100. 200	192. 168. 0. 254
OutsideCli	保持工作组状态	100. 100. 100. 10/24	100. 100. 100. 100	100. 100. 100. 254

说明：（1）各主机操作系统采用中文版 Windows Server 2022（Datacenter 桌面体验版）。

（2）默认账号及默认密码设置如下：

Username：Administrator

Password：ChinaSkills23

Username：demo

Password：ChinaSkills23

注：若非特别指定，所有账号的密码均为 ChinaSkills23。

【任务清单】

在 DCServer 上完成 DNS Service 配置工作任务。

（1）安装及配置 DNS 服务。

（2）创建必要的 ChinaSkills. cn 正向区域，添加必要的域名解析记录。

（3）把当前机器作为互联网根域服务器，创建 test1. com ~ test100. com，并在所有正向区域中创建一条 A 记录，解析到本机地址。

（4）配置 TXT 记录，配置主时间控制服务记录；配置域名反向 PTR。

（5）为当前域网络创建反向查找区域。

【任务工单】

请扫描图 4-80 所示的二维码下载任务工单，按工作要求与步骤记录并完成工作任务。

图 4 – 80　任务工单 4 – 2

【任务总结】

　　此项任务为国赛赛场模拟真实网络环境场景构建，本任务通过虚拟软件平台 VMware 实现了 DNS 服务器的配置与管理，为接下来的项目各分任务的实施奠定基础。详细网络构建过程可登录"智慧职教"本课程在线课程进行观看与学习，任务工单可在线下载。

项目五

DHCP 服务与管理

【项目场景】

随着规模的不断壮大，慧心科技有限公司局域网络的计算机数量越来越多，静态 IP 地址设置方案已不能满足网络的需求，经常会出现 IP 地址冲突导致无法上网等问题。为了高效、方便地管理公司网络 IP 地址，要求网络管理员创建 DHCP 服务器，通过采用 DHCP 服务器技术来实现网络的 TCP/IP 动态配置与管理，让在 TCP/IP 网络上工作的每台工作站在要使用网络上的资源之前，都必须进行基本的网络配置，如 IP 地址、子网掩码、默认网关、DNS 的配置等，来提高网络访问效率与稳定性。

【证书考点与赛项目标】

（1）遵守健康及安全标准，快速理解规则及掌握规章。

（2）具备网络规划与设计能力。

（3）具备根据优先顺序表，定期制订计划、重新修订计划及多任务组织能力。

（4）能依据设计图纸要求组建小型网络，配置和管理应用服务器。

（5）以项目团队成员的身份与同伴有效合作，并把工作效率和学习能力发挥到最大。

【知识目标与技能目标】

（1）能够正确架设与配置 DHCP 服务器，实现公司内部 IP 地址的统一管理与分配。

（2）能够正确配置与管理 DHCP 服务器。

（3）能够正确配置 DHCP 客户端。

（4）能够正确配置多个 DHCP 服务器。

（5）能够熟练管理 DHCP 服务器数据库。

（6）理解 DHCP 服务器配置的 80/20 原则。

（7）具备中小型企业网络规划、设计、实施的能力。

（8）具备网络组建、管理基本能力。

【素养目标】

（1）培养尊重宽容、团结友善、推己及人的优良品质。

（2）培养沟通力、抗压力、6S 规范等职业素质。

（3）培养精益求精的工匠精神，并融入专业技能训练的过程中。

（4）通过实践基于真实企业网络应用场景、基于真实工作流程，将劳动实践与专业技能相融合，强化劳动意识。

【需求分析】

DHCP 服务器称为动态 IP 地址方案，采用 DHCP 服务器可以解决 IP 地址分配中出现的问题。针对慧心科技有限公司现有的网络规模，可以采用双 DHCP 服务器的配置模式。如果网络中存在多个子网，在双 DHCP 模式下，可以创建超级作用域，用于对多网 IP 地址的分配。

【方案设计】

本项目要求完成的网络拓扑如图 5－1 所示，此项目在上一 DNS 服务器项目的基础上，在网络中添加两个 DHCP 服务器角色，让其用于网络管理。

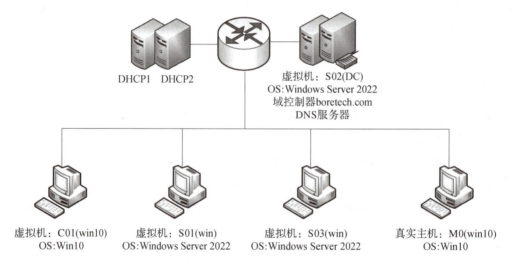

图 5－1　慧心科技有限公司网络拓扑图

新增加的双 DHCP 服务器配置及拓扑图如图 5－2 所示。

在本项目中，域名服务器及 DHCP 服务器在公司网络内的域名与对应的 IP 等配置见表 5－1。

本项目划分为以下工作任务完成：

任务 1　DHCP 服务的安装与部署

任务 2　赛场练兵

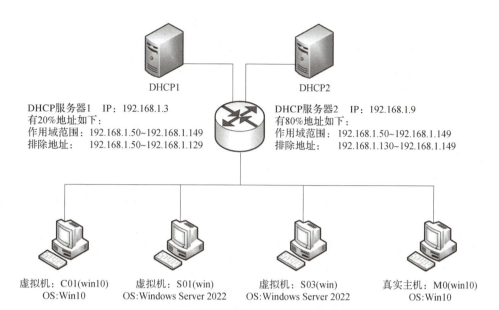

DHCP1　　　　　　　　　　DHCP2

DHCP服务器1　IP：192.168.1.3
有20%地址如下：
作用域范围：192.168.1.50~192.168.1.149
排除地址：　192.168.1.50~192.168.1.129

DHCP服务器2　IP：192.168.1.9
有80%地址如下：
作用域范围：192.168.1.50~192.168.1.149
排除地址：　192.168.1.130~192.168.1.149

虚拟机：C01(win10)
OS:Win10

虚拟机：S01(win)
OS:Windows Server 2022

虚拟机：S03(win)
OS:Windows Server 2022

真实主机：M0(win10)
OS:Win10

图 5 – 2　双 DHCP 服务器配置及拓扑图

表 5 – 1　慧心科技有限公司 DHCP 服务器配置一览表

图标	名称	域名与对应 IP	说明
	域服务器活动 目录服务器	boretech. com 192. 168. 1. 21	慧心科技有限公司的主服务器之一。用于管理公司本部的内网资源，包括组织单位（OU）、组、用户、计算机、打印机等。由于访问量较大，该服务器配置较高，是网络建设中重点投资的设备之一
DHCP	DHCP 服务器	dhcp01. boretech. com 192. 168. 1. 3	DHCP 服务器，用于公司内部管理网络 IP 地址，以提高访问效率与稳定性，用于分配 80% 的 IP 地址。分配的地址范围：192.168.1.50 ~ 192.168.1.149，排除范围：192.168.1.130 ~ 192.168.1.149
DHCP	DHCP 服务器	dhcp02. boretech. com 192. 168. 1. 9	DHCP 服务器，用于公司内部管理网络 IP 地址，以提高访问效率与稳定性。用于分配 20% 的 IP，此服务器作为辅助 DHCP 服务器来使用。分配的地址范围：192.168.1.50 ~ 192.168.1.149，排除范围：192.168.1.50 ~ 192.168.1.129

任务 1　DHCP 服务的安装与部署

【任务描述】

你作为一名网络管理员，为了解决公司内网出现 IP 地址冲突导致无法上网等问题，配置了 DHCP 服务器。

详细任务如下：

（1）在虚拟云平台网络上新建两台虚拟机，名称为 dhcps1、dhcps2，IP 地址为 192.168.1.3、192.168.1.9，作为 DHCP 服务器使用。

（2）在 DNS 服务器中添加主机 A 记录：dhcp01.boretech.com 和 dhcp02.boretech.com，分别指向 192.168.1.3 和 192.168.1.9。

（3）把新增加的两台虚拟机配置为双 DHCP 服务器，地址采用 80/20 分配原则。

（4）将原 S01 与 S03 两台虚拟机网络地址设置为自动获取。

【任务分析】

在局域网中，对于网络规模较大的用户，系统管理员给每一台计算机分配 IP 地址的工作量就会很大，而且常常会因为用户不遵守规则而出现错误，例如，导致 IP 地址的冲突等。同时，在把大批计算机从一个网络移动到另一网络，或者改变部门计算机所属子网时，同样存在改变 IP 地址的工作量大的问题。

DHCP 因此应运而生，采用 DHCP 方法配置的计算机 IP 地址的方案称为动态 IP 地址方案。在动态 IP 地址方案中，每台计算机并不设置固定的 IP 地址，而是在计算机开机时才被分配一个 IP 地址，这样可以解决 IP 地址不够用的问题。

【知识准备】

一、DHCP 的意义

TCP/IP 目前已经成为互联网的公用通信协议，在局域网上也是必不可少的协议。用 TCP/IP 协议进行通信时，每一台计算机（主机）都必须有一个 IP 地址用于在网络上标识自己。对于一个设立了因特网服务的组织机构，由于其主机对外开放了诸如 WWW、FTP、E-mail 等访问服务，通常要对外公布一个固定的 IP 地址，以方便用户访问。如果 IP 地址由系统管理员在每一台计算机上手动进行设置，把它设定为一个固定的 IP 地址时，就称为静态 IP 地址方案。对于大多数拨号上网的用户，由于其上网时间和空间的离散性，为每个用户分配一个固定的静态 IP 地址是不现实的，如果 ISP（Internet Service Provider，互联网服务供应商）有 10 000 个用户，就需要 10 000 个 IP 地址，这将造成 IP 地址资源的极大浪费。随着全球上网的网民数量不断增多，面临着 IP 地址与网络用户高速发展不匹配的问题。

采用 DHCP 方法配置的计算机 IP 地址并不是固定的，而是在计算机开机时才被分配一个 IP 地址，从而解决了 IP 地址不够用的问题。

二、DHCP 网络的组成对象

在 DHCP 网络中有三类对象，分别是 DHCP 客户端、DHCP 服务器和 DHCP 数据库。DHCP 是采用客户端/服务器（Client/Server）模式，有明确的客户端和服务器角色的划分，分配到 IP 地址的计算机被称为 DHCP 客户端（DHCP Client），负责给 DHCP 客户端分配 IP 地址的计算机称为 DHCP 服务器，DHCP 数据库是 DHCP 服务器上的数据库，存储了 DHCP 服务配置的各种信息。

三、DHCP 动态主机配置协议

DHCP 是动态主机分配协议（Dynamic Host Configuration Protocol）的简称，是一个简化主机 IP 地址分配管理的 TCP/IP 标准协议。管理员可以利用 DHCP 服务器，从预先设置的 IP 地址池中动态地给主机分配 IP 地址，不仅能够保证 IP 地址不重复分配，也能够及时回收 IP 地址，以提高 IP 地址的利用率。

为了使用 DHCP 的动态地址分配机制，管理员必须配置 DHCP 服务器，使它能够提供一组 IP 地址。任何时候一旦有新的计算机联网，新的计算机将与服务器联系并申请一个 IP 地址。服务器从管理员指定的 IP 地址中选择一个地址，并将它分配给该计算机。

DHCP 允许有如下三种类型的地址分配：

自动分配方式：当 DHCP 客户端第一次成功地从 DHCP 服务器端租用到 IP 地址之后，就永远使用这个地址。

动态分配方式：当 DHCP 第一次从 HDCP 服务器端租用到 IP 地址之后，并非永久地使用该地址，只要租约到期，客户端就得释放这个 IP 地址，以给其他工作站使用。当然，客户端可以比其他主机更优先地更新租约，或是租用其他的 IP 地址。

手工分配方式：DHCP 客户端的 IP 地址是由网络管理员指定的，DHCP 服务器只是把指定的 IP 地址告诉客户端。

四、DHCP 的工作过程

DHCP 客户端为了分配地址和 DHCP 服务器，进行报文交换的过程如下：

1. IP 租约的发现阶段

发现阶段是 DHCP 客户端寻找 DHCP 服务器的过程。客户端启动时，以广播方式发送 DHCP DISCOVER（发现报文）消息，来寻找 DHCP 服务器，请求租用一个 IP 地址。由于客户端还没有自己的 IP 地址，所以使用 0.0.0.0 作为源地址，同时，客户端也不知道服务器的 IP 地址，所以它以 255.255.255.255 作为目标地址。网络上每一台安装了 TCP/IP 协议的主机都会接收到这种广播信息，但只有 DHCP 服务器才会做出响应。

2. IP 租约的提供阶段

当客户端发送要求租约的请求后，所有的 DHCP 服务器都收到了该请求，然后所有的 DHCP 服务器都会广播一个愿意提供租约的 DHCP OFFER（提供报文）消息（除非该 DHCP 服务器没有空余的 IP 可以提供了）。在 DHCP 服务器广播的消息中包含以下内容：源地址，DHCP 服务器的 IP 地址；目标地址，因为这时客户端还没有自己的 IP 地址，所以使用广播地址 255.255.255.255；客户端地址，DHCP 服务器可提供的一个客户端使用的 IP 地址；另外，还有客户端的硬件地址、子网掩码、租约的时间长度和该 DHCP 服务器的标识符等。

3. IP 租约的选择阶段

如果有多台 DHCP 服务器向 DHCP 客户端发来 DHCP OFFER 消息，则 DHCP 客户端只接受第一个收到的 DHCP OFFER 消息，然后以广播方式回答一个 DHCP REQUEST（请求报文）消息，该消息中包含向它所选定的 DHCP 服务器请求 IP 地址的内容。之所以要以广播方式回答，是为了通知所有的 DHCP 服务器，它将选择某台 DHCP 服务器所提供的 IP 地址，其他的 DHCP 服务器会撤销它们提供的租约。

4. IP 租约的确认阶段

当 DHCP 服务器收到 DHCP 客户端回答的 DHCP REQUEST 消息之后，它便向 DHCP 客户端发送一个包含它所提供的 IP 地址和其他设置的 DHCP ACK（确认报文）消息，告诉 DHCP 客户端可以使用它所提供的 IP 地址。然后 DHCP 客户端便将其 TCP/IP 协议与网卡绑定，可以在局域网中与其他设备进行通信了。

当 IP 地址使用时间达到租期的一半时，将向 DHCP 服务器发送一个新的 DHCP 请求，服务器接收到该信息后，回送一个 DHCP 应答报文信息，以重新开始一个租用周期。该过程就像是续签租赁合同，只是续约时间必须在合同期的一半时进行。在进行 IP 地址续租时，有以下两种特殊情况：

1. DHCP 客户端重新启动时

不管 IP 地址的租期有没有到期，DHCP 客户端每次重新登录网络时，就不需要再发送 DHCP DISCOVER 消息了，而是直接发送包含前一次所分配的 IP 地址的 DHCP REQUEST 消息。当 DHCP 服务器收到这一消息后，它会尝试让 DHCP 客户端继续使用原来的 IP 地址，并回答一个 DHCP ACK 消息。如果此 IP 地址已无法再分配给原来的 DHCP 客户端使用（例如此 IP 地址已分配给其他 DHCP 客户端使用），则 DHCP 服务器给 DHCP 客户端回答一个 DHCP NACK（否认报文）消息。当原来的 DHCP 客户端收到此 DHCP NACK 消息后，它就必须重新发送 DHCP DISCOVER 消息来请求新的 IP 地址。

2. IP 地址的租期超过一半时

DHCP 服务器向 DHCP 客户端出租的 IP 地址一般都有一个租用期限，期满后，DHCP 服务器便会收回出租的 IP 地址。如果 DHCP 客户端要延长其 IP 租约，则必须更新其 IP 租约。客户端在 50% 租用时间过去以后，每隔一段时间就开始请求 DHCP 服务器更新当前租用时间，如果 DHCP 服务器应答，则租用延期。如果 DHCP 服务器始终没有应答，则在有效租期的 87.5% 时，客户端应该与其他的 DHCP 服务器通信，并请求更新它的配置信息。如果客户端不能和所有的 DHCP 服务器取得联系，租用时间到期后，必须放弃当前的 IP 地址，并重新发送一个 DHCP DISCOVER 消息开始上述的 IP 地址获得过程。

五、DHCP 基本操作

1. 安装 DHCP 服务

安装 DHCP 服务与安装其他 Windows Server 2022 服务一样，可以用添加角色和功能向导来完成，这个向导可以通过"服务器管理器"或"初始化配置任务"应用程序打开。安装 DHCP 服务的具体操作步骤如下：

（1）在服务器中选择"开始"→"服务器管理器"命令，打开"服务器管理器"窗口，选择左侧"仪表板"一项之后，单击右侧的"添加角色和功能"链接（图 5 - 3），出现如图 5 - 4 所示的"添加角色和功能向导"对话框。首先显示的是"开始之前"选项，此选项提示用户确认注意事项，然后单击"下一步"按钮。

图 5 - 3　添加角色

（2）弹出"选择安装类型"对话框，如图 5 - 5 所示。在此对话框中，选择"基于角色或基于功能的安装"选项，然后单击"下一步"按钮。

弹出"选择目标服务器"对话框，如图 5 - 6 所示。在此对话框中，选择"从服务器池中选择服务器"选项，同时，在下方的服务器池中显示当前可选的服务器，在此选择默认的即可，然后单击"下一步"按钮。

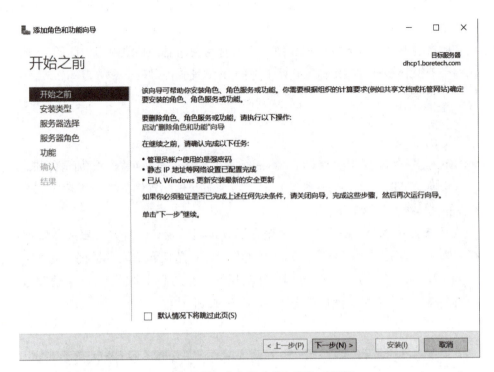

图 5-4 "添加角色和功能向导"对话框

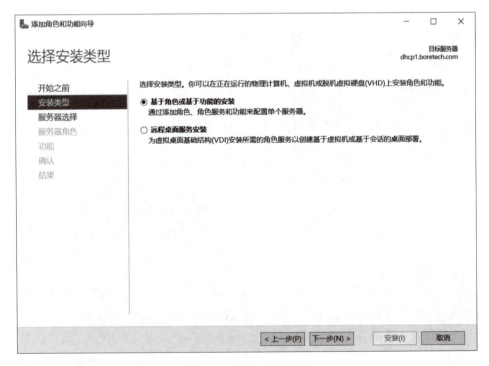

图 5-5 选择安装类型

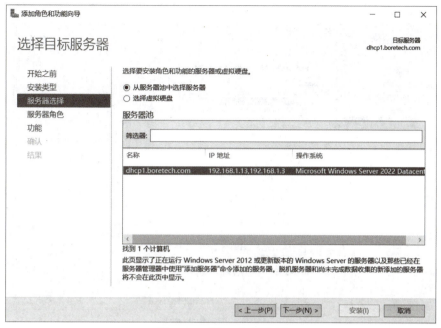

图 5 - 6　选择目标服务器

（3）在如图 5 - 7 所示的"选择服务器角色"对话框中，勾选"DHCP 服务器"，系统会对相应选择的角色辅助安装进行提示，直接选择即可。完成后，单击"下一步"按钮继续操作。

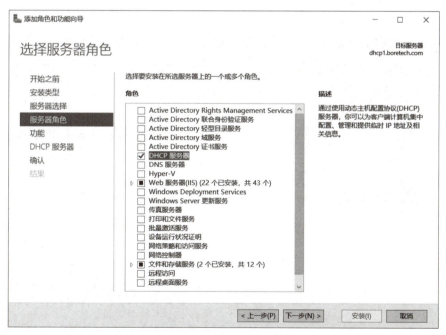

图 5 - 7　选择服务器角色

弹出"选择功能"对话框，如图 5 - 8 所示，选择要安装在所选服务器上的一个或多个功能。在此，选择默认选项即可，完成后，单击"下一步"按钮继续操作。

图 5 - 8　选择功能

（4）弹出"DHCP 服务器"对话框，如图 5 - 9 所示。此对话框对 DHCP 服务器进行了简要介绍，同时，提示了如下"注意事项"：

- 在此计算机上至少应配置一个静态 IP 地址。
- 安装 DHCP 服务器之前，应规划子网、作用域和排除范围。将规划保存在安全位置以供日后参考。

建议初次安装的用户仔细阅读，完成后，单击"下一步"按钮继续操作。

图 5 - 9　DHCP 服务器

　　接下来出现的是"确认安装所选内容"对话框，如图 5 – 10 所示。在此对话框中，对安装所选内容进行汇总与确认，如果需要重要选择安装选项，可以单击"上一步"按钮返回修改。如果确认，单击"安装"按钮开始进行安装操作。

图 5 – 10　确认安装所选内容

　　安装操作进行时，会显示如图 5 – 11 所示的"安装进度"对话框，用户可以在此对话框中查看安装进度。安装完成后，单击"关闭"按钮即可。

图 5 – 11　安装进度

DHCP 安装完成后，还需要进一步进行相应配置。安装完成后，在服务器管理器界面中会出现如图 5 – 12 所示的通知界面，通知用户需要完成 DHCP 配置。

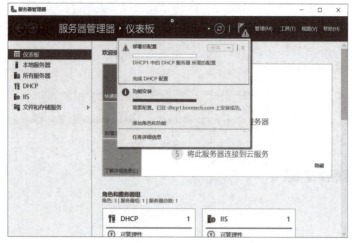

图 5 – 12　部署后配置通知

此时，单击"完成 DHCP 配置"按钮，出现如图 5 – 13 所示的"DHCP 安装后配置向导"对话框，系统提示将执行以下步骤，以便在目标计算机上完成 DHCP 服务器配置：

创建以下安全组以委派 DHCP 服务器管理。

– DHCP 管理员

– DHCP 用户

图 5 – 13　DHCP 安装后配置向导 – 描述

单击"下一步"按钮，会弹出如图 5 – 14 所示的"授权"对话框，在此对话框中，在"使用备用凭据"选项中通过"指定"按钮输入域管理员账户名及密码，选择用户名。注意，因为此 DHCP 服务器位于域中，所以才会有此选项。

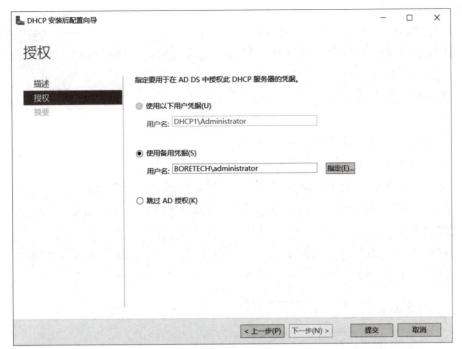

图 5 – 14　授权

单击"提交"按钮，会弹出如图 5 – 15 所示的"摘要"对话框，系统创建安全组，并提示重启计算机，以便安全组生效。此时，单击"关闭"按钮，重启计算机后，DHCP 服务器安装完成。

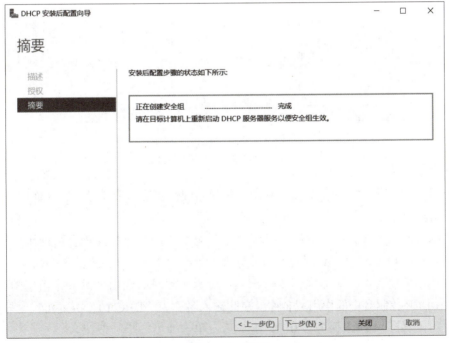

图 5 – 15　摘要

DHCP 服务器的安装过程请扫描图 5 – 16 所示的二维码在线观看。

2. 配置 DHCP 服务

DHCP 服务器安装完成后，需要进一步进行配置，然后才能够实现 DHCP 管理服务。配置 DHCP 服务器过程如下：

图 5 – 16 安装 DHCP 服务器

①打开 DHCP 服务器。

②新建作用域。

③根据新建作用域向导配置 DHCP 服务器。

④激活新建的作用域，使其生效。

接下来，以配置第一台 DHCP 服务器（服务器 IP 地址：192.168.1.3，分配的地址范围：192.168.1.50 ~ 192.168.1.149，排除范围：192.168.1.50 ~ 192.168.1.129）为例介绍其详细配置过程。

①依次单击"开始"→"管理工具"→"DHCP"，打开 DHCP 服务器，如图 5 – 17 所示，显示安装完成的 DHCP 服务，分为两个分支：IPv4 和 IPv6。

图 5 – 17　DHCP 服务

②新建作用域。

在如图 5 – 18 所示的 IPv4 分支上右击，在弹出的快捷菜单中选择"新建作用域"。

③根据新建作用域向导配置 DHCP 服务器。

弹出如图 5 – 19 所示的"新建作用域向导"对话框。此向导提示会帮助用户新建一个作用域，以便将 IP 地址分发到网络上的计算机。单击"下一步"按钮。

弹出"作用域名称"对话框，如图 5 – 20 所示。此对话框用来设置作用域的名称，这是出现在 DHCP 控制台中的作用域名称，在此输入名称为"DHCP01_boretech"，描述信息为"慧心科技有限公司 DHCP 服务器 01"。完成后，单击"下一步"按钮。

图 5 – 18　新建作用域

图 5 – 19　新建作用域向导

弹出 "IP 地址范围" 对话框，如图 5 – 21 所示。在地址范围中，输入起始 IP 地址为：192.168.1.50，结束 IP 地址为：192.168.1.149。子网掩码配置长度为 24 位，保持默认即可。完成后，单击 "下一步" 按钮继续。

图 5 - 20　作用域名称

图 5 - 21　IP 地址范围

　　弹出"添加排除和延迟"对话框，如图 5 - 22 所示。排除是指服务器不分配的地址或地址范围，延迟是指服务器将延迟 DHCP OFFER 消息传输的时间段。在此，可以根据管理的需要进行相应的设置。例如，如果需要将 IP 地址 192.168.1.50 ~ 192.168.1.129 排除，可以将其加入排除范围内，这样，这组地址就不会被动态分配下去。完成后，单击"下一步"按钮。

图 5 - 22　添加排除和延迟

弹出"租用期限"对话框, 如图 5 - 23 所示。

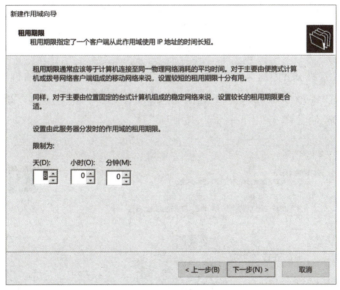

图 5 - 23　租用期限

　　租用期限指定了一个客户端从此作用域使用 IP 地址的时间长短。租用期限通常应该等于计算机连接至同一物理网络消耗的平均时间。对于主要由便携式计算机或拨号网络客户端组成的移动网络来说, 设置较短的租用期限十分有用。同样, 对于主要由位置固定的台式计算机组成的稳定网络来说, 设置较长的租用期限更合适。

　　设置由此服务器分发时的作用域的租用期限, 默认为 8 天。在此, 可以根据需要进行相应的设置。完成后, 单击"下一步"按钮。

弹出"配置 DHCP 选项"对话框，如图 5 – 24 所示。在此对话框中，提示用户必须配置最常用的 DHCP 选项后，客户端才可以使用作用域。常用的 DHCP 选项包含路由器的 IP 地址（默认网关）、DNS 服务器等。此对话框中询问用户是否立即为此作用域配置 DHCP 选项，在此，选择"是，我想现在配置这些选项"，完成后，单击"下一步"按钮。

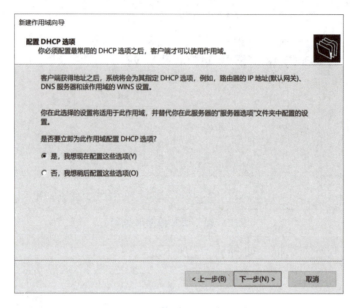

图 5 – 24　配置 DHCP 选项

弹出"路由器（默认网关）"对话框，如图 5 – 25 所示。在此对话框中，可以指定为此作用域要分配的路由器或默认网关。在此，输入默认网关为 192.168.1.254，将其添加至地址列表中即可。完成后，单击"下一步"按钮。

图 5 – 25　路由器（默认网关）

弹出"域名称和 DNS 服务器"对话框，如图 5－26 所示。用户可以根据管理的需要进行配置，也可以忽略后，直接单击"下一步"按钮。

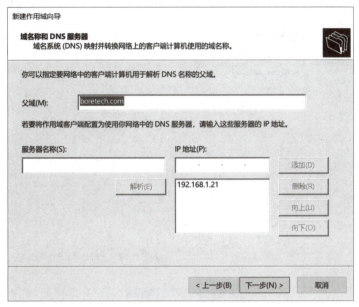

图 5－26　域名称和 DNS 服务器

弹出"WINS 服务器"对话框，如图 5－27 所示。用户可以根据管理的需要进行配置，也可以忽略后，直接单击"下一步"按钮。

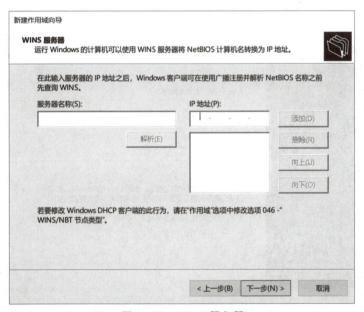

图 5－27　WINS 服务器

弹出"激活作用域"对话框，如图 5－28 所示。在此，选择"是，我想现在激活此作用域"选项，然后单击"下一步"按钮。

图 5 – 28　激活作用域

弹出"正在完成新建作用域向导"对话框，如图 5 – 29 所示。单击"完成"按钮完成基本的 DHCP 服务配置。配置后的结果可以在"管理工具"→"DHCP"打开的窗口中显示详细内容，如图 5 – 30 所示。

图 5 – 29　正在完成新建作用域向导

详细 DHCP 服务器新建作用域配置请扫描图 5 – 31 所示的二维码在线观看。

图 5 - 30 完成后的 DHCP 配置

3. DHCP 服务器的配置与管理

1）DHCP 服务器的启动与停止

在安装 DHCP 服务之后，在"服务器管理器"窗口的角色中就会出现"DHCP 服务器"角色。此时，在服务器管理器界面中，选择菜单"工具"→"DHCP"选项，可以打开如图 5 - 32 所示的 DHCP 管理单元界面。

图 5 - 31 DHCP 服务配置与管理

图 5 - 32 DHCP 管理单元界面

在"管理工具"中单击"DHCP"选项，也可以打开如图 5-32 所示的 DHCP 管理单元界面。

在 DHCP 管理单元中，右击作用域名称，在出现的菜单中选择"停用"，或者单击工具栏上最后的红色的停用按钮，可以将 DHCP 作用域停用，如图 5-33 所示。当作用域被停用后，其作用域名称图标右下角有红色停用标记，如图 5-34 所示。

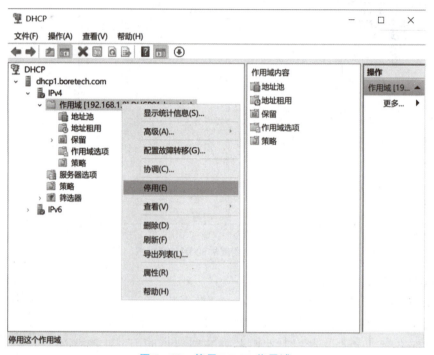

图 5-33　停用 DHCP 作用域

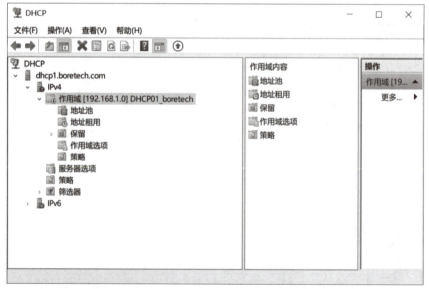

图 5-34　已停用的 DHCP 作用域

在 DHCP 管理器中，如果某作用域已停用，可以将其启用。右击作用域名称，在出现的菜单中选择"激活"，或者单击工具样最右侧的绿色"启用"按钮，可以将作用域启用，如图 5-35 所示。当作用域被启用后，其作用域名称图标正常显示，如图 5-36 所示。

图 5-35　激活 DHCP 作用域

图 5-36　被激活的 DHCP 作用域

2）修改 DHCP 服务器的配置

对于已经建立的 DHCP 服务器，可以修改其配置参数，具体的操作步骤如下：在 DHCP

管理器窗口左部目录树中的 DHCP 服务器名称下选中"IPv4"选项，右击，并在弹出的快捷菜单中选择"属性"，如图 5 – 37 所示。

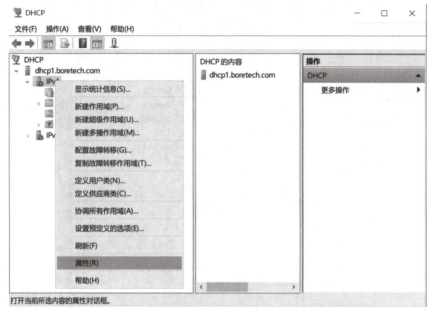

图 5 – 37　IPv4 属性

在打开的"IPv4 属性"对话框中，如图 5 – 38 所示，在不同的选项卡中可以修改 DHCP 服务器的设置，选项卡的设置如下：

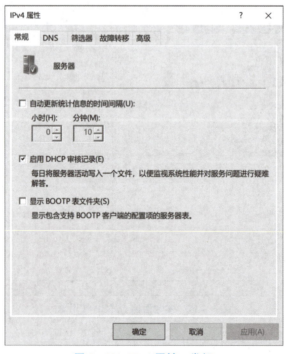

图 5 – 38　IPv4 属性 – 常规

① "常规" 选项卡的设置, 如图 5-38 所示, 参数如下:

"自动更新系统统计信息间隔" 复选框: 如果选中, 可以设置按照小时和分钟为单位, 服务器自动更新统计信息间隔时间。

"启用 DHCP 审核记录" 复选框: 选中后, 可以将服务器的活动每日写入一个文件, 日志将记录 DHCP 服务器活动, 以监视系统性能及解决问题。

"显示 BOOTP 表文件夹" 复选框: 可以显示包含支持 BOOTP 客户端的配置项目的服务器表。

② "DNS" 选项卡的设置。如图 5-39 所示, 参数如下:

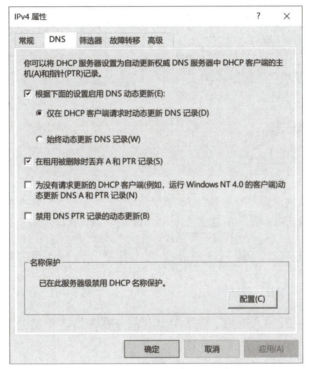

图 5-39 IPv4 属性-DNS

"根据下面的设置启用 DNS 动态更新" 复选框: 表示 DNS 服务器上该客户端的 DNS 设置参数如何变化, 有两种方式: 选择 "仅在 DHCP 客户端请求时才动态更新 DNS 记录" 单选按钮, 表示 DHCP 客户端主动请求时, DNS 服务器上的数据才进行更新; 选择 "始终动态更新 DNS 记录" 单选按钮, 表示 DNS 客户端的参数发生变化后, DNS 服务器的参数就发生变化。

"在租用被删除时丢弃 A 和 PTR 记录" 复选框: 表示 DHCP 客户端的租约失效后, 其 DNS 参数也被丢弃。

"为没有请求更新的 DHCP 客户端 (例如, 运行 Windows NT 4.0 的客户端) 动态更新 DNS A 和 PTR 记录" 复选框: 表示 DNS 服务器可以对非动态的 DHCP 客户端也能够执行更新。

③ "筛选器" 选项卡的设置: 如图 5-40 所示, 参数如下:

"MAC 筛选器": 有两个复选按钮, "启用允许列表" 表示为此列表中的所有 MAC 地址提供 DHCP 服务；"启用拒绝列表"表示拒绝为此列表中的所有 MAC 地址提供 DHCP 服务。

注意：如果要启用允许列表，则需要提供将接收 DHCP 服务的客户端的 MAC 地址，以便组成 MAC 列表。如果允许列表为空，则任何客户端均不会获得 DHCP 服务。

不论是启用还是拒绝列表，在此对话框下方的"当前筛选器配置"中，会详细进行提示与说明，在设置时请仔细查看。

④ "高级"选项卡的设置：如图 5－41 所示，参数如下：

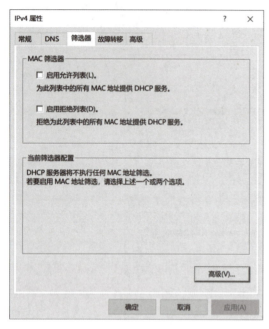

图 5－40　IPv4 属性－筛选器

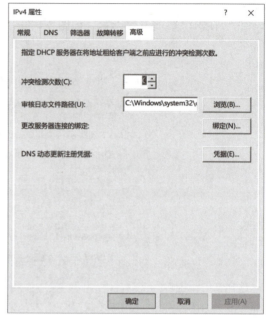

图 5－41　IPv4 属性－高级

"冲突检测次数"：此输入框用于设置 DHCP 服务器在给客户端分配 IP 地址之前，对该 IP 地址进行冲突检测的次数，最高为 5 次。

"审核日志文件路径"：可以通过"浏览"按钮修改审核日志文件的存储路径。

"更改服务器连接的绑定"：如果需要更改 DHCP 服务器和网络连接的关系，单击"绑定"按钮，会弹出"绑定"对话框，从"连接和服务器绑定"列表框中选中绑定关系后，单击"确定"按钮。

"DNS 动态更新注册凭据"：由于 DHCP 服务器给客户端分配 IP 地址，因此，DNS 服务器可以及时从 DHCP 服务器上获得客户端的信息。为安全起见，可以设置 DHCP 服务器访问 DNS 服务器时的用户名和密码。可以单击"凭据"按钮，在出现的"DNS 动态更新凭据"对话框中设置 DHCP 服务器访问 DNS 服务器的参数。

3）作用域的配置

对于已经建立好的作用域，可以修改其配置参数，操作步骤为：在 DHCP 管理窗口的左部目录树中右击"作用域［192.168.1.0］DHCP01_boretech"，并在弹出的快捷菜单中选择"属性"命令，可以打开"作用域属性"对话框，如图 5－42 所示。

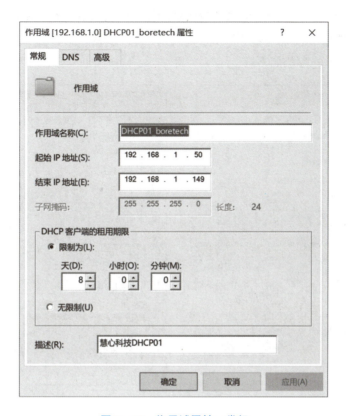

图 5 – 42　作用域属性 – 常规

和 DHCP 服务器的配置选项卡相似,作用域共有四个选项卡,分别介绍如下:

①"常规"选项卡。

如图 5 – 42 所示,参数如下:

"起始 IP 地址"和"结束 IP 地址"文本框:在此可以修改作用域分配的 IP 地址范围,但"子网掩码"是不可编辑的。

"DHCP 客户端的租用期限"区域:有两个单选按钮,"限制为"单选按钮设置期限;选择"无限制"单选按钮表示租约无期限限制。

"描述"文本框:可以修改作用域的描述。

②"DNS"选项卡。

如图 5 – 43 所示,参数如下:

"根据下面的设置启用 DNS 动态更新":表示 DNS 服务器上该客户端的 DNS 设置参数如何变化,有两种方式:选择"仅在 DHCP 客户端请求时动态更新 DNS 记录"单选按钮,表示 DHCP 客户端主动请求时,DNS 服务器上的数据才进行更新;选择"始终动态更新 DNS 记录"单选按钮,表示 DNS 客户端的参数发生变化后,DNS 服务器的参数就发生变化。

"在租用被删除时丢弃 A 和 PTR 记录":表示 DHCP 客户端的租用失效后,其 DNS 参数也被丢弃。

"为没有请求更新的 DHCP 客户端(例如,运行 Windows NT 4.0 的客户端)动态更新

DNS A 和 PTR 记录"：表示 DNS 服务器可以对非动态的 DHCP 客户端也能够执行更新。

③ "高级" 选项卡。

如图 5-44 所示，参数如下：

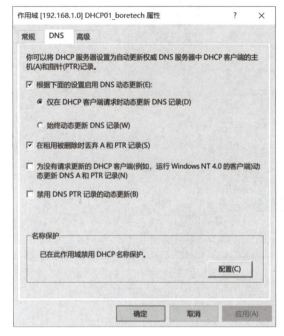

图 5-43　作用域属性 - DNS

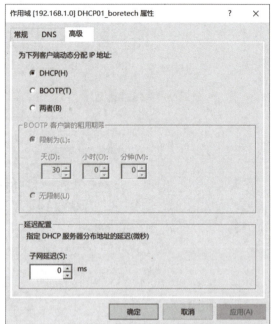

图 5-44　作用域属性 - 高级

"为下列客户端动态分配 IP 地址" 区域：有 3 个单选按钮，"DHCP" 单选按钮表示只为 DHCP 客户端分配 IP 地址；"BOOTP" 单选按钮表示只为 Windows NT 以前的一些支持 BOOTP 的客户端分配 IP 地址；"两者" 单选按钮支持多种类型的客户端。

"BOOT 客户端的租用期限" 区域：设置 BOOTP 客户端的租用期限，由于 BOOTP 最初被设计为无盘工作站，可以使用服务器的操作系统启动，现在已经很少使用，因此可以直接采用默认参数。

"延迟配置"：指定 DHCP 服务器分布地址的延迟（微秒）。

4）修改作用域的地址池

对于已经设置的作用域的地址池，可以修改其配置，其操作步骤为：在 DHCP 管理窗口左部目录树中展开 IPv4 选项，在展开的分支中右击 "作用域〔192.168.1.0〕" 下面的分支 "地址池"，并在弹出的快捷菜单中选择 "新建排除范围" 命令，如图 5-45 所示。在弹出的 "添加排除" 对话框中，如图 5-46 所示，可以设置地址池中排除的 IP 地址范围，在此，键入需排除的地址范围，例如：192.168.1.100～192.168.1.119，然后单击 "添加" 按钮即可。

注意：如果想单独排除某一个地址，只需要在图 5-46 所示对话框中的 "起始 IP 地址" 框中键入地址即可。

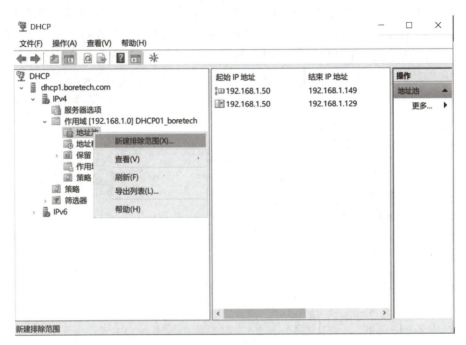

图 5 – 45 新建排除范围

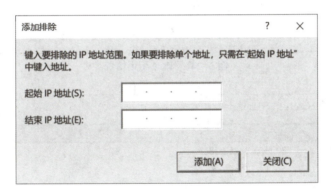

图 5 – 46 添加排除

5）显示 DHCP 客户端和服务器的统计信息

在 DHCP 管理窗口右部目录树中依次展开"作用域［192.168.1.0］"→"地址租用"选项，可以查看已经分配给客户端的租用情况。如图 5 – 47 所示，服务器为客户端成功分配分配了 IP 地址，在"地址租用"列表栏下，就会显示客户端的 IP 地址、客户端名、租用截止日期和类型信息。在 DHCP 管理窗口的"IPv4"分支名称上右击，并在弹出的快捷菜单中选择"显示统计信息"命令，可以打开如图 5 – 48 所示的统计信息界面，其中显示了 DHCP 服务器的开始时间、使用时间、发现的 DHCP 客户端的数量等信息。

6）建立保留 IP 地址

对于某些特殊的客户端，需要一直使用相同的 IP 地址，可以通过建立保留来为其分配固定的 IP 地址。具体的操作步骤如下：在 DHCP 管理窗口左部目录树依次展开"IPv4"→"作用域［192.168.1.0］"→"保留"选项，右击，从弹出的快捷菜单中选择"新建保留"命令，如图5-49所示。在弹出的如图5-50所示的"新建保留"对话框中，在"保留名称"文本框中输入名称，在"IP地址"文本框中输入保留的IP地址，在"MAC地址"文本框中输入客户端的网卡的MAC地址，完成设置后，单击"添加"按钮。

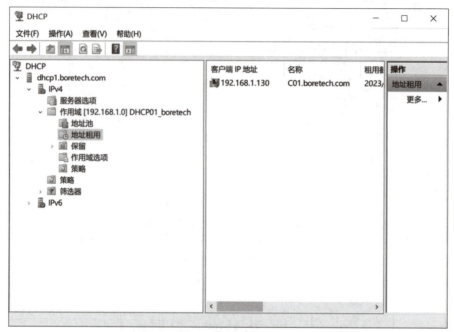

图5-47 地址租用情况

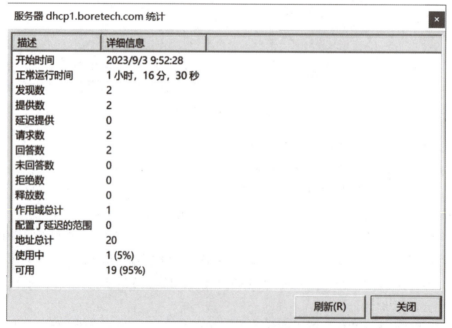

图5-48 统计信息界面

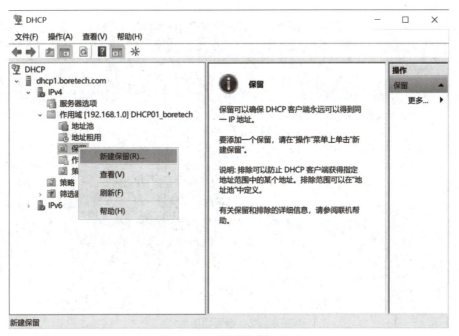

图 5-49　"新建保留"命令

小知识：如何获取某台主机的 MAC 地址？

方法：在要获取 MAC 地址的主机上单击"开始"→"运行"，在弹出的"运行"对话框中输入"cmd"，单击"确定"按钮即可进入如图 5-51 所示的 cmd 窗口。在 cmd 窗口中输入命令"ipconfig /all"，即可显示如图 5-52 所示信息，图中的物理地址即为主机对应的 MAC 地址。

图 5-50　"新建保留"对话框

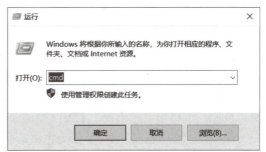

图 5-51　运行 cmd

图 5 – 52　查看物理地址

至此，完成了第一台 DHCP 服务器的安装与配置，用于实现地址的 20% 分配（服务器 IP 地址：192.168.1.4，分配的地址范围：192.168.1.50 ~ 192.168.1.149，排除范围：192.168.1.50 ~ 192.168.1.129）。

可以用同样的方法来完成安装公司网络内的第二台 DHCP 服务器，实现其余 80% 地址分配（分配的地址范围：192.168.1.50 ~ 192.168.1.149，排除范围：192.168.1.130 ~ 192.168.1.149），在此不一一详述。

详细管理过程请扫描图 5 – 53 所示的二维码在线观看。

4. 配置 DHCP 客户端

DHCP 客户端的操作系统有很多种类，如 Window 或 Linux 等，本节以 Windows Server 2022 客户端的设置来进行演示，具体的操作步骤如下：

图 5 – 53　配置双 DHCP 服务器

（1）在客户端计算机上，依次打开"控制面板"→"网络和 Internet"→"网络和共享中心"，在"查看活动网络"列表中，列出了所有可用的网络连接。单击"本地连接"图标，弹出本地连接状态对话框，如图 5 – 54 所示。在对话框中单击"属性"按钮，弹出本地连接属性对话框，如图 5 – 55 所示。

（2）在图 5 – 55 所示的对话框的"此连接使用下列项目"列表框中，选择"Internet 协议版本 4（TCP/IPv4）"，单击"属性"按钮，弹出如图 5 – 56 所示"Internet 协议版本 4（TCP/IPv4）属性"窗口，分别选择"自动获得 IP 地址"和"自动获得 DNS 服务器地址"单选按钮，然后单击"确定"按钮，保存对设置的修改即可。

注：以上以 Windows 2022 作为客户端来进行设置，Windows 10 等客户端的设置方法大同小异。

图 5 – 54 本地连接状态

图 5 – 55 本地连接属性

图 5 – 56 Internet 协议版本 4（TCP/IPv4）属性

　　客户端设置完成后，可以重启计算机，客户端会自动根据 DHCP 服务器的相关设置获取 IP 地址等信息。当然，也可以不重启。利用下面的方法同样可以自动获取 IP 等相关信息：在局域网中的任何一台 DHCP 客户端上，通过单击"开始"→"运行"，在弹出的"运行"

对话框中输入"cmd"，单击"确定"按钮，可以进入 DOS 命令提示符界面，如图 5 – 57 所示，此时，可利用 ipconfig 命令的相关操作查看 IP 地址的相关信息。

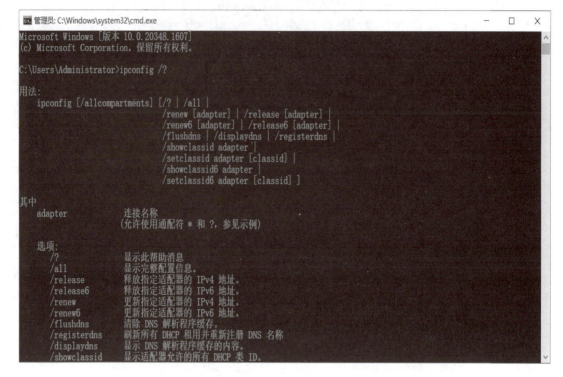

图 5 – 57　DOS 命令提示符界面

①执行 ipconfig /renew 可以更新指定适配器的 IPv4 地址，即更新 IP 地址租用。

②执行 ipconfig /all 可以显示所有适配器的 IP 地址等详细信息，包括 IP 地址、WINS、DNS、域名是否正确。

③使用 ipconfig /release 命令释放指定适配器的 IPv4 地址，即释放 IP 地址租用。

客户机详细配置过程请扫描图 5 – 58 所示的二维码在线观看。

5. 配置多个 DHCP 服务器

网络环境是复杂的，不同的网络环境对 DHCP 服务器的需求是不一样的。对于较复杂的网络，主要涉及三种情况：配置多个 DHCP 服务器、建立超级作用域、建立多播作用域。

图 5 – 58　DHCP 客户端设置

在一些比较重要的网络中，需要在一个网段中配置多个 DHCP 服务器。这样做有两大好处：一是提供容错，如果网络中仅有一个 DHCP 服务器出现故障，所有 DHCP 客户端都将无法获得 IP 地址，也无法释放已有的 IP 地址，从而导致网络瘫痪，如果有两个服务器，此时另一个服务器就可以取代它，并继续提供租用新的地址或续租现有地址的服务；二是负载均衡，起到在网络中平衡 DHCP 服务器的作用。

一般在一个网络中配置两台 DHCP 服务器，在这两台服务器上分别创建一个作用域，这两个作用域同属一个子网。在分配 IP 地址时，一个 DHCP 服务器作用域上可以分配

80% 的 IP 地址，另一个 DHCP 服务器作用域上可以分配 20% 的 IP 地址。这样当一台 DHCP 服务器由于故障不可使用时，另一台 DHCP 服务器可以取代它并提供新的 IP 地址，继续为现有客户端服务。80/20 规则是微软建议的分配比例，在实际应用时，可以根据情况进行调整。另外，在一个子网上的两台 DHCP 服务器上所建的 DHCP 作有域，不能有地址交叉的现象。

6. 创建和使用超级作用域

Windows Server 2022 有一个称为超级作用域的 DHCP 功能，它是可以将多个作用域创建为一个实体进行管理的功能。可以用超级作用域将 IP 地址分配给多网上的客户端，多网是指一个包含多个逻辑 IP 的网络（逻辑 IP 网络是 IP 地址相连的地址范围）的物理网络段，例如，可以在物理网段中支持三个不同的 C 类 IP 网络，这三个 C 类地址中的每个 C 类地址范围都定义为超级作用域中的子作用域。

在大型的网络中，一般都会存在多个子网，DHCP 客户端通过网络广播消息获得 DHCP 服务器的响应后得到 IP 地址，但是这样的广播方式是不能跨越子网进行的。如果 DHCP 客户端和服务器在不同的子网内，客户端是不能直接向服务器申请 IP 的，所以，要想实现跨越子网进行 IP 申请，可以用超级作用域支持位于 DHCP 或中断代理远端的 DHCP 客户端，这样可以用一台 DHCP 服务器支持多个物理子网。

在服务器上至少定义一个作用域以后，才能创建超级作用域（防止创建空的超级作用域）。可以使用上述 DHCP 服务器作用域的创建方法，创建一个新的作用域 [192.168.2.0]，至此，网络内已建立了两个作用域：作用域 [192.168.1.0] 和作用域 [192.168.2.0]，下面将这两个作用域定义为超级作用域的子作用域，具体的操作步骤如下：

（1）如图 5 – 59 所示，当前的 DHCP 服务器中已创建完成两个作用域：作用域 [192.168.1.0] 和作用域 [192.168.2.0]。

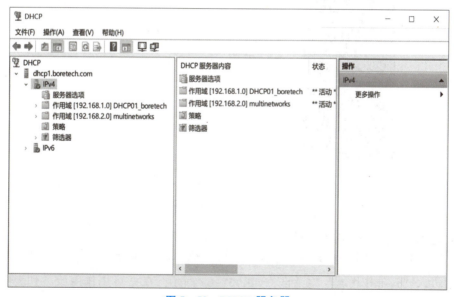

图 5 – 59 DHCP 服务器

在 DHCP 服务器管理窗口左部目录树中的 DHCP 服务器名称的选中"IPv4"分支选项，右击并在弹出的快捷菜单中选择"新建超级作用域"命令（图 5–60），此时，弹出"欢迎使用新建超级作用域向导"对话框，如图 5–61 所示，单击"下一步"按钮继续操作。

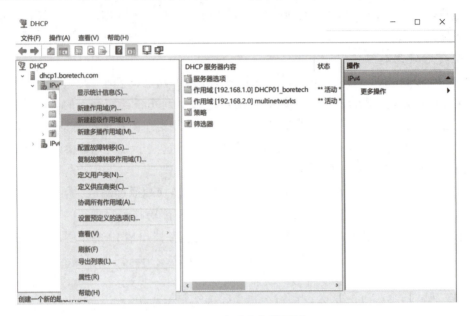

图 5–60　新建超级作用域

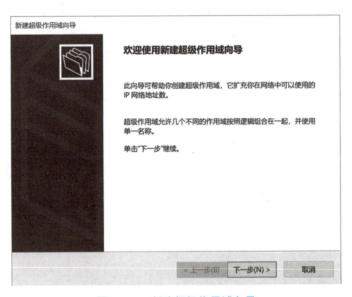

图 5–61　新建超级作用域向导

（2）进入"超级作用域名"对话框，如图 5–62 所示，在"名称"文本框中输入识别超级作用域的名称，例如"DHCP–Super"，单击"下一步"按钮。

（3）进入"选择作用域"对话框，如图 5–63 所示，在"可用作用域"列表中选择需要的作用域，按住 Ctrl 键可选择多个作用域，单击"下一步"按钮。

图 5 –62 超级作用域名

图 5 –63 选择作用域

（4）进入"正在完成新建超级作用域向导"对话框，如图 5 –64 所示，显示出将要建立超级作用域的相关信息，单击"完成"按钮，完成超级作用域的创建。

当超级作用域创建完成后，会显示在 DHCP 控制台中，如图 5 –65 所示，原有的作用域就像是超级作用域的下一级目录，管理起来非常方便。

如果需要，可以从超级作用域中删除一个或多个作用域，然后在服务器上重新构建作用域。从超级作用域中删除作用域并不会真正删除作用域或者停用它，只是让这个作用域直接位于服务器分支下面，而不是超级作用域的子作用域。

图 5-64　"正在完成新建超级作用域向导"对话框

图 5-65　超级作用域创建完成

　　要从超级作用域中删除作用域，打开 DHCP 控制台，并打开相应的超级作用域。在要删除的作用域上右击，选择"从超级作用域中删除"。

　　如果被删除的作用域是超级作用域中的唯一作用域，Windows Server 2022 也会移除这个超级作用域，因为超级作用域不能为空。如果选择删除超级作用域，则会删除超级作用域，但是不会删除下面的子作用域，这些子作用域会被直接放在 DHCP 服务器分支下显示，作用域不会受影响，将继续响应客户端请求，它们只是不再是超级作用域的成员而已。

7. 创建多播作用域

多播作用域用于将 IP 流量广播到一组具有相同地址的节点，一般用于音频和视频会议。因为数据包一次被发送到多播地址，而不是分别发送到每个接收者的单播地址，所以用多播地址简化了管理，也减少了网络流量。就像给单个计算机分配单播地址一样，Windows Server 2022 DHCP 服务器可以将多播地址分配给一组计算机。

多播地址分配协议是多播地址客户端分配协议（Multicast Address Dynamic Client Allocation Protocol，MADCAP）。Windows Server 2022 可以同时作为 DHCP 服务器和 MADCAP 服务器独立工作。例如，一台服务器可能用 DHCP 服务通过 DHCP 协议分配单播地址，另一台服务器可能通过 MADCAP 协议分配多播地址。此外，客户端可以使用其中一个或者两个都用。DHCP 客户端不一定会用 MADCAP，反之亦然，但是如果条件需要，客户端可以都使用。

只要作用域地址范围不重叠，就可以在 Windows Server 2022 DHCP 服务器上创建多个多播作用域，多播作用域在服务器分支下直接显示，不能被分配给超级作用域，超级作用域只能管理单播地址作用域。创建多播作用域和创建超级作用域过程比较相似，在此仅列举出要配置多播作用域的相关参数。

名称：这是出现在 DHCP 控制台中的作用域名称。

描述：指定识别多播作用域目的的可选描述。

地址范围：只可以指定 244.0.0.0～239.255.255.255 之间的地址范围。

生存时间：指定流量必须在本地网络上通过的路由器数目，默认值为 32。

排除范围：可以定义一个从作用域中排除的多播地址范围，就像可以从 DHCP 作用域中排除单播地址一样。

租约期限：指定租约期限，默认是 30 天。

【任务实施】

本任务实施步骤如图 5 - 66 所示。

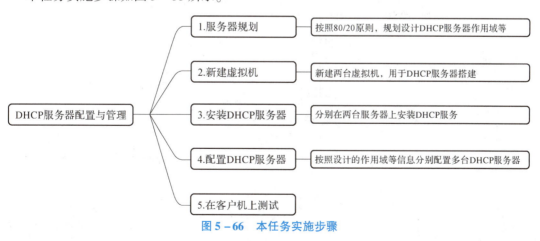

图 5 - 66　本任务实施步骤

【任务工单】

请扫描图 5 - 67 所示的二维码下载任务工单，按工作要求与步骤记录并完成工作任务。

图 5-67　任务工单 5-1

【任务总结】

本任务在 Windows Server 2022 中完成 DHCP 服务器的安装、配置及测试，并掌握 DHCP 服务器配置的 80/20 原则。熟练并灵活使用 DHCP 服务自动分配 IP 地址，以满足不同开发与管理需求。

任务 2　赛场练兵

【任务描述】

你作为一个微软高级认证的技术工程师，被指派去构建一个公司的内部网络，要为员工提供便捷、安全稳定内外网络服务。你必须在规定的时间内完成要求的任务，并进行充分的测试，确保设备和应用正常运行。任务所有规划都基于 Windows 操作系统，请根据网络拓扑、基本配置信息和服务需求完成网络服务安装与测试，确保设备和应用正常运行。网络拓扑图和基本配置信息如下。

1. 拓扑图

构建 ChinaSkills.cn 的网络服务环境，如图 5-68 所示。

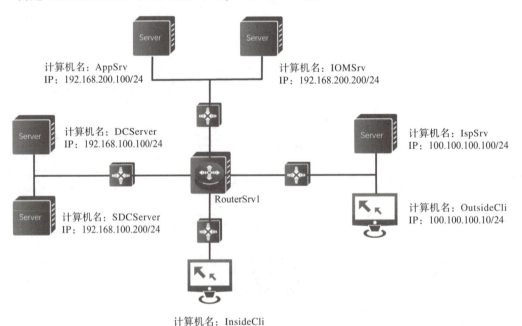

图 5-68　网络拓扑

2. 网络地址规划

服务器和客户端基本配置见表 5 – 2。

表 5 – 2　服务器和客户端基本配置

主机名	所在域	网络地址	DNS	网关
DCServer	chinaskills. com	192. 168. 100. 100/24	127. 0. 0. 1	192. 168. 100. 254
SDCServer	chinaskills. com	192. 168. 100. 200/24	127. 0. 0. 1	192. 168. 100. 254
AppSrv	chinaskills. com	192. 168. 200. 100/24	192. 168. 100. 100 192. 168. 100. 200	192. 168. 200. 254
RouterSrv1	chinaskills. com	192. 168. 100. 254/24 192. 168. 0. 254/24 192. 168. 200. 254/24 100. 100. 100. 251/24	192. 168. 100. 100	无
IspSrv	保持工作组状态	100. 100. 100. 100/24	127. 0. 0. 1	无
InsideCli	chinaskills. com	192. 168. 0. 1/24 （dhcp）	192. 168. 100. 100 192. 168. 100. 200	192. 168. 0. 254
OutsideCli	保持工作组状态	100. 100. 100. 10/24	100. 100. 100. 100	100. 100. 100. 254

说明：（1）各主机操作系统采用中文版 Windows Server 2022（Datacenter 桌面体验版）。

（2）默认账号及默认密码设置如下：

Username：Administrator

Password：ChinaSkills23

Username：demo

Password：ChinaSkills23

注：若非特别指定，所有账号的密码均为 ChinaSkills23。

【任务清单】

在 DCServer 上完成 DHCP Service 配置工作任务。

• 安装及配置 DHCP 服务。

• 创建一个名为"ChinaSkills. cn"的 DHCP 作用域。

• 保留地址 172. 16. 100. 129 ~ 172. 16. 100. 139，起始地址 172. 16. 100. 140 ~ 172. 16. 100. 254；绑定 SDCServer 的 IP 地址为 172. 16. 100. 202/25。

• 网关地址：172. 16. 100. 254。

• DNS 服务器：172. 16. 100. 201；8. 8. 8. 8。

• 地址租用为 11 小时 59 分 59 秒。

【任务工单】

请扫描如图 5－69 所示的二维码下载任务工单，按工作要求与步骤记录并完成工作任务。

图 5－69　任务工单 5－2

【素养课堂】

数字战争是当今世界面临的一个重大挑战，它涉及网络安全与国家安全的较量。随着信息技术的迅猛发展，网络已经成为国家安全的重要组成部分，但同时也成为国家面临的最大威胁之一。

首先，网络安全的挑战在于网络攻击的日益复杂和普遍性。黑客、网络犯罪分子和其他恶意行为者利用技术手段不断寻找网络系统的漏洞，进行网络攻击和数据窃取。这些攻击可能导致国家重要信息的泄露、基础设施的瘫痪甚至国家安全的威胁。网络攻击的手段和技术不断更新，使网络安全防御变得更加困难。

其次，数字战争的挑战还在于网络空间的匿名性和跨国性。网络攻击者可以隐藏自己的身份，通过跨国网络进行攻击，使追踪和定罪变得困难。这使得网络攻击成为一种低成本、高效率的攻击手段，对国家安全构成了巨大威胁。此外，网络攻击也可能导致国际关系的紧张和冲突，因为攻击者可能是来自其他国家的恶意行为者。

最后，数字战争的挑战还在于网络安全的脆弱性。尽管国家和组织在网络安全方面投入了大量资源，但网络系统仍然存在漏洞和弱点。这些漏洞可能是由于技术的不完善、人为的疏忽或者内部的恶意行为所导致。一旦这些漏洞被攻击者利用，就可能对国家安全造成严重影响。

数字战争带来了网络安全与国家安全的较量。面对网络攻击的复杂性和普遍性，国家和组织需要加强网络安全意识和技术防御，加强国际合作，共同应对网络安全威胁。只有这样，才能确保网络空间的安全，维护国家的安全和稳定。作为网络技术专业大学生，首先要加强对网络安全意识和培训，提高对网络安全的认识和防范能力。其次要加强网络安全技术的学习、研发和应用，提高网络系统的安全性和抵御能力。

【任务总结】

此项任务为国赛赛场模拟真实网络环境场景构建，本任务主要针对 DHCP 服务进行一系列设置与管理。详细网络构建过程可登录"智慧职教"本课程在线课程观看与学习，任务工单可在线下载。

项 目 六

Web服务与管理

【项目场景】

慧心科技有限公司为了实现对外宣传与公司内部管理，建立了专门的信息化系统，公司专线接入了Internet，计划建立一台Web服务器，制作并发布公司的网站。

公司网站是对外宣传的窗口，公司的新闻、产品、服务、反馈等相关信息的及时发布，均集中在这一平台之上。同时，与部门级子网站、个人博客类网站相比，公司网站的安全性、可管理性要求更高。

作为公司的网络管理员，请完成以上工作任务。

【证书考点与赛项目标】

（1）遵守健康及安全标准，快速理解规则及掌握规章。

（2）具备网络规划与设计能力。

（3）具备根据优先顺序表，定期制订计划，重新修订计划及多任务组织能力。

（4）能依据设计图纸要求，安装操作系统映像，组建小型网络，配置和管理应用服务器。

（5）以项目团队成员的身份，与同伴有效合作，并把工作效率和学习能力发挥到最大。

【知识目标与技能目标】

（1）了解Web服务的工作原理。

（2）掌握Windows Server系统的IIS安装。

（3）掌握Windows Server系统的Web服务器动态网站与静态网站配置过程。

（4）熟练掌握Windows Server 2022的网站安全的设置。

（5）掌握Windows Server 2022远程管理的设置与应用。

（6）具备中小型企业域网络规划、设计、实施的能力。

（7）具备Web服务器规划、配置、管理基本能力。

【素养目标】

（1）培养分析问题和解决问题的能力。

（2）培养沟通力、抗压力、6S 规范等职业素质。

（3）培养精益求精的工匠精神，并融入专业技能训练的过程中。

（4）通过实践基于真实企业网络应用场景、基于真实工作流程，将劳动实践与专业技能相融合，强化劳动意识。

（5）向身边榜样大国工匠学习，做懂技术、精技能、善运维的能工巧匠。

【需求分析】

公司网站是对外宣传的窗口，公司的新闻、产品、服务、反馈等相关信息需要及时发布，可以建立 Web 服务器进行静态网站与动态网站的发布和管理，同时，可以根据公司部门的需要，利用虚拟主机技术创建部门网站，以更好地实现信息化管理。

【方案设计】

公司现有网络中，已建立了域服务、DNS 服务、DHCP 服务，可以在原有网络建设的基础上，在网络中添加 Web 服务器角色，让其实现内网、外网信息发布与管理、产品宣传与销售、客户沟通与联系等工作。Web 服务器在公司网络环境中的配置与作用见表 6 - 1。

表 6 - 1　Web 服务器在公司网络环境中的配置与作用

图标	名称	域名与对应 IP	说明
	WWW 服务器	www. boretech. com 192. 168. 1. 3	公司网站是对外宣传的窗口，公司的新闻、产品、服务、反馈等相关信息的及时发布，均集中在这一平台之上。与部门级子岗站、个人博客类网站相比，公司网站的安全性、可管理性要求更高
	FTP 服务器 文件服务器	ftp. boretech. com 192. 168. 1. 3	各部门员工每天都有大量的文档需要上交、备份或交流。FTP 服务让员工拥有集中的存储空间，方便文件的上传与下载。考虑到安全因素，各部门账户权限有一定的差异

公司的网络拓扑图如图 6 - 1 所示。

本项目划分为以下任务完成：

任务 1　Web 服务器配置与管理

任务 2　网站安全性管理

任务 3　赛场练兵

图 6－1　慧心科技有限公司的网络拓扑图

（图中标注）

Web服务器　　FTP服务器　　虚拟机：S02(DC)　DHCP1　DHCP2
OS:Windows Server 2022
域控制器boretech.com
DNS服务器

虚拟机：C01(win10)　虚拟机：S01(win)　虚拟机：S03(win)　真实主机：M0(win10)
OS:Win10　　OS:Windows Server 2022　OS:Windows Server 2022　　OS:Win10

任务 1　Web 服务器配置与管理

【任务描述】

慧心科技有限公司决定搭建 Web 服务器，建立公司网站，以便展示公司形象及产品资料。你作为网络管理员，请完成 Web 服务器的安装、部署工作，并且发布公司的网站，对Web 服务器实施配置与管理，特别要加强 Web 服务器安全管理。

具体任务如下：

（1）创建 Web 服务器。

（2）利用 DNS 服务器添加主机名 A 记录：

主机名称为 www. boretech. com，IP 地址为 192. 168. 1. 3。

主机名称为 caiwu. boretech. com，IP 地址为 192. 168. 1. 3。

（3）为慧心科技有限公司创建并发布一个静态网站，网站域名为 www. boretech. com；为慧心科技有限公司财务运行部创建并发布一个静态网站，网站域名为 caiwu. boretech. com。

（4）使用 IIS 虚拟主机技术发布以上网站。

【任务分析】

发布网站需要使用 Web 服务器，当前，主流 Web 服务器有多种形式，在 Windows 平台上，Web 服务器主要使用 IIS 实现。本任务是在 Windows 平台上安装 Web 服务器与进行基本配置，包括 Windows Server 2022 的 IIS 的基本概念和安装、Web 服务端管理、虚拟目录以及虚拟主机。任务目标是实现 Windows Server 2022 下 Web 服务器发布网站的过程与应用。

【知识准备】

一、HTTP 协议

HTTP（Hyper Text Transfer Protocol，超文本传输协议）的发展是万维网协会（World Wide

Web Consortium）和 Internet 工程任务组（Internet Engineering Task Force，IETF）合作的结果。HTTP 协议用于从 Web 服务器传输超文本到本地浏览器，可以使浏览器更加高效，使网络传输减少。它不仅保证计算机正确、快速地传输超文本文档，还能确定传输文档中的哪一部分，以及哪部分内容首先显示（如文本先于图形）等。

HTTP 是一个应用层协议，由请求和响应构成，采用客户机/服务器模型。Web 客户机运行客户端程序，即 Web 浏览器，其作用是响应用户的请求，解释并显示 Web 页面。Web 浏览器通过 HTTP 协议将用户请求传递给 Web 服务器。常用的客户端程序是浏览器（如 IE 等），用户可以在浏览器的地址栏内输入统一资源定位地址（URL）来访问 Web 页面。Web 服务器端运行的是服务器程序，其最基本的功能是侦听和响应客户端的 HTTP 请求，并向客户端发出请求的处理结果。Web 服务器与客户机的通信过程如图 6 – 2 所示。

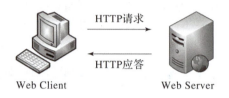

图 6 – 2　Web 服务器与客户机的通信过程

其具体通信过程如下：

（1）Web 浏览器使用 HTTP 协议向一个特定的 Web 服务器发出 Web 页面请求。

（2）若该服务器在特定端口（通常是 TCP 80 端口）处收到 Web 页面请求，就发送一个应答，并在客户端和服务器之间建立连接。

（3）Web 服务器查找客户端所需文档。若 Web 服务器查找到客户端所请求的文档，则会将请求的文档传送给 Web 浏览器。若该文档不存在，则服务器会发送一个相应的错误提示，返回给客户端。

（4）Web 浏览器接收到文档后，就将它显示出来。若接收到的是错误提示，也会将其显示在 Web 浏览器中。

（5）当客户端浏览器请求得到应答后，断开与服务器的连接。

也就是说，在浏览某个网站的时候，是每取一个网页建立一次连接，读完后立即断开；当需要另一个网页时，则重新连接。

二、Web 服务器

Web 服务器也称为 WWW（World Wide Web）服务器，主要功能是提供网上信息浏览服务。Web 服务器就是用来搭建基于 HTTP 的 WWW 网页的计算机，通常这些计算机都采用 Windows Server 版本或者 UNIX/Linux 系统，以确保服务器具有良好的运行效率和稳定的运行状态。

WWW 采用的是浏览器/服务器结构，其作用是整理和存储各种 WWW 资源，并响应客户端软件的请求，把客户所需的资源传送到 Windows、UNIX 或 Linux 等平台上。

如今互联网的 Web 平台种类繁多，各种软硬件组合的 Web 系统更是数不胜数，Windows

平台下常用的 Web 服务器有 IIS、Apache 和 Tomcat。

1. IIS

微软公司的 Web 服务器产品是 IIS，它是目前最流行的 Web 服务器产品之一，很多网站都建立在 IIS 的平台上。IIS 提供了一个图形界面的管理工具，称为 Internet 服务管理器，可用于监视配置和控制 Internet 服务。在 IIS 中包括了 Web 服务器、FTP 服务器、NNTP 服务器和 SMTP 服务器等，分别用于网页浏览、文件传输、新闻服务和邮件发送等方面。

在 IIS 中，提供了如下的服务，以便实现网络资源的共享与管理。

1）WWW 服务

WWW 服务即万维网发布服务，通过将客户端 HTTP 请求连接到在 IIS 中运行的网站上，万维网发布服务向 IIS 最终用户提供 Web 发布。WWW 服务管理 IIS 核心组件，这些组件处理 HTTP 请求并配置管理 Web 应用程序。

2）FTP 服务

FTP 服务即文件传输协议服务，通过此服务，IIS 提供对管理和处理文件的完全支持。该服务使用传输控制协议（TCP），这就确保了文件传输的完成和数据传输的准确性。FTP 支持在站点级别上隔离用户，以帮助管理员保护其 Internet 站点的安全。

3）SMTP 服务

SMTP 服务即简单邮件传输协议服务，通过此服务，IIS 能够发送和接收电子邮件。SMTP 不支持完整的电子邮件服务，要提供完整的电子邮件服务，可使用 Microsoft Exchange Server。

4）NNTP 服务

NNTP 服务即网络新闻传输协议，可以使用此服务主控单个计算机上的 NNTP 本地讨论组。因为该功能完全符合 NNTP 协议，所以用户可以使用任何新闻阅读客户端程序，加入新闻组进行讨论。

5）IIS 管理服务

IIS 管理服务主要用于管理 IIS，配置数据库，并为 WWW 服务、FTP 服务、SMTP 服务和 NNTP 服务更新 Microsoft Windows 操作系统注册表，配置数据库用来保存 IIS 的各种配置参数。

2. Apache

Apache 源于 NCSAhttpd 服务器，经过多次修改，成为世界上最流行的 Web 服务器软件之一。Apache 是自由软件，所以不断有人来为它开发新的功能、新的特性、修改原来的缺陷。Apache 的特点是简单、速度快、性能稳定，并可作为代理服务器来使用。本来它只用于小型或试验 Internet 网络，后来逐步扩充到各种 UNIX 系统中，尤其对 Linux 的支持相当完美。

3. Tomcat

Tomcat 是一个开放源代码、运行 Servlet 和 JSP Web 应用软件的基于 Java 的 Web 应用软件容器，Tomcat Server 是根据 Servlet 和 JSP 规范进行执行的。

除了以上几种大家比较熟悉的 Web 服务器外，还有 IBM WebSphere、BEA WebLogic、IPlanet Application Server、Oracle IAS 等 Web 服务器产品。

三、Web 服务器分类

Web 服务通常可以分为两类：静态 Web 服务和动态 Web 服务。静态 Web 服务，服务器只负责把已存储的文档发送给客户端浏览器，在此过程中，传输的页面只有通过人工编辑修改后才会发生变化；动态 Web 服务能够实现浏览器和服务器之间的数据交互。Web 服务器通过 CGI、ASP、PHP 和 JSP 等动态网站技术向浏览器发送动态变化的内容。在此过程中，服务器根据客户端浏览器发出的不同请求，在服务器端执行程序，并将不同的结果发送给客户端。

四、Web 服务器（IIS）的安装与基本设置

1. 安装 Web 服务器（IIS）

Windows Server 2022 内置的 IIS 在默认情况下并没有安装，因此，使用 Windows Server 2022 架设 Web 服务器进行网站的发布，首先必须安装 IIS 组件，然后进行 Web 服务相关的基本设置。以下以在虚拟机（192.168.1.3）中配置 Web 服务器为例进行详细讲解。

安装 IIS 必须具备条件管理员权限，使用 Administrator 管理员权限登录，具体的操作步骤如下。

（1）在服务器中选择"开始"→"管理工具"→"服务器管理器"命令打开服务器管理器窗口，选择左侧"仪表板"一项之后，单击右侧的"添加角色和功能"链接，如图 6-3 所示。此时，出现"添加角色和功能向导"对话框，如图 6-4 所示，首先显示的是"开始之前"选项，此选项提示用户，在继续之前，必须验证是否已完成先决条件。在完成先决条件的前提下，单击"下一步"按钮继续。

图 6-3　添加角色和功能

（2）单击"下一步"按钮，进入"安装类型"对话框，在如图 6-5 所示的对话框中，有两个单选按钮，分别为：

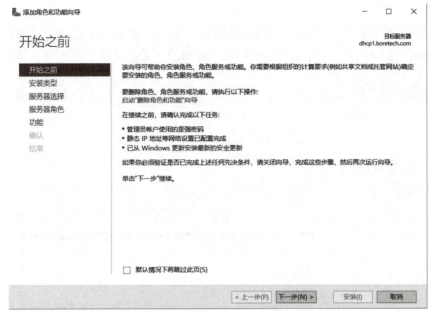

图 6 - 4　添加角色和功能向导

● 基于角色或基于功能的安装

通过添加角色、角色服务和功能来配置单个服务器。

● 远程桌面服务安装

为虚拟桌面基础结构（VDI）安装所需的角色服务，以创建基于虚拟机或基于会话的桌面部署。

此时，选择默认选项"基于角色或基于功能的安装"，然后单击"下一步"按钮。

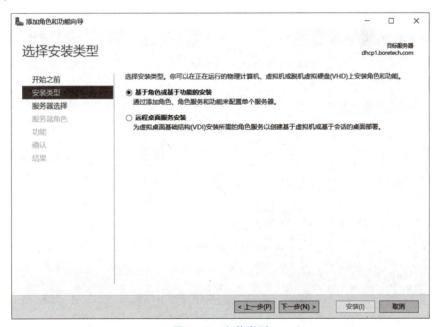

图 6 - 5　安装类型

（3）弹出"服务器选择"窗口，如图 6-6 所示。在对话框中，有两个选项：一是"从服务器池中选择服务器"，二是"选择虚拟硬盘"。此时，在第一个选项中，列出了在当前服务器池中找到的一台计算机，IP 地址为 192.168.1.3，直接单击"下一步"按钮。

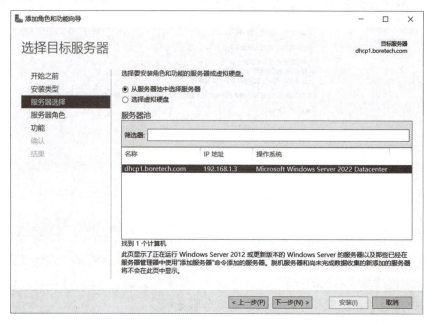

图 6-6　服务器选择

（4）弹出"服务器角色"窗口，如图 6-7 所示，单击对话框中"角色"列表框中的每一个服务器角色选项，在右边会显示该服务的详细描述说明，一般采用默认的选择即可，

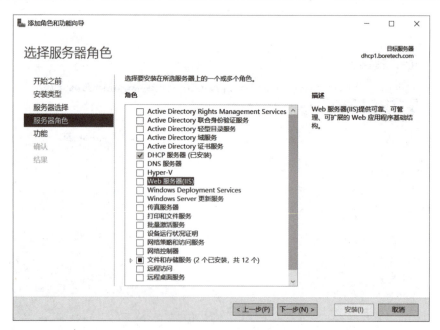

图 6-7　服务器角色

如果有特殊要求，则可以根据实际情况进行选择。在此，勾选"Web 服务器（IIS）"，此时，会弹出如图 6-8 所示的"添加 Web 服务器（IIS）所需的功能？"对话框，单击"添加功能"按钮即可。完成后，返回如图 6-7 所示的服务器角色选择窗口，此时，"Web 服务器（IIS）"选项会被勾选上，单击"下一步"按钮。

图 6-8　添加 Web 服务器所需的功能

（5）弹出"功能"窗口，如图 6-9 所示，要求用户选择要安装在所选服务器上的一个或多个功能，同时，在"功能"列表框中列出多个功能供用户选择，此时可以选择默认功能，直接单击"下一步"按钮。

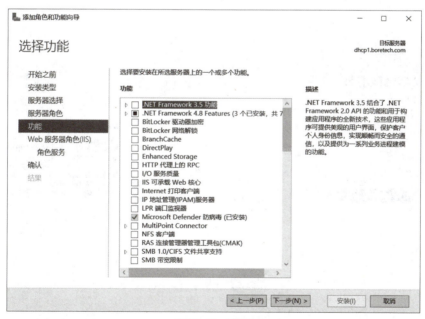

图 6-9　功能

（6）弹出如图 6-10 所示的"Web 服务器角色（IIS）"窗口。在此窗口中，对 Web 服务器进行了详细介绍及注意事项。单击"下一步"按钮。

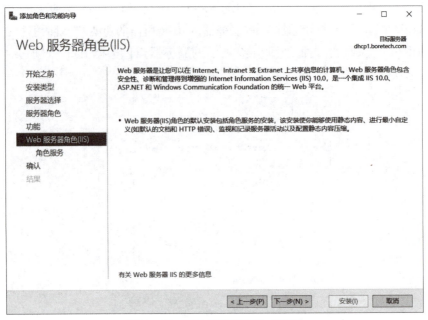

图 6 – 10　Web 服务器角色（IIS）

（7）弹出如图 6 – 11 所示的"角色服务"窗口。在此窗口中，要求用户为 Web 服务器（IIS）选择要安装的角色服务。系统列出了角色服务供用户选择，此时可以根据 Web 服务的需求进行相应选择，本例同时安装 FTP 服务器，所以在如图 6 – 12 所示的窗口中，在"角色服务"列表框中勾选"FTP 服务器"，其他功能选择系统默认即可。

完成上述操作之后，单击"下一步"按钮。

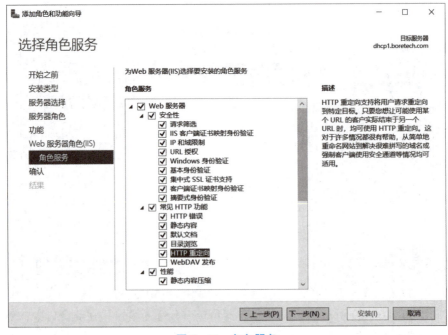

图 6 – 11　角色服务

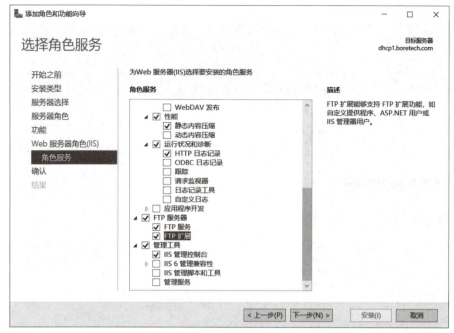

图 6 – 12　FTP 服务器

（8）弹出如图 6 – 13 所示的"确认"窗口。在此窗口中，列出了用户安装时所选的内容，用户需要确认所选内容，如果需要更改，可以单击"上一步"按钮进行相应设置。如果不需要更改，单击"安装"按钮，即可进入安装界面。

图 6 – 13　确认

在图 6 – 14 所示的"结果"窗口中，显示系统的安装进度。

图 6－14　结果

安装完成后，如图 6－15 所示，单击"关闭"按钮。

图 6－15　安装完成

2. 测试 IIS 安装是否正确

安装 Web 服务器（IIS）后，还要测试是否安装正常，有下面四种常用的测试方法，若安装正常，则会出现如图 6－16 所示的网页。

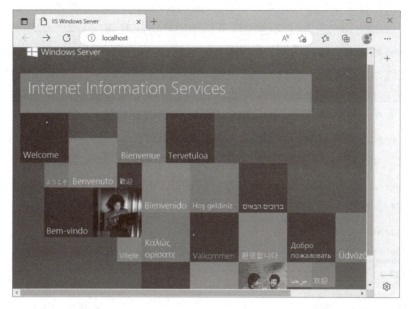

图 6 – 16　IIS 网页

利用本地回送地址：在本地浏览器中输入"http://127.0.0.1"或"http://localhost"来测试链接网站。

利用本地计算机名称：假设该服务器的计算机名称为"WinServer"，在本地浏览器中输入"http://winserver"来测试链接网站。

利用 IP 地址：作为 Web 服务器的 IP 地址，最好是静态的，假设该服务器的 IP 地址为 192.168.1.3，则可以通过"http://192.168.1.3"来测试链接网站。如果该 IP 是局域网内的，则位于局域网内的所有计算机都可以通过这种方法来访问这台 Web 服务器；如果是公网上的 IP，则 Internet 上的所有用户都可以访问。

利用 DNS 域名：如果这台计算机上安装了 DNS 服务，网址为 www. boretech.com，并将 DNS 域名与 IP 地址注册到 DNS 服务内，可通过 DNS 网址"http://www.boretech.com"来测试链接网站。

图 6 – 17　Web
服务器安装
与测试

Web 服务器（IIS）安装与测试的详细过程请扫描图 6 – 17 所示的二维码在线观看。

五、Web 服务器的管理

Web 服务器安装完成后，一个默认站点也被默认创建完成，并在正确显示以后，需要进行相关的管理与配置，以满足实际网站管理的需要。

1. 网站主目录的设置

任何一个网站都需要有主目录作为默认目录，当客户端请求链接时，就会将主目录中的网页等内容显示给用户。主目录是指保存 Web 网站的文件夹，当用户访问该网站时，Web 服务器会自动将该文件夹中的默认网页显示给客户端用户。

默认的网站主目录是%SystemDrive%\Inetpub\wwwroot，可以使用 IIS 管理器或通过直接编辑 MetaBase. xml 文件来更改网站的主目录。当用户访问默认网站时，Web 服务器会自动将其主目录中的默认网页传送给用户的浏览器。但在实际应用中通常不采用该默认文件夹，因为将数据文件和操作系统放在同一磁盘分区中，会出现失去安全保障及系统安装、恢复不太方便等问题，并且当保存大量音/视频文件时，可能造成磁盘或分区的空间不足。所以最好将作为数据文件的 Web 主目录保存在其他硬盘或非系统分区中。

网站主目录的设置通过 IIS 管理器进行，其操作步骤如下。

（1）选择"开始"→"管理工具"→"Internet Information Services（IIS）管理器"命令，打开"Internet Information Services（IIS）管理器"窗口，IIS 管理器采用了三列式界面，双击对应的 IIS 服务器，可以看到"功能视图"中有 IIS 默认的相关图标以及"操作"窗格中的对应操作，如图 6-18 所示。

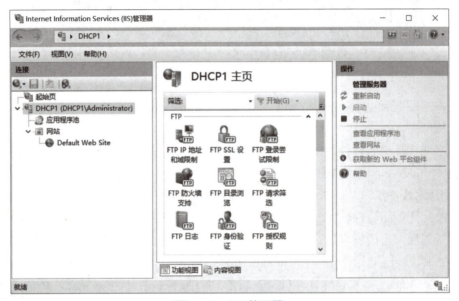

图 6-18　IIS 管理器

（2）在"连接"窗格中，展开树中的"网站"节点，有系统自动建立的默认 Web 站点"Default Web Site"，如图 6-19 所示，可以直接利用它来发布网站，也可以建立一个新网站（右击，选择"新建站点"即可）。

（3）如果要直接利用系统创建的"Default Web Site"站点进行网站的基本设置，可以按如下操作完成。

在"操作"窗格下，单击"浏览"链接，将打开系统默认的网站主目录 C:\inetpub\wwwroot，如图 6-20 所示。当用户访问此默认网站时，浏览器将会显示"主目录"中的默认网页，即 wwwroot 子文件夹中的 iisstart 页面。如果需要更改主目录，可以在"操作"窗格下单击"基本设置"链接，此时会打开如图 6-21 所示的"编辑网站"对话框，在此更改网站主目录所在的位置即可，更改完成后，可以进行测试。

图 6 – 19　默认站点

图 6 – 20　wwwroot

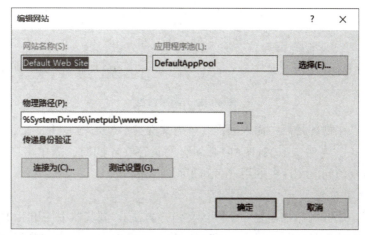

图 6 – 21　编辑网站

注：如果用户需要利用默认网站建站，可以在此目录下添加需要使用的网页文件。

（4）如果要新建一个 Web 站点，可以参考如下步骤完成。

在"连接"窗格中选取"网站"，右击，在弹出的快捷菜单中选择"添加网站"命令开始创建一个新的 Web 站点。在弹出的"添加网站"对话框中设置 Web 站点的相关参数，如图 6-22 所示。例如，网站名称为"慧心科技"，物理路径（也就是 Web 站点的主目录）可以选取网站文件所在的文件夹 C:\hxkj，Web 站点 IP 地址和端口号可以直接在"IP 地址"下拉列表中选取系统默认的 IP 地址。完成之后，返回 Internet 信息服务器窗口，就可以查看到新建的"慧心科技"站点，如图 6-23 所示。

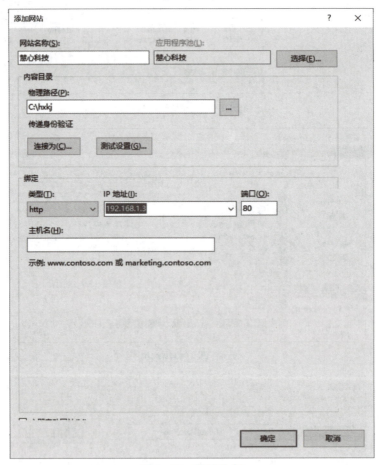

图 6-22 新建站点

提示：也可以在物理路径中输入远程共享的文件夹，就是将主目录指定到另外一台计算机内的共享文件夹，当然，该文件夹内必须有网页存在。同时，需单击"连接为"按钮，必须指定一个有权访问此文件夹的用户名和密码。

2. 网站默认页设置

通常情况下，Web 网站都需要一个默认文档，当在 IE 浏览器中使用 IP 地址或域名访问时，Web 服务器会将默认文档回应给浏览器，并显示内容。当用户浏览网页时没有指定文档名时，例如，输入的是 http://192.168.1.3，而不是 http://192.168.1.3/main.htm，IIS

图 6 - 23　慧心科技主页

服务器会把事先设定的默认文档返回给用户，这个文档就称为默认页面。在默认情况下，IIS 的 Web 站点启用了默认文档，并预设了默认文档的名称。

打开"IIS 管理器"窗口，单击选择左侧"连接"窗格中的网站名称，然后在中间功能视图中选择"默认文档"（图 6 - 24），双击查看网站的默认文档，列出的默认文档如图 6 - 25 所示。利用 IIS 搭建 Web 网站时，默认文档的文件名有 5 个，分别为 default. htm、default. asp、index. htm、index. html、iisstar. htm，这也是一般网站中最常用的主页名。

图 6 - 24　默认文档

图 6-25　默认文档列表

当然，也可以由用户自定义默认网页文件。在访问时，系统会自动按顺序由上到下依次查找与之相对应的文件名。例如，当客户浏览 http://192.168.1.3 时，IIS 服务器会先读取主目录下的 default.htm（排列在列表中最上面的文件），若在主目录内没有该文件，则依次读取后面的文件（default.asp 等）。可以通过单击"上移"和"下移"按钮来调整 IIS 读取这些文件的顺序，也可以通过单击"添加"按钮来添加新的默认网页。

由于这里系统默认的主目录 %SystemDrive%\inetpub\wwwroot 文件夹内只有一个文件名为 iisstart.htm 的网页，因此，在上面安装完成并测试时，客户浏览 http://192.168.1.3，IIS 服务器会将此网页传递给用户的浏览器，并进行显示。若在主目录中找不到列表中的任何一个默认文件，则用户的浏览器画面会出现如图 6-26 所示的错误信息。

图 6-26　网页无法访问

创建与管理 Web 站点的相关视频请扫描图 6 – 27 所示的二维码观看。

六、配置虚拟目录

在对 Web 服务器进行管理过程中，可能会出现以下情况：由于站点 **图 6 – 27　创建与** 磁盘的空间是有限的，随着网站的内容不断增加，同时一个站点只能指 **管理 Web 站点** 向一个主目录，所以可能出现磁盘容量不足的问题。为了解决这个问题，网络管理员可以通过创建虚拟目录的方式来进行控制。

1. 虚拟目录

Web 中的目录分为两种类型：物理目录和虚拟目录。物理目录是位于计算机物理文件系统中的目录，它可以包含文件及其他目录。虚拟目录是在网站主目录下建立的一个友好的名称，它是 IIS 中指定并映射到本地或远程服务器上的物理目录的目录名称。虚拟目录可以在不改变别名的情况下，任意改变其对应的物理文件夹。虚拟目录只是一个文件夹，并不真正位于 IIS 宿主文件夹内（%SystemDrive%\inetpub\wwwroot）。但在访问 Web 站点的用户看来，则如同位于 IIS 服务的宿主文件夹一样。

2. 创建虚拟目录

以下就以在"慧心科技"站点中创建一个名为"工程部"的虚拟目录为例，来演示具体的操作步骤。

（1）在 IIS 服务器 C 盘下新建一个文件夹 gcb，并且在该文件夹内复制网站的所有文件，查看主页文件 index. htm 的内容，并将其作为虚拟目录的默认首页。

（2）在"IIS 管理器"窗口的"连接"窗格中，选择"慧心科技"站点，在"操作"窗格中单击"查看虚拟目录"链接，如图 6 – 28 所示弹出"虚拟目录"窗口。然后在"虚拟目录"页的"操作"窗格中单击"添加虚拟目录"链接（或者右击站点，在弹出的菜单中选择"添加虚拟目录"命令，如图 6 – 29 所示）。

图 6 – 28　查看虚拟目录

图 6-29　添加虚拟目录

（3）在弹出的"添加虚拟目录"对话框中，在"别名"文本框中输入"工程部"，在"物理路径"文本框中选择 C:\gcb 物理文件夹，如图 6-30 所示。

图 6-30　添加虚拟目录-工程部

（4）单击"确定"按钮，返回"IIS 管理器"窗口，在"连接"窗格中可以看到"慧心科技"站点下新建立的虚拟目录"工程部"，如图 6-31 所示。

（5）在"操作"窗格中，单击"管理虚拟目录"下的"高级设置"链接，弹出"高级设置"对话框，可以对虚拟目录的相关设置进行修改，如图 6-32 所示。

七、配置虚拟主机

在对 Web 服务器进行管理的过程中，为了节约硬件资源，降低成本，网络管理员可以通过虚拟主机技术在一台服务器上创建多个网站。

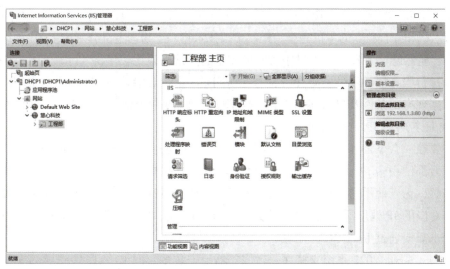

图 6 – 31　虚拟目录 – 工程部

图 6 – 32　虚拟目录高级设置

　　虚拟主机的概念对于 ISP 来讲非常有用,因为虽然一个组织可以将自己的网页挂在具备其他域名的服务器的下级网址上,但使用独立的域名和根网址更为正式,易为众人所接受。传统上,必须自己设立一台服务器才能达到使用单独域名的目的,然而这需要维护一个单独的服务器,很多小单位缺乏足够的维护能力,所以更为合适的方式是租用别人维护的服务器。ISP 也没有必要为每一个机构提供一个单独的服务器,完全可以使用虚拟主机,使服务器为多个域名提供 Web 服务,而且不同的服务互不干扰,对外就表现为多个不同的服务器。

　　使用 IIS 的虚拟主机技术,通过分配 TCP 端口、IP 地址和主机头名,可以在一台服务器上建立多个虚拟 Web 网站,每个网站都具有唯一的由端口号、IP 地址和主机头名三部分组成的网站标识，用来接收来自客户端的请求，不同的 Web 网站可以提供不同的 Web 服务，而且每一个虚拟主机和一台独立的主机完全一样。虚拟技术将一个物理主机分割成多个逻辑上的虚拟主机使用，显然能够节省经费，对于访问量较小的网站来说比较经济实用。但由于这些虚拟主机共享这台服务器的硬件资源和带宽，在访问量较大时，就容易出现资源不够用的情况。

要根据现有的条件及要求使用不同的虚拟主机技术，一般来说，有以下三种方式。

1. 使用不同的 IP 地址架设多个 Web 网站

如果要在一台 Web 服务器上创建多个网站，为了使每个网站域名都能对应于独立的 IP 地址，一般都使用多 IP 地址来实现，这种方案称为 IP 虚拟主机技术，也是比较传统的解决方案。当然，为了使用户在浏览器中可使用不同的域名来访问不同的 Web 网站，必须将主机名及其对应的 IP 地址添加到域名解析系统（DNS）。如果使用此方法在 Internet 上维护多个网站，也需要通过 InterNIC 注册域名。

Windows Server 2022 系统支持在一台服务器上安装多块网卡，并且一块网卡还可以绑定多个 IP 地址。将这些 IP 分配给不同的虚拟网站，就可以达到一台服务器多个 IP 地址来架设多个 Web 网站的目的。例如，要在一台服务器上创建两个网站：www. boretech. com 和 www. boretech. net，对应的 IP 地址分别为 192. 168. 1. 3 和 192. 168. 1. 13，需要在服务器网卡中添加这两个地址。具体的操作步骤为：

（1）在"控制面板"中打开"网络和 Internet"→"网络和共享中心"，单击要添加 IP 地址的网卡的"本地连接"，选择其对话框中的"属性"项。在"Internet 协议版本（TCP/IPv4）"的"属性"窗口中，单击"高级"按钮，显示"高级 TCP/IP 设置"窗口。单击"添加"按钮将这两个 IP 地址添加到"IP 地址"列表框中，如图 6－33 所示。

图 6－33　高级 TCP/IP 设置

（2）在 DNS 管理器窗口中，分别使用"新建区域向导"新建两个域，域名称分别为 boretech. com 和 boretech. net，并创建相应主机 A 记录 www. botetech. com 和 www. boretech. net，对应 IP 地址分别为 192. 168. 1. 3 和 192. 168. 1. 13，使不同 DNS 域名与相应的 IP 地址对应起来，这样 Internet 上的用户才能够使用不同的域名来访问不同的网站。

（3）在"IIS 管理器"窗口的"连接"窗格中选择"网站"节点，在"操作"窗格中单击"添加网站"链接，或右击"网站"节点，在弹出的菜单中选择"添加网站"命令，在弹出"添加网站"对话框中，在"网站名称"文本框中输入"慧心科技"，在"物理路径"文本框中选择"C：\boretech\com"，在"IP 地址"下拉列表中选择"192. 168. 1. 3"，在主机名文本框中输入"www. boretech. com"，如图 6 – 34 所示。

图 6 – 34　添加网站 1

（4）重复步骤（3），在"添加网站"对话框的"网站名称"文本框中输入"慧心教育"，在"物理路径"文本框中选择"C：\boretech\net"，在"IP 地址"下拉列表中选择"192. 168. 1. 13"，在主机名文本框输入"www. boretech. net"，如图 6 – 35 所示。

（5）在 IE 浏览器中输入"http：//www. boretech. com"和"http：//www. boretech. net"，可以访问同一个服务器上的两个网站。

注意：以上基于 IP 的虚拟主机技术加入了主机名，如果在创建虚拟主机时不加入主机名，访问时直接输入 IP 地址即可访问。

基于 IP 地址的虚拟主机创建与应用可以扫描如图 6 – 36 所示的二维码在线观看。

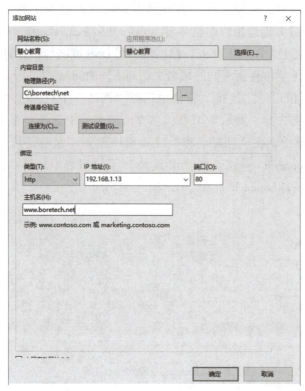

图 6-35 添加网站 2

图 6-36 基于 IP
地址的虚拟
创建与应用

2. 使用不同端口号架设多个 Web 网站

IP 地址资源越来越紧张，有时需要在 Web 服务器上架设多个网站，但计算机却只有一个 IP 地址，使用不同的端口号也可以达到架设多个网站的目的。其实，用户访问所有的网站都需要使用相应的 TCP 端口，Web 服务器默认的 TCP 端口为 80，如图 6-34 和图 6-35所示，在用户访问时不需要输入。但如果网站的 TCP 端口不为 80，在输入网址时，就必须添加上端口号，而且用户在上网时也经常会遇到必须使用端口号才能访问网站的情况。利用 Web 服务的这个特点，可以架设多个网站，每个网站均使用不同的端口号，这种方式创建的网站，其域名或 IP 地址部分完全相同，仅端口号不同。

例如，Web 服务器中原来的网站为 www. boretech. com，使用的 IP 地址为 192. 168. 1. 3，现在要再架设一个网站 www. boretech. net，IP 地址仍使用 192. 168. 1. 3，此时可在 IIS 管理器中将新网站的 TCP 端口设为其他端口（如 8888）。这样，用户在访问该网站时，就可以使用网址 http://www. boretech. net：8888 或 http://192. 168. 1. 3：8888 来访问。在访问 www. boretech. com 时，可以输入网址 http://www. boretech. com，此时系统会使用默认的 80 端口进行访问。

基于端口的虚拟主机技术请扫描图 6-37 所示的二维码观看。

3. 使用不同的主机名架设多个 Web 网站

使用主机名创建的域名也称二级域名。现在，以 Web 服务器上利用主机名创建 ftp. boretech. com 和 mail. boretech. com 两个网站

图 6-37 基于端口的
虚拟主机技术

为例进行介绍，假设其 IP 地址均为 192.168.1.3，具体的操作步骤如下。

（1）首先在 DNS 服务器上注册。为了让用户能够通过 Internet 找到 ftp. boretech. com 和 mail. boretech. com 网站的 IP 地址，需将其 IP 地址注册到 DNS 服务器。在 DNS 管理器窗口中，新建两个主机 A 记录，分别为"ftp"和"mail"，IP 地址均为 192.168.1.3。

（2）在"IIS 管理器"窗口的"连接"窗格中选择"网站"节点，在"操作"窗格中单击"添加网站"链接，或右击"网站"节点，在弹出的菜单中选择"添加网站"命令，在弹出的"添加网站"对话框中，在"网站名称"文本框中输入"企业文件"，在"物理路径"文本框中选择"C:\boretech\ftp"，在"IP 地址"下拉列表中选择"192.168.1.3"，在主机名文本框中输入"ftp. boretech. com"，如图 6 – 38 所示。

（3）在"IIS 管理器"窗口的"连接"窗格中选择"网站"节点，在"操作"窗格中单击"添加网站"链接，或右击"网站"节点，在弹出的菜单中选择"添加网站"命令，弹出"添加网站"对话框，在"网站名称"文本框中输入"企业邮局"，在"物理路径"文本框中选择"C:\boretech\mail"，在"IP 地址"下拉列表中选择"192.168.1.3"，在主机名文本框中输入"mail. boretech. com"，如图 6 – 39 所示。

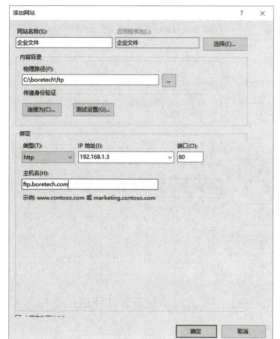

图 6 – 38　企业文件网站

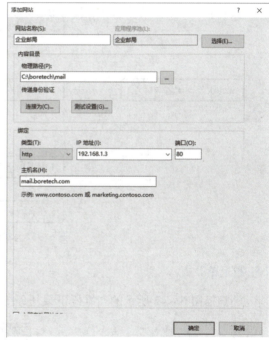

图 6 – 39　企业邮局网站

（4）在客户机的 IE 地址栏中分别输入 http://ftp. boretech. com 和 http://mail. boretech. com，可以访问设置好的网站。

基于主机名的虚拟主机创建请扫描图 6 – 40 所示的二维码在线观看。

使用主机头来搭建多个具有不同域名的 Web 网站，与利用不同 IP 地址建立虚拟主机的方式相比，这种方案更为经济实用，可以充分利用有限的 IP 地址资源来为更多的客户提供虚拟主机服务。

图 6-40　基于主机名的虚拟主机技术

注意：①如果使用非标准 TCP 端口号来标识网站，则用户必须知道指派给网站的非标准 TCP 端口号，在访问网站时，在 URL 中指定该端口号才能访问，此方法适用于专有网站的开发；②与使用主机名称的方法相比，利用 IP 地址来架设网站的方法会降低运行效率，它主要用于服务器上提供基于 SSL（Secure Sockets Layer）的 Web 服务。

【任务实施】

本任务实施步骤如图 6-41 所示。

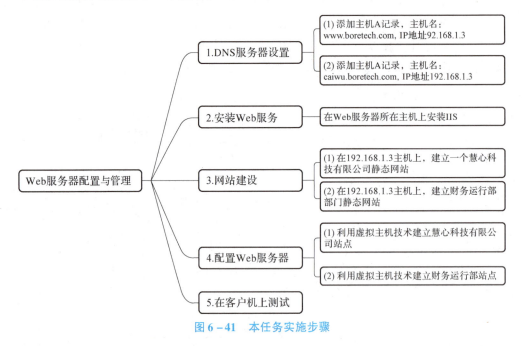

图 6-41　本任务实施步骤

【任务工单】

请扫描图 6-42 所示的二维码下载任务工单，按工作要求与步骤记录并完成工作任务。

图 6-42　任务工单 6-1

【任务总结】

本任务为一个 Windows Web 服务器搭建项目，学习过程中应综合注意以下问题：①IIS 的安装与配置过程；②记录实战中存在的问题，以及解决问题的方法与过程。

任务 2　网站安全管理

【任务描述】

慧心科技有限公司已部署了 Web 服务器，用于发布公司信息。网站的安全是每个网络管理员必须关心的事，必须通过各种方式和手段来减少入侵者攻击的机会。如果 Web 服务器采用了正确的安全措施，就可以降低或消除来自怀有恶意的个人以及意外获得访问限制信息或无意中更改重要文件的用户的各种安全威胁。请针对网站安全实施如下工作任务：

（1）请根据信息安全等级的不同，设置不同的用户访问权限。

启用 Windows 身份验证，只有通过身份验证的用户才能访问到该站点，manager 用户组成员使用 IE 浏览器打开，不提示认证，直接访问。

（2）将访问 http：//www. boretech. com 的 http 的请求重定向到 https：//www. boretech. com 站点。

（3）设置 http：//www. boretech. com/网站的最大连接数为 1 000，网站连接超时为 60 s。

（4）使用 W3C 记录日志；每天创建一个新的日志文件；日志只允许记录日期、时间、客户端 IP 地址、用户名、服务器 IP 地址、服务器端口号；日志文件存储到 "C：\WWWLogFile" 目录中。

（5）设置远程管理 Web 网站，要求只能使用 192. 168. 1. 9 这台主机远程访问 Web 网站。

【任务分析】

在许多网站中，大部分 WWW 访问都是匿名的，客户端请求时，不需要使用用户名和密码。但对访问有特殊要求或者安全性要求较高的网站，则需要对用户进行身份验证。利用身份验证机制，可以确定哪些用户可以访问 Web 应用程序，从而为这些用户提供对 Web 网站的访问权限。

当一个 Web 服务器搭建完成后，对它的管理是非常重要的，如添加删除虚拟目录、站点，为网站中添加或修改发布文件，检查网站的连接情况等。但是管理员不可能每天都坐在服务器前进行操作，因此，需要从远程计算机上管理 IIS。

【知识准备】

一、网站的安全性配置

1. 启动和停用动态属性

为了增强安全性，默认情况下，Windows Server 2022 上未安装 IIS。当安装 IIS 时，Web 服务器被配置为只提供静态内容（包括 HTML 和图像文件）。用户可以在安装 Web 服务器（IIS）时勾选 "应用程序开发"，自行启动 Active Server Pages、ASP. NET 等服务，以便让 IIS 支持动态网页。

启动和停用动态属性的具体操作步骤为：打开"IIS 管理器"窗口，在功能视图中选择"ISAPI 和 CGI 限制"图标，双击并查看其设置，如图 6 - 43 所示。选中要启动或停止的动态属性服务，右击，在弹出的快捷菜单中选择"允许"或"停止"命令，也可以直接单击"允许"或"停止"按钮。

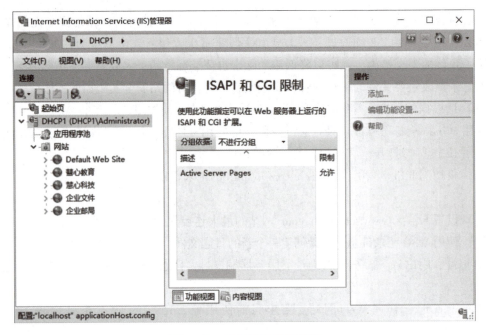

图 6 - 43　ISAPI 和 CGI 限制

2. 验证用户的身份

在许多网站中，大部分 WWW 访问都是匿名的，客户端请求时，不需要使用用户名和密码，只有这样，才可以使所有用户都能访问该网站。但对访问有特殊要求或者安全性要求较高的网站，则需要对用户进行身份验证。利用身份验证机制，可以确定哪些用户可以访问 Web 应用程序，从而为这些用户提供对 Web 网站的访问权限。一般的身份验证请求需要输入用户名和密码来完成验证，此外，也可以使用诸如访问令牌等进行身份验证。

可以根据网站对安全的具体要求，来选择适当的身份验证方法。设置身份验证的具体操作步骤为：打开"Internet Information Services（IIS）管理器"窗口，在功能视图中选择"身份验证"图标，双击并查看其设置，如图 6 - 44 所示。选中要启用或禁用的身份验证方式，右击，在弹出的快捷菜单中选择"启用"或"禁用"命令，也可以直接单击"启用"或"禁用"按钮。

IIS 提供匿名身份验证、基本身份验证、摘要式身份验证、ASP. NET 模拟身份验证、Forms 身份验证、Windows 身份验证以及 AD 客户证书身份验证等多种身份验证方法。默认情况下，IIS 支持匿名身份验证和 Windows 身份验证，一般在禁止匿名身份验证时，才使用其他的身份验证方法。各种身份验证方法介绍如下。

图 6 - 44　身份验证

1）匿名身份验证

通常情况下，绝大多数 Web 网站都允许匿名访问，即 Web 客户无须输入用户名和密码，即可访问 Web 网站。匿名访问其实也是需要身份验证的，称为匿名验证。在安装 IIS 时，系统会自动建立一个用来代表匿名账户的用户账户，当用户试图连接到网站时，Web 服务器将连接分配给 Windows 用户账户 IUSR_computername，此处 computername 是运行 IIS 所在的计算机的名称。默认情况下，IUSR_computername 账户包含在 Windows 用户组 Guests 中。该组具有安全限制，由 NTFS 权限强制使用，指出了访问级别和可用于公共用户的内容类型。当允许匿名访问时，就向用户返回网页页面；如果禁止匿名访问，IIS 将尝试使用其他验证方法。对于一般的、非敏感的企业信息发布，建议采用匿名访问方法。如果启用了匿名验证，则 IIS 始终尝试先使用匿名验证对用户进行验证，即使启用了其他验证方法，也是如此。

2）基本身份验证

基本身份验证方法要求提供用户名和密码，提供很低级别的安全性，最适于给需要很少保密性的信息授予访问权限。由于密码在网络上是以弱加密的形式发送的，这些密码很容易被截取，因此可以认为安全性很低。一般只有在确认客户端和服务器之间的连接安全时，才使用此种身份验证方法。基本身份验证还可以跨防火墙和代理服务器工作，所以在仅允许访问服务器上的部分内容而非全部内容时，这种身份验证方法是个不错的选择。

3）摘要式身份验证

摘要式身份验证使用 Windows 域控制器来对请求访问服务器上的内容的用户进行身份验证，提供与基本身份验证相同的功能，但是摘要式身份验证在通过网络发送用户凭据方面提高了安全性。摘要式身份验证将凭据作为 MD5 哈希或消息摘要在网络上传送（无法从哈希中解密原始的用户名和密码）。注意，不支持 HTTP 1.1 协议的任何浏览器都无法支持摘要式身份验证。

4）ASP. NET 模拟身份验证

如果要在 ASP. NET 应用程序的非默认安全上下文中运行 ASP. NET 应用程序，请使用 ASP. NET 模拟。在为 ASP. NET 应用程序启用模拟后，该应用程序将可以在两种上下文中运行：以通过 IIS 身份验证的用户身份运行，或作为设置的任意账户运行。例如，如果使用的是匿名身份验证，并选择作为已通过身份验证的用户运行 ASP. NET 应用程序，那么该应用程序将在为匿名用户设置的账户（通常为 IUSR）下运行。同样，如果选择在任意账户下运行应用程序，则它将运行在为该账户设置的任意安全上下文中。默认情况下，ASP. NET 模拟处于禁用状态。启用模拟后，ASP. NET 应用程序将在通过 IIS 身份验证的用户的安全上下文中运行。

5）Forms 身份验证

Forms 身份验证使用客户端重定向来将未经过身份验证的用户重定向至一个 HTML 表单，用户可以在该表单中输入凭据，通常是用户名和密码。确认凭据有效后，系统会将用户重定向至他们最初请求的页面。由于 Forms 身份验证以明文形式向 Web 服务器发送用户名和密码，因此，应当对应用程序的登录页和其他所有页使用安全套接字层（SSL）加密。该身份验证非常适用于在公共 Web 服务器上接收大量请求的站点或应用程序，能够使用户在应用程序级别的管理客户端注册，而无须依赖操作系统提供的身份验证机制。

6）Windows 身份验证

Windows 身份验证使用 NTLM 或 Kerberos 协议对客户端进行身份验证。Windows 身份验证最适用于 Intranet 环境。Windows 身份验证不适合在 Internet 上使用，因为该环境不需要用户凭据，也不对用户凭据进行加密。

7）AD 客户证书身份验证

AD 客户证书身份验证允许使用 Active Directory 目录服务功能将用户映射到客户证书，以便进行身份验证。将用户映射到客户证书可以自动验证用户的身份，而无须使用基本、摘要式或集成 Windows 身份验证等其他身份验证方法。

3. IP 地址和域名访问限制

使用用户验证的方式，每次访问该 Web 站点都需要输入用户名和密码，对于授权用户而言，比较烦琐。IIS 会检查每个来访者的 IP 地址，可以通过 IP 地址的访问，来防止或允许某些特定的计算机、计算机组、域甚至整个网络访问 Web 站点。例如，如果 Intranet 服务器已连接到 Internet，可以防止 Internet 用户访问 Web 服务器，方法是仅授予 Intranet 成员访问权限而明确拒绝外部用户的访问。

设置 IP 地址验证的具体操作步骤为：打开"Internet Information Services（IIS）管理器"窗口，在功能视图中选择"IPv4 地址和域限制"图标，双击并查看其设置，如图 6-45 所示。在右侧"操作"窗格中选择"添加允许条目"按钮或"添加拒绝条目"，在弹出的如图 6-46 所示的"添加允许限制规则"对话框和如图 6-47 所示的"添加拒绝限制规则"对话框中输入相应的地址即可。

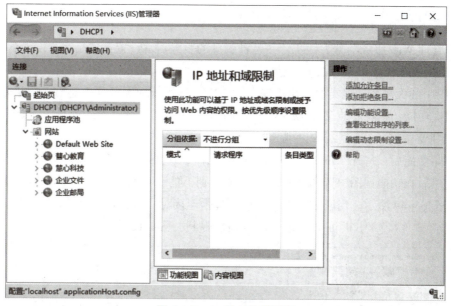

图 6 – 45　IP 地址和域限制

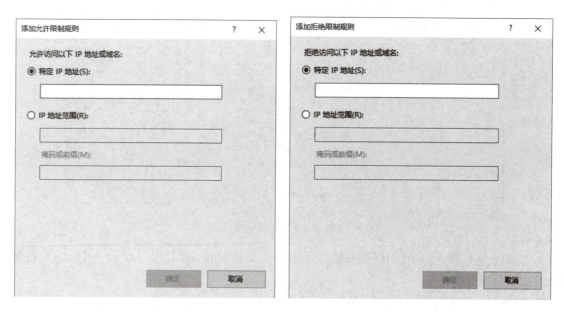

图 6 – 46　添加允许　　　　　　　　　图 6 – 47　添加拒绝

网站安全性详细操作请扫描图 6 – 48 所示的二维码在线观看。

图 6 – 48　网站安全性管理

二、远程管理网站

远程管理 Web 服务器分为两步：一是被管理的服务器端设置；二是客户端设置。

1. 远程管理服务器端设置

与 IIS 中的大多数功能类似，出于安全性考虑，远程管理服务并不是默认安装的。要安装远程管理功能，则在安装 Web 服务器角色的角色服务中，将"管理工具"下的"管理服务"添加到 Windows Server 2022 的服务器管理器中。

安装此功能后，打开"Internet Information Services（IIS）管理器"窗口，在左侧选择服务器名，然后在功能视图中选择"管理"这个类别下的"管理服务"图标，双击并查看其设置，如图 6 – 49 所示。当通过管理服务启用远程连接时，将看到一个设置列表，其中包含"标识凭据""连接""SSL 证书"和"IPv4 地址限制"等的设置。

图 6 – 49　管理服务

标识凭据：授予连接到 IIS 的权限，可选择"仅限 Windows 凭据"或是"Windows 凭据或 IIS 管理器凭据"。

IP 地址：设置连接服务器的 IP 地址，默认的端口为 8172。

SSL 证书：系统中有一个默认的名为 WMSVC – SHA2 的证书，这是系统专门为远程管理服务的证书。

IPv4 地址限制：禁止或允许某些 IP 地址或域名的访问。

注意：要进行远程管理网站，必须启用远程连接并启动 WMSVC 服务，因为该服务在默认情况下处于停止状态，因此，在设置完成后，应该在图 6 – 50 所示的最右侧窗格的"操作"分支下选择"启动"，让远程管理设置开始生效。WMSVC 服务的默认启动设置为手动。如果希望该服务在重启后自动启动，则需要将设置更改为自动。可通过在命令行中键入以下命令来完成此操作：

```
sc config WMSVC start = auto
```

图 6 - 50　管理服务内容

2. 客户端设置远程管理

在客户端计算机（前提是客户端必须是已安装完成 IIS）上进行远程管理的操作步骤为：打开"Internet Information Services（IIS）管理器"窗口，在左侧选择"起始页"，右击，在弹出的快捷菜单中选择"连接至服务器"选项，如图 6 - 51 所示，进入"连接到服务器"对话框，在"服务器"文本框中输入要远程管理的服务器。为了方便，输入需要被远程管理的服务器的 IP 地址：192.168.1.13，单击"下一步"按钮，进入"指定连接名称"对话框，输入连接名称，单击"下一步"按钮即可在"Internet Information Services（IIS）管理器"窗口看到要管理的远程网站，如图 6 - 52 所示。

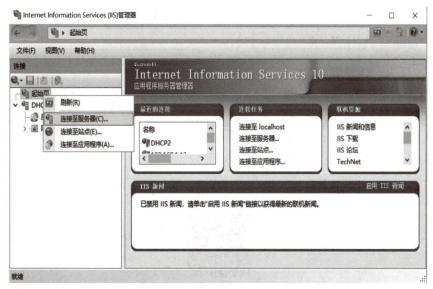

图 6 - 51　连接至服务器

图 6-52　远程连接至服务器

远程管理 Web 服务器的详细操作请扫描图 6-53 所示的二维码在线观看。

图 6-53　远程管理 Web 服务器

【任务实施】

本任务实施步骤如图 6-54 所示。

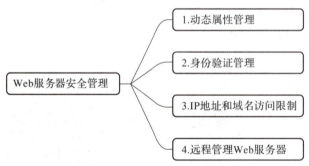

图 6-54　本任务实施步骤

【任务工单】

请扫描图 6-55 所示的二维码下载任务工单，按工作要求与步骤记录并完成工作任务。

图 6-55　任务工单 6-2

【任务总结】

本任务主要完成了 Windows Server 2022 的网站安全的设置，然后实现了 Windows Server 2022 远程管理的设置与应用。

任务 3　赛场练兵

【任务描述】

你作为一个微软高级认证的技术工程师，被指派去构建一个公司的内部网络，要为员工提供便捷、安全稳定内外网络服务。你必须在规定的时间内完成要求的任务，并进行充分的测试，确保设备和应用正常运行。本任务所有规划都基于 Windows 操作系统，请根据网络拓扑、基本配置信息和服务需求完成网络服务安装与测试，确保设备和应用正常运行。网络拓扑图和基本配置信息如下。

1. 拓扑图

构建 ChinaSkills. cn 的网络服务环境，网络拓扑如图 6 – 56 所示。

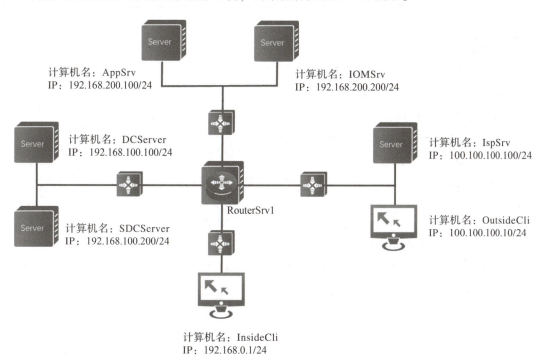

计算机名：AppSrv
IP：192.168.200.100/24

计算机名：IOMSrv
IP：192.168.200.200/24

计算机名：DCServer
IP：192.168.100.100/24

计算机名：IspSrv
IP：100.100.100.100/24

RouterSrv1

计算机名：SDCServer
IP：192.168.100.200/24

计算机名：OutsideCli
IP：100.100.100.10/24

计算机名：InsideCli
IP：192.168.0.1/24

图 6 – 56　网络拓扑

2. 网络地址规划

服务器和客户端基本配置见表 6 – 2。

表 6 – 2　服务器和客户端基本配置

主机名	所在域	网络地址	DNS	网关
DCServer	chinaskills. com	192. 168. 100. 100/24	127. 0. 0. 1	192. 168. 100. 254
SDCServer	chinaskills. com	192. 168. 100. 200/24	127. 0. 0. 1	192. 168. 100. 254
AppSrv	chinaskills. com	192. 168. 200. 100/24	192. 168. 100. 100 192. 168. 100. 200	192. 168. 200. 254
RouterSrv1	chinaskills. com	192. 168. 100. 254/24 192. 168. 0. 254/24 192. 168. 200. 254/24 100. 100. 100. 251/24	192. 168. 100. 100	无
IspSrv	保持工作组状态	100. 100. 100. 100/24	127. 0. 0. 1	无
InsideCli	chinaskills. com	192. 168. 0. 1/24 （dhcp）	192. 168. 100. 100 192. 168. 100. 200	192. 168. 0. 254
OutsideCli	保持工作组状态	100. 100. 100. 10/24	100. 100. 100. 100	100. 100. 100. 254

【任务清单】

1. 服务器 IspSrv 上的工作任务

通过互联网访问检测服务器。

为了模拟 Internet 访问测试，请搭建网卡互联网检测服务。

2. 服务器 AppSrv 上的工作任务

在 RouterSrv1 上搭建网站服务器。

将访问 http://www. chinaskills. com 的 http 的请求重定向到 https://www. chinaskills. com 站点。

网站内容设置为"该页面为 www. chinaskills. com 测试页！"。

将当前 Web 根目录设置为 d：\wwwroot 目录。

启用 Windows 身份验证，只有通过身份验证的用户才能访问到该站点，manager 用户组成员使用 IE 浏览器打开，不提示认证，直接访问。

设置"http://www. chinaskills. com/"网站的最大连接数为 1 000，网站连接超时为 60 s。

使用 W3C 记录日志；每天创建一个新的日志文件，文件名格式：使用本地时间；日志只允许记录日期、时间、客户端 IP 地址、用户名、服务器 IP 地址、服务器端口号；日志文件存储到"C：\WWWLogFile"目录中。

【任务工单】

请扫描如图 6 – 57 所示的二维码下载任务工单，按工作要求与步骤记录并完成工作任务。

图 6-57　任务工单 6-3

【素养课堂】

职业精神是与人们的职业活动紧密联系，具有职业特征的精神与操守，从事某种职业就该具有这种职业的精神、能力和自觉。社会主义职业精神由多种要素构成，它们相互配合，形成严谨的职业精神模式。职业精神的实践内涵体现在敬业、勤业、创业、立业四个方面。

在全面建设小康社会，不断推进中国特色社会主义伟大事业，实现中华民族复兴的征程中，从事不同职业的人们都应当大力弘扬社会主义职业精神，尽职尽责，贡献自己的聪明才智。

【任务总结】

本任务为国赛赛场模拟真实网络环境场景构建，主要对 IIS 进行各项安全管理。详细网络构建过程可登录"智慧职教"本课程在线课程观看与学习，任务工单可在线下载。

项目七

FTP服务器配置与管理

【项目场景】

在慧心科技有限公司网络的管理中，出于办公的需要，每天要进行许多文件之间的交换与信息共享。例如，许多客户出差在外或在家工作时，需要远程上传和下载文件；公司的各种共享软件、应用软件、杀毒工具等需要及时提供给广大用户；当网络中各部分使用的操作系统不同时，需要在不同操作系统之间传递文件。基于以上需求，公司决定在网络中架设FTP服务器，可以方便地使用各种共享资源，特别是当需要远程传输文件时，当上传或下载的文件尺寸较大，而无法通过邮箱传递时，或者无法直接共享时，FTP服务器就很容易解决此类问题。

慧心科技有限公司的FTP服务器网络拓扑图如图7-1所示。

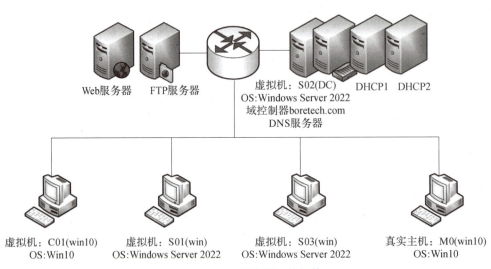

图7-1　FTP服务器网络拓扑

【证书考点与赛项目标】

（1）遵守健康及安全标准，快速理解规则及掌握规章。

（2）具备网络规划与设计能力。

（3）具备根据优先顺序表，定期制订计划、重新修订计划及多任务组织能力。

（4）能依据设计图纸要求，安装操作系统映像，组建小型网络，配置和管理应用服务器。

（5）以项目团队成员的身份，与同伴有效合作，并把工作效率和学习能力发挥到最大。

【知识目标与技能目标】

（1）理解并掌握 FTP 服务器的配置与管理。

（2）掌握 FTP 站点的日常设置。

（3）掌握 FTP 站点的维护与管理工作。

（4）掌握如何利用客户端软件访问 FTP 站点。

（5）具备中小型企业域网络规划、设计、实施的能力。

（6）具备 Web 服务器规划、配置、管理基本能力。

【素养目标】

（1）培养分析问题和解决问题的能力。

（2）培养沟通力、抗压力、6S 规范等职业素质。

（3）培养精益求精的工匠精神，并融入专业技能训练的过程中。

（4）向大国工匠学习，做懂技术、精技能、善运维能工巧匠。

【需求分析】

在安装 Web 服务器时，IIS 中可同时安装 FTP 服务，本项目可以将 Web 服务器与 FTP 服务器配置在同一台服务器上，能够实现节约成本，同时，便于系统管理。

【方案设计】

公司现有网络中，已建立了域服务、DNS 服务、DHCP 服务，可以在原有网络建设的基础上，在网络中添加 Web 服务器角色，让其实现内网/外网信息发布与管理、产品宣传与销售、客户沟通与联系等工作。FTP 服务器在公司网络环境中的配置与作用见表 7 - 1。

表 7 - 1　FTP 服务器在公司网络环境中的配置与作用

图标	名称	域名与对应 IP	说明
	域服务器 活动目录服务器	boretech. com 192. 168. 1. 12	慧心科技有限公司的主服务器之一。用于管理公司本部的内网资源，包括组织单位（OU）、组、用户、计算机、打印机等。由于访问量较大，该服务器配置较高，是网络建设中重点投资的设备之一
	FTP 服务器 文件服务器	file. boretech. com 192. 168. 1. 3	各部门员工每天都有大量的文档需要上交、备份或交流。FTP 服务让员工拥有集中的存储空间，方便文件的上传与下载。考虑到安全因素，各部门账户权限有一定的差异

本项目划分为以下任务完成：

任务 1　FTP 服务器配置与管理

任务 2　赛场练兵

任务 1　FTP 服务器配置与管理

【任务描述】

慧心科技有限公司出于办公的需要，决定在网络中架设 FTP 服务器，以方便对公司各种共享资源进行管理。作为一名网络管理员，请完成以下工作任务：

（1）安装 FTP 服务，新建一个 FTP 测试站点，并建立产品研发部用户 zhangsan、财务运行部用户 zhaoliu，密码均为 ftp123。

（2）FTP 站点主目录为 D：\ftProot，通过启用隔离用户功能，使用用户名目录的方式实现用户 zhangsan 与 zhaoliu 以及用户匿名方式登录 FTP 站点时，匿名方式只能浏览到 "Public" 子目录中的内容，若用个人账号登录 FTP 站点，则只能访问与用户名同名的自己的子文件夹，可以实现上传与下载。

（3）FTP 站点使用预共享密钥加密通信通道，否则，将不能访问。

（4）设置 FTP 最大客户端连接数为 100。设置无任何操作的超时时间为 5 分钟，设置数据连接的超时时间为 1 分钟。

【任务分析】

FTP 服务器需要进行安装部署后使用。在安装 Web 服务器时，IIS 中可同时安装 FTP 服务器，将 Web 服务器与 FTP 服务器配置在同一台服务器上，能够实现节约成本，同时便于系统管理。本任务中，为了数据安全，需要部署用户隔离的 FTP 站点，通过将不同用户隔离，实现权限划分，保障数据安全。

【知识准备】

一、FTP 服务器简介

FTP（File Transport Protocol，文件传输协议）用于实现客户端与服务器之间的文件传输，尽管 Web 也可以提供文件下载服务，但是 FTP 服务的效率更高，对权限控制更为严格。

FTP 服务和文件共享服务的区别在于，文件共享服务只可以用于局域网，而 FTP 服务既可以用于局域网，也可以用于广域网。

FTP 有两个意思，其中一个指文件传输服务，FTP 提供交互式的访问，用来在远程主机与本地主机之间或两台远程主机之间传输文件；另一个意思是指文件传输协议，是 Internet 上使用最广泛的文件传输协议，它使用客户端/服务器模式，用户通过一个支持 FTP 协议的客户端程序，连接到在远程主机上的 FTP 服务器程序，用户通过客户机程序向服务器程序发出命令，服务器程序执行用户所发出的命令，并将执行的结果返回到客户端。

二、FTP 的使用

在 FTP 的使用过程中，用户经常遇到两个概念：下载（Download）和上传（Upload）。下载文件就是从远程主机复制文件至自己的计算机上，上传文件就是将文件从自己的计算机中复制至远程主机上，用 Internet 语言来说，用户可通过客户端程序向（从）远程主机上传（下载）文件。

在 Internet 上有两类 FTP 服务器：一类是普通的 FTP 服务器，连接到这种 FTP 服务器上时，用户必须具有合法的用户名和口令；另一类是匿名 FTP 服务器，所谓匿名 FTP，是指在访问远程计算机时，不需要账户或口令就能访问许多文件、信息资源，用户不需要经过注册就可以与它连接，并且进行下载文件和上传文件的操作，通常这种访问限制在公共目录下。系统管理员建立了一个特殊的用户 ID，名为 anonymous，Internet 上的任何人在任何地方都可使用该用户 ID。值得注意的是，匿名 FTP 不适用于所有 Internet 主机，它只适用于那些提供了这项服务的主机。

三、安装与配置 FTP 服务器

1. 安装 FTP 服务

Windows Server 2022 内置的 FTP 服务在默认情况下并没有安装，以下以在虚拟机（192.168.1.3）中安装并配置 FTP 服务器为例进行详细讲解。

安装 FTP 服务必须具备管理员权限，使用 Administrator 管理员权限登录，这是 Windows Server 2022 新的安全功能。具体的操作步骤如下。

（1）在服务器中选择"开始"→"管理工具"→"服务器管理器"命令，打开"服务器管理器"窗口，选择左侧"仪表板"一项之后，单击右侧的"添加角色和功能"链接，如图 7-2 所示。此时，出现"添加角色和功能向导"对话框，在如图 7-3 所示的对话框

图 7-2　添加角色和功能

中，首先显示的是"开始之前"选项，此选项提示用户，在继续之前，请确认完成了先决条件任务。在完成先决条件的情况下，单击"下一步"按钮。

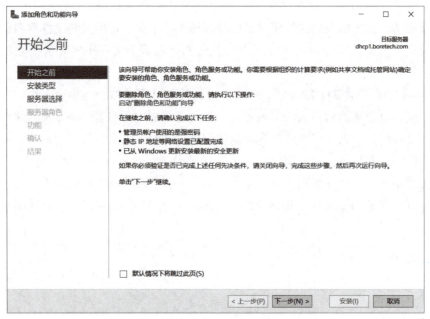

图7-3 "添加角色和功能向导"对话框

（2）单击"下一步"按钮，进入"安装类型"窗口，如图7-4所示。

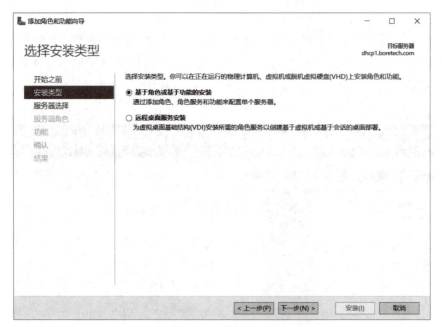

图7-4 安装类型

此时，默认选择"基于角色或基于功能的安装"，单击"下一步"按钮继续操作。

（3）进入"服务器选择"窗口，在如图7-5所示。在此对话框中，有两个选项：一是

"从服务器池中选择服务器";二是"选择虚拟硬盘"。此时,在第一个选项中,列出当前服务器池中找到的计算机,IP 地址为 192.168.1.3。单击"下一步"按钮。

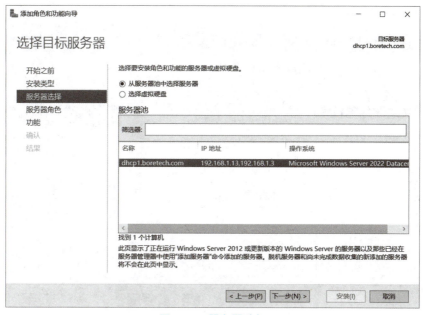

图 7-5 服务器选择

(4)进入"服务器角色"窗口,如图 7-6 所示,单击对话框中"角色"列表框中的每一个服务器角色选项,在右边会显示该服务相关的详细描述,一般采用默认的选择即可。如果有特殊要求,则可以根据实际情况进行选择。由于在上一项目中,已安装过 Web 服务器,在"Web 服务器"分支上会显示黑色方块,代表已安装过部分功能。

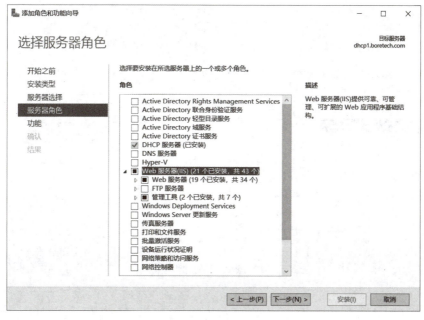

图 7-6 服务器角色

在此，勾选"Web 服务器（IIS）"分支下的"FTP 服务器"，如图 7 - 7 所示。完成后，单击"下一步"按钮。

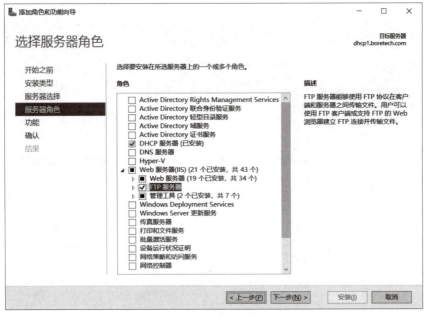

图 7 - 7　FTP 服务器角色

说明：如果已安装过 Web 服务器（IIS），此时只需要展开 Web 服务器选项即可。

（5）进入"功能"窗口，如图 7 - 8 所示，要求用户选择要安装在所选服务器上的一个或多个功能，同时，在"功能"列表框中列出多个功能供用户选择。此时可以选择默认功能，单击"下一步"按钮。

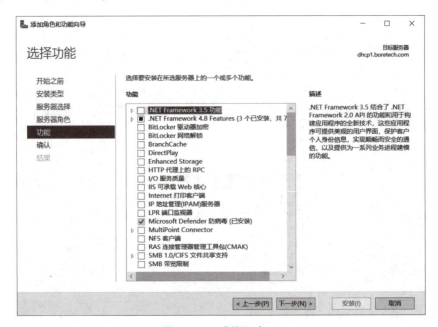

图 7 - 8　"功能"窗口

（6）出现如图 7 - 9 所示的"确认"窗口。在此窗口中，列出用户安装所选的内容，用户需要确认安装所选内容。如果需要更改，可以单击"上一步"按钮进行相应设置；如果不需要更改，单击"安装"按钮，即可进入安装界面。

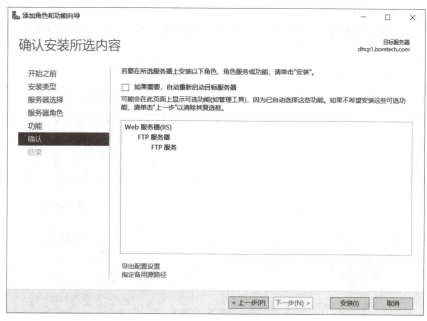

图 7 - 9　确认

在图 7 - 10 所示的"结果"窗口中，显示系统的安装进度。安装完成后，单击"关闭"按钮。

图 7 - 10　结果

FTP 服务器的安装过程请扫描图 7 – 11 所示的二维码在线观看。

2. 创建 FTP 站点

在 Windows Server 2022 中，FTP 服务器在被安装完成后，FTP 服务会在 IIS 管理器中被启动，将在图 7 – 12 所示的窗格中显示已安装的 FTP 相关信息。接下来就需要创建一个新的 FTP 站点。以创建"慧心科技 FTP"站点为例，其创建过程如下：

图 7 – 11　安装 FTP 服务器

（1）选择"开始"→"管理工具"→"Internet Information Services（IIS）管理器"，打开"IIS Information Services（IIS）管理器"窗口，在"连接"窗格的"网站"上右击，在弹出的快捷菜单上选择"添加 FTP 站点"，如图 7 – 13 所示。此时会弹出如图 7 – 14 所示的对话框，利用向导添加一个新的 FTP 站点即可，在此对话框中输入 FTP 站点名称"慧心科技 FTP"及位置信息，单击"下一步"按钮即可。

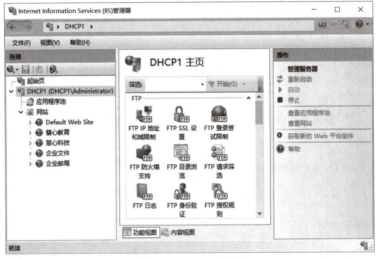
图 7 – 12　FTP 服务

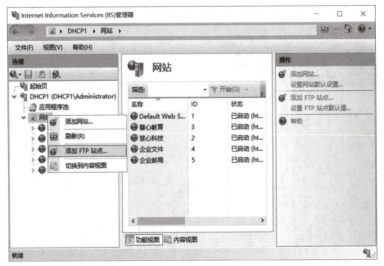
图 7 – 13　添加 FTP 站点

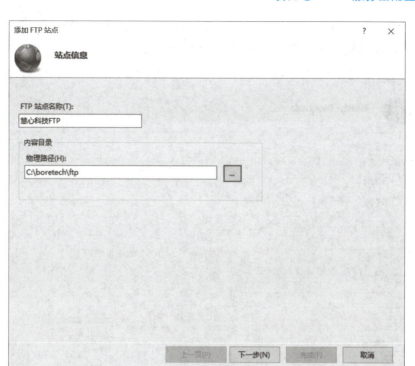

图 7-14　添加 FTP 站点向导

（2）弹出如图 7-15 所示的"绑定和 SSL 设置"对话框，设置 FTP 站点的 IP 地址和端口的绑定信息，在此，选择 IP 地址为 192.168.1.3，同时，可以设置 SSL 相关信息。

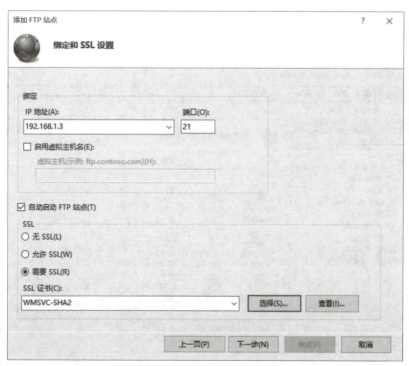

图 7-15　绑定和 SSL 设置

（3）弹出图 7-16 所示的"身份验证和授权信息"对话框。在此对话框中，可以选择身份验证方式以及授权用户，还可以设置用户访问的权限。

图 7-16　身份验证和授权信息

（4）单击"完成"按钮，如图 7-17 所示，慧心科技 FTP 站点创建完成。

图 7-17　慧心科技 FTP 站点

创建 FTP 站点详细过程请扫描图 7 - 18 所示的二维码在线观看。

3. FTP 的基本设置

接下来利用创建的"慧心科技 FTP"站点来说明 FTP 站点的标识、主目录、目录安全性等基本属性的设置。

1）名称与路径设置

计算机上每个 FTP 站点都必须有自己的主目录，可以设定 FTP 站点的主目录。选择"Internet Information Services（IIS）管理器"→"网站"→"慧心科技 FTP"选项，在右侧的"操作"窗格中选择"基本设置"命令，弹出如图 7 - 19 所示的"编辑网站"对话框，在此可以设置网站名称、物理路径等信息。

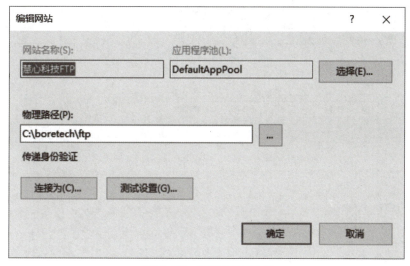

图 7 - 19　编辑 FTP 站点

2）FTP 目录浏览

选择"Internet Information Services（IIS）管理器"→"网站"→"慧心科技 FTP"选项，在中间的"功能视图"中双击"FTP 目录浏览"，可以打开如图 7 - 20 所示的窗口，在此可以进行 FTP 目录浏览的相关设置。设置完成后，需要单击"操作"窗格中的"应用"按钮启用设置。

3）网站绑定

选择"Internet Information Services（IIS）管理器"→"网站"→"慧心科技 FTP"选项，在右侧的"操作"窗格中选择"绑定"命令，弹出如图 7 - 21 所示的"网站绑定"对话框，在此可以添加与编辑网站绑定信息。

4）FTP 授权规则

选择"Internet Information Services（IIS）管理器"→"网站"→"慧心科技 FTP"选项，在中间的"功能视图"中双击"FTP 授权规则"，可以打开如图 7 - 22 所示窗口。在窗口的右侧"操作"下可以选择"添加允许授权规则"或是"添加拒绝授权规则"，会弹出如图 7 - 23 或图 7 - 24 所示的对话框。

图 7 – 20　FTP 目录浏览

图 7 – 21　网站绑定

图 7 – 22　FTP 授权规则

图 7 - 23　添加允许授权规则

图 7 - 24　添加拒绝授权规则

在图 7 - 23 所示的"添加允许授权规则"对话框中，可以设置以下几个选项允许访问：所有用户、所有匿名用户、指定的角色或用户组、指定的用户（注意：如果要指定用户或用户组，应事先创建用户或组），同时，还可以设置"读取"和"写入"权限。

权限用户的详细情况见表 7 - 2。

表 7 - 2　权限用户一览表

元素名称	描述
所有用户	确保将此规则置于任何授予内容访问权限的规则之下。如果此规则在规则列表的顶部，则将拒绝所有用户访问内容
所有匿名用户	选择此选项可为没有经过身份验证的用户管理内容访问权限。 注意：如果使用此规则，则所有用户都必须具有有效的基本或自定义身份验证用户账户和密码，才能进行身份验证
指定的角色或用户组	选择此选项以便为特定的 Microsoft Windows 角色或用户组管理内容访问权限。 注意：如果使用此规则，则指定角色和组的所有成员都必须具有有效的基本或自定义身份验证用户账户和密码，才能进行身份验证
指定的用户	选择此选项以便为特定用户账户管理内容访问权限。 注意：如果使用此选项，则所有用户都必须具有有效的基本或自定义身份验证用户账户和密码，才能进行身份验证
读取	指定所指定的用户是否具有读取权限
写入	指定所指定的用户是否具有写入权限

在图 7 – 24 所示的"添加拒绝授权规则"对话框中，可以设置以下几个选项拒绝访问：所有用户、所有匿名用户、指定的角色或用户组、指定的用户（注意：如果要指定用户或用户组，应事先创建用户或组），同时，还可以设置"读取"和"写入"权限。

利用以上组合，管理员可以设置 FTP 站点中用户的访问权限。注意：配置 FTP 授权设置时，还应配置 FTP 身份验证设置。

5）FTP 身份验证

选择"Internet Information Services(IIS)管理器"→"网站"→"慧心科技 FTP"选项，在中间的"功能视图"中双击"FTP 身份验证"，打开如图 7 – 25 所示的窗口。

图 7 – 25   FTP 身份验证

在 FTP 身份验证中，允许管理员设置以下身份验证。

基本身份验证：基本身份验证是一种内置的身份验证方法，它要求用户提供有效的 Windows 用户名和密码才能获得内容访问权限。用户账户可以是 FTP 服务器的本地账户，也可以是域账户。基本身份验证将配合 Active Directory（AD）用户隔离一起使用。但是，如果在已启用 AD 用户隔离的情况下启用自定义身份验证或任何其他形式的身份验证，则这种其他形式的身份验证将不起作用。

匿名身份验证：匿名身份验证是一种内置的身份验证方法，它允许任何用户通过提供匿名用户名和密码访问任何公共内容。默认情况下，禁用匿名身份验证。注意：当希望访问 FTP 站点的所有客户端都能查看站点内容时，请使用匿名身份验证。

6）FTP 消息

选择"Internet Information Services(IIS)管理器"→"网站"→"慧心科技 FTP"选项，在中间的"功能视图"中双击"FTP 消息"，可以打开如图 7 – 26 所示的窗口。

图 7 – 26　FTP 消息

消息元素的详细情况见表 7 – 3。

表 7 – 3　消息元素的详细情况

元素名称	描述
取消显示默认横幅	指定是否显示 FTP 服务器的默认标识横幅。如果启用，则显示默认横幅；否则，不显示默认横幅。 注意：如果启用"取消显示默认横幅"，并且在"横幅"中未指定横幅消息，则当 FTP 客户端连接到你的服务器时，FTP 服务器将显示空的横幅
支持消息中的用户变量	指定是否在 FTP 消息中显示一组特定的用户变量。如果启用，则在 FTP 消息中显示用户变量；否则，将按输入的原样显示所有消息文本。支持的用户变量有： % BytesReceived%，当前会话中从服务器发送到客户端的字节数。 % BytesSent%，当前会话中从客户端发送到服务器的字节数。 % SessionID%，当前会话的唯一标识符。 % SiteName%，承载当前会话的 FTP 站点的名称。 % UserName%，当前登录用户的账户名
显示本地请求的详细消息	指定当 FTP 客户端正在服务器自身上连接 FTP 服务器时，是否显示详细错误消息。如果启用，则仅向本地主机显示详细错误消息；否则，不显示详细错误消息。 注意：仅向本地主机显示详细错误消息

元素名称	描述
横幅	指定当 FTP 客户端首次连接到 FTP 服务器时，FTP 服务器所显示的消息。 注意：默认情况下，此消息为空。如果启用"取消显示默认横幅"，并且在"横幅"中未指定横幅消息，则当 FTP 客户端连接到你的服务器时，FTP 服务器将显示空的横幅
欢迎	指定当 FTP 客户端已登录到 FTP 服务器时，FTP 服务器所显示的消息。 注意：默认情况下，此消息为空
退出	指定当 FTP 客户端从 FTP 服务器注销时，FTP 服务器所显示的消息。 注意：默认情况下，此消息为空
最大连接数	指定当客户端尝试连接，但由于 FTP 服务已达到所允许的最大客户端连接数而无法连接时，FTP 服务器所显示的消息。 注意：默认情况下，此消息为空

7）FTP 用户隔离

选择"Internet Information Services（IIS）管理器"→"网站"→"慧心科技 FTP"选项，在中间的"功能视图"中双击"FTP 用户隔离"，打开图 7 – 27 所示的窗口。

图 7 – 27　FTP 用户隔离

用户隔离的相关元素及设置情况见表 7 – 4。

表 7 − 4　用户隔离的相关元素及设置情况

元素名称	描述
不隔离用户。在以下目录中启动用户会话：FTP 根目录	选择此选项，将指定不想隔离的用户。 所有 FTP 会话都将在 FTP 站点的根目录中启动。 如果有足够的权限，则任何 FTP 用户可能都可以访问任何其他 FTP 用户的内容
不隔离用户。在以下目录中启动用户会话：用户名目录	选择此选项，将指定不想隔离的用户。 所有 FTP 会话都将在与当前登录用户同名的物理或虚拟目录中启动（如果该文件夹存在）；否则，FTP 会话将在 FTP 站点的根目录中启动。 注意：若要指定开始目录供匿名访问，请在 FTP 站点的根目录中创建一个名为 default 的物理或虚拟目录文件夹。 小心：如果有足够的权限，则任何 FTP 用户可能都可以访问任何其他 FTP 用户的内容

隔离用户。将用户局限于以下目录：用户名目录（禁用全局虚拟目录）	选择此选项，将指定要将 FTP 用户会话隔离到与 FTP 用户账户同名的物理或虚拟目录中。用户只能看见其自身的 FTP 根位置，并因受限而无法沿目录树再向上导航。
	注意：若要为每个用户创建主目录，首先必须在 FTP 服务器的根文件夹下创建一个物理或虚拟目录，该目录以你的域命名，对于本地用户账户，则命名为 LocalUser。接下来，必须为将访问 FTP 站点的每个用户账户创建一个物理或虚拟目录。下表列出了用于 FTP 服务所附身份验证提供程序的主目录语法。
	
	    用户账户类型 主目录语法
	    匿名用户 ％％FtpRoot％\LocalUser\Public
	    本地 Windows 用户账户（需要基本身份验证） ％％FtpRoot％\LocalUser\％UserName％
	    Windows 域账户（需要基本身份验证） ％％FtpRoot％\％UserDomain％\％UserName％
	    IIS 管理器或 ASP. NET 自定义身份验证用户账户 ％％FtpRoot％\LocalUser\％UserName％
	
	％％FtpRoot％是 FTP 站点的根目录，例如 C：\Inetpub\FtProot。
	重要：忽略全局虚拟目录。任何 FTP 用户都不能访问在 FTP 站点根级别配置的虚拟目录。所有虚拟目录都必须在用户的物理或虚拟主目录路径下进行显式定义

元素名称	描述
隔离用户。将用户局限于以下目录：用户名物理目录（启用全局虚拟目录）	选择此选项，将指定要将 FTP 用户会话隔离到与 FTP 用户账户同名的物理目录中。用户只能看见其自身的 FTP 根位置，并因受限而无法沿目录树再向上导航。 注意：若要为每个用户创建主目录，首先必须在 FTP 服务器的根文件夹下创建一个物理目录，该目录以你的域命名，对于本地用户账户，则命名为 LocalUser。接下来，必须为将访问 FTP 站点的每个用户账户创建一个物理目录。下表列出了用于 FTP 服务所附身份验证提供程序的主目录语法。 表（见下） 注意：%%FtpRoot% 是 FTP 站点的根目录，例如 C:\Inetpub\FtProot。 重要：启用全局虚拟目录。如果所有 FTP 用户有足够的权限，则这些用户都可以访问在 FTP 站点根级别配置的所有虚拟目录。 小心：启用全局虚拟目录后，如果所有 FTP 用户有足够的权限，则这些用户可能都可以访问其他 FTP 用户的内容
隔离用户。将用户局限于以下目录：在 Active Directory 中配置的 FTP 主目录	选择此选项，将指定要将 FTP 用户会话隔离到在 Active Directory 账户设置中为每个 FTP 用户配置的主目录中。当用户的对象位于 Active Directory 容器中时，将提取 FTPRoot 和 FTPDir 属性，以提供用户主目录的完整路径。如果 FTP 服务可以成功访问该路径，则将用户放置在其主目录（代表其 FTP 根位置）中。用户只能看见其自身的 FTP 根位置，并因受限而无法沿目录树再向上导航。如果 FTPRoot 或 FTPDir 属性不存在，或这两个属性在一起无法组成有效且可访问的路径，则拒绝用户访问
自定义	此选项指定希望通过使用自定义提供程序来隔离 FTP 用户会话。 重要：此选项为高级功能，只能通过修改 ApplicationHost.config 文件中的 FTP 配置设置进行选择

（隔离用户单元格内嵌表格）

用户账户类型	主目录语法
匿名用户	%%FtpRoot%\LocalUser\Public
本地 Windows 用户账户（需要基本身份验证）	%%FtpRoot%\LocalUser\%UserName%
本地 Windows 用户账户（需要基本身份验证）	%%FtpRoot%\%UserDomain%\%UserName%
IIS 管理器或 ASP.NET 自定义身份验证用户账户	%%FtpRoot%\LocalUser\%UserName%

8）FTP IPv4 地址和域复制

选择"Internet Information Services(IIS)管理器"→"网站"→"慧心科技 FTP"选项，在中间的"功能视图"中双击"FTP IP 地址和域复制"，可以打开图 7-28 所示的窗口。

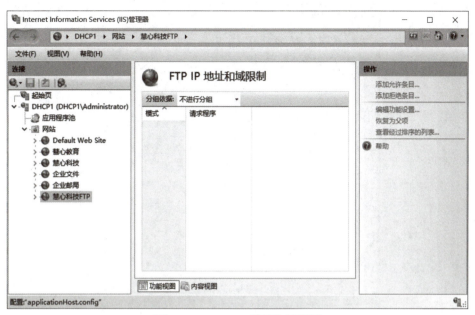

图 7 – 28　FTP IP 地址和域复制

在窗口的右侧"操作"下可以选择"添加允许限制规则"或是"添加拒绝限制规则"，会弹出如图 7 – 29 或图 7 – 30 所示的对话框。打开"添加允许限制规则"对话框，可以从该对话框中为特定 IP 地址、IP 地址范围或 DNS 域名定义允许访问内容的规则；打开"添加拒绝限制规则"对话框，可以从该对话框中为特定 IP 地址、IP 地址范围或 DNS 域名定义拒绝访问内容的规则。

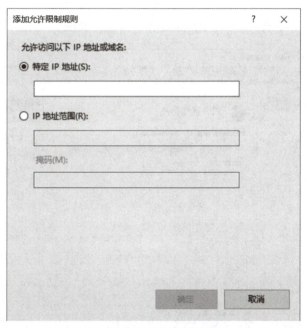

图 7 – 29　添加允许限制规则

图 7-30　添加拒绝限制规则

9）FTP 请求筛选

如何禁止用户上传某种类型的文件？例如扩展名为 .exe 的文件。使用 FTP 的请求筛选功能页可以为 FTP 站点定义请求筛选设置。FTP 请求筛选是一种安全功能。通过此功能，Internet 服务提供商（ISP）和应用服务提供商可以限制协议和内容行为。例如，使用"文件扩展名"选项卡可以列表指定要允许或拒绝的文件扩展名。

选择"Internet Information Services(IIS)管理器"→"网站"→"慧心科技 FTP"选项，在中间的"功能视图"中双击"FTP 请求筛选"，可以打开图 7-31 所示的窗口。

图 7-31　FTP 请求筛选

在FTP请求筛选中，功能页元素和相应的操作窗格元素见表7-5与表7-6，可以根据操作需要选择相应设置。

表7-5　功能页元素

元素名称	描述
文件扩展名	列表指定FTP服务将允许或拒绝其访问的文件扩展名
隐藏段	列表指定FTP服务将拒绝其访问，且不在目录列表中显示的隐藏段
拒绝的URL序列	列表指定FTP服务将拒绝其访问的URL序列
命令	列表指定FTP服务将允许或拒绝其访问的FTP命令

表7-6　操作窗格元素

元素名称	描述
编辑功能设置	打开"编辑FTP请求筛选设置"对话框，从中可以配置常规属性和FTP请求限制
允许文件扩展名	打开"允许文件扩展名"对话框，从中可以向要允许的文件扩展名的列表添加文件扩展名
拒绝文件扩展名	打开"拒绝文件扩展名"对话框，从中可以向要拒绝的文件扩展名的列表添加文件扩展名。例如，拒绝用户上传EXE文件
添加隐藏段	打开"添加隐藏段"对话框，从中可以向隐藏段的列表添加隐藏段
添加URL序列	打开"添加拒绝URL序列"对话框，从中可以向拒绝的URL序列的列表添加URL序列
允许命令	打开"允许命令"对话框，从中可以向要允许的FTP命令的列表添加FTP命令
拒绝命令	打开"拒绝命令"对话框，从中可以向要拒绝的FTP命令的列表添加FTP命令。 警告：此功能若使用不当，会阻止对服务器的访问。例如，如果拒绝对USER和PASS命令的访问，用户将无法登录FTP服务器
删除	从列表中删除文件扩展名、隐藏段、URL序列或命令

详细FTP站点管理请扫描图7-32所示的二维码在线观看。

图 7 – 32　FTP 站点管理

四、访问 FTP 站点

FTP 服务器安装成功后，可以测试默认 FTP 站点是否能够正常运行。在客户端计算机上采用以下三种方式来连接 FTP 站点。

1. 命令提示符

进入客户端操作系统，运行 cmd，打开 DOS 命令提示符窗口，输入命令：ftp FTP 站点地址，然后根据屏幕上的信息提示登录、使用即可。

登录成功后，可以进入 FTP 站点，但是看不到文件。接下来需要输入命令 dir，提示文件传输程序是否允许访问，选择"允许"，得到站点中的文件。可以输入命令 help 来获取帮助。

2. 利用浏览器或资源管理器访问 FTP 站点

Microsoft 的 Internet Explorer 和 Netscape 的 Navigator 都将 FTP 功能集成到浏览器中，可以在浏览器地址栏输入一个 FTP 地址（例如 ftp://FTP 站点地址）进行 FTP 匿名登录，这是较为简单的访问方法。如果 IE 浏览器不能访问 FTP 站点，则可以按照如下方法进行设置后打开 FTP 站点：

①单击 IE 菜单中的"工具"→"Internet 选项"；

②单击"高级"标签卡；

③取消勾选"浏览"节点下的"使用被动 FTP（为防火墙和 DSL 调制解调器兼容性)"。

以上设置完成后，就可以在 IE 中正常访问 FTP 站点了。

如果在 IE 中访问站点时出现"若要在文件资源管理器中查看此 FTP 站点，请单击'视图'，在文件资源管理器中打开 FTP 站点"之类的提示信息，此时，需要在 IE 浏览器打开的状态下按 Alt 键，会出现一个菜单栏，单击"查看"菜单（或者按快捷键 Alt + V），选择"在文件资源管理器中打开 FTP 站点"即可。

若要在 IE 或资源管理器状态下出现登录窗口，只需要在相应的空白处右击，选择"登录"选项即可。

3. 利用 FTP 客户端软件访问 FTP 站点

FTP 客户端软件以图形窗口的形式访问 FTP 服务器，操作非常方便，不像字符窗口的 FTP 命令那样复杂、繁多。目前有很多很好的 FTP 客户端软件，例如 CuteFTP、LeapFTP、FlashFXP 等，从网络上下载安装即可使用。

【任务实施】

本任务主要实现用户隔离的 FTP 站点的建立与管理，具体实施步骤如图 7 – 33 所示。

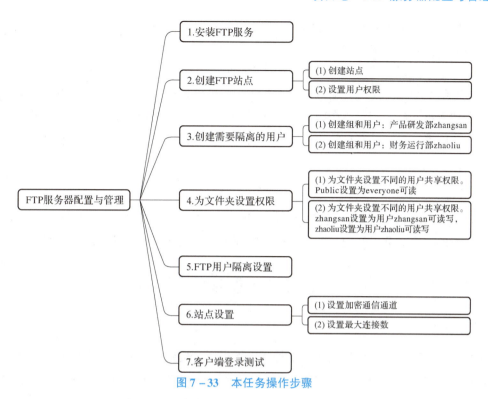

图 7-33　本任务操作步骤

详细操作过程请扫描图 7-34 所示的二维码在线观看。

【任务工单】

请扫描图 7-35 所示的二维码下载任务工单，按工作要求与步骤记录并完成工作任务。

图 7-34　创建 FTP 用户隔离站点　　　　　　图 7-35　任务工单 7-1

【素养课堂】

"家国情怀"是主体对共同体的一种认同，并促使其发展的思想和理念。其基本内涵包括家国同构、共同体意识和仁爱之情；其实现路径强调个人修身、重视亲情、心怀天下。它既与行孝尽忠、民族精神、爱国主义、乡土观念、天下为公等传统文化有重要联系，又是对这些传统文化的超越。"家国情怀"在增强民族凝聚力、建设幸福家庭、提高公民意识等方面都有重要的时代价值。

"知责任者，大丈夫之始也；行责任者，大丈夫之终也。"责任和担当，乃是家国情怀的精髓所在。如今，中国特色社会主义进入了新时代，我国发展站在新的历史方位，这意味着近代以来久经磨难的中华民族迎来了从站起来、富起来到强起来的伟大飞跃，迎来了实现中华民族伟大复兴的光明前景。同时，世界多极化、经济全球化、社会信息化、文化多样化深入发展，互联网、大数据、云计算、区块链、人工智能等新技术正在深刻改变着人类社会生活。当代青年处于千帆竞发、百舸争流的奋进时代，肩负着民族复兴的历史重任，代表着国家的前途、民族的希望。

当代青年学子要坚定信仰、砥砺品德、珍惜时光、勤奋学习，努力成长为有理想、有本领、有担当的社会主义建设者和接班人，为法治中国建设、为实现中华民族伟大复兴中国梦贡献智慧和力量。广大青年要在国家、民族、人类未来的大视野中认真思考、积极实践，努力做一个对国家、对人民有贡献的人，在波澜壮阔的社会主义现代化建设征程中书写自己的人生篇章。

【任务总结】

本任务为FTP服务器搭建项目，学习过程中应综合注意以下问题：①用户隔离FTP站点需要注意的权限划分；②记录实战中存在的问题，以及解决问题的方法与过程。

任务2　赛场练兵

【任务描述】

你作为一个微软高级认证的技术工程师，被指派去构建一个公司的内部网络，要为员工提供便捷、安全稳定的内外网络服务。你必须在规定的时间内完成要求的任务，并进行充分的测试，确保设备和应用正常运行。本任务所有规划都基于Windows操作系统，请根据网络拓扑、基本配置信息和服务需求完成网络服务安装与测试，确保设备和应用正常运行。网络拓扑图和基本配置信息如下。

1. 拓扑图

构建ChinaSkills.cn的网络服务环境，如图7-36所示。

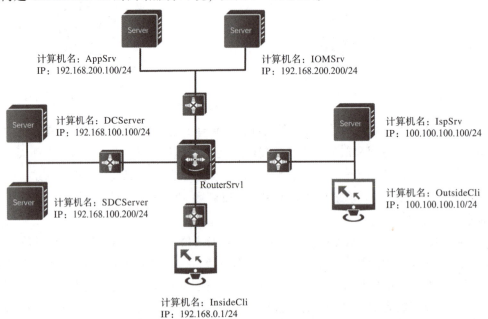

图7-36　网络拓扑

2. 网络地址规划

服务器和客户端基本配置见表 7 - 7。

表 7 - 7　服务器和客户端基本配置

主机名	所在域	网络地址	DNS	网关
DCServer	chinaskills. com	192. 168. 100. 100/24	127. 0. 0. 1	192. 168. 100. 254
SDCServer	chinaskills. com	192. 168. 100. 200/24	127. 0. 0. 1	192. 168. 100. 254
AppSrv	chinaskills. com	192. 168. 200. 100/24	192. 168. 100. 100 192. 168. 100. 200	192. 168. 200. 254
RouterSrv1	chinaskills. com	192. 168. 100. 254/24 192. 168. 0. 254/24 192. 168. 200. 254/24 100. 100. 100. 251/24	192. 168. 100. 100	无
IspSrv	保持工作组状态	100. 100. 100. 100/24	127. 0. 0. 1	无
InsideCli	chinaskills. com	192. 168. 0. 1/24 （dhcp）	192. 168. 100. 100 192. 168. 100. 200	192. 168. 0. 254
OutsideCli	保持工作组状态	100. 100. 100. 10/24	100. 100. 100. 100	100. 100. 100. 254

【任务清单】

服务器 AppSrv 上的工作任务如下。

1. 文件共享

（1）创建用户主目录共享文件夹。

本地目录为 d：\share\users\，允许所有域用户可读可写。在本目录下，为所有用户添加一个以用户名命名的文件夹，该文件夹将设置为所有域用户的 home 目录，用户登录计算机成功后，自动映射挂载到 H 卷。

禁止用户在该共享文件中创建 *. exe、*. bat、*. sh 文件。

（2）创建 manager 用户组共享文件夹。

本地目录为 d：\share\managers，仅允许 manager 用户组成员拥有写入权限，该共享文件对其他组成员不可见。

（3）创建 public - share 共享文件夹。

本地目录为 d：\share\public - share，仅允许 manager 用户组成员拥有写入权限，其他认证用户拥有只读权限。

2. DFS

在 AppSrv 上安装及配置 DFS 服务。

目录设置在 F：\DFSsharedir。

配置 DFS 复制，使用 DC1 作为次要服务器，复制方式配置为交错拓扑。

在 F:\DFSsharedir 文件夹内新建所有部门的文件夹。

所有部门的用户可以访问部门内的文件，不可以跨部门访问别的部门文件夹中的内容。

manager 用户组中的用户可以访问全局的文件夹。

3. FTP

安装 FTP 服务，新建一个 FTP 站点，并建立用户 soft1、soft2，密码均为 ftp123。

FTP 站点主目录为 D:\ftProot，通过适当技术实现用户 soft1 与 soft2 通过匿名方式登录 FTP 站点时，只能浏览到"Public"子目录中的内容，若用个人账号登录 FTP 站点，则只能访问与用户名同名的自己的子文件夹。

设置 FTP 最大客户端连接数为 100。设置无任何操作的超时时间为 5 分钟，设置数据连接的超时时间为 1 分钟。

【任务工单】

请扫描图 7 - 37 所示的二维码下载任务工单，按工作要求与步骤记录并完成工作任务。

图 7 - 37　任务工单 7 - 2

【任务总结】

本任务为国赛赛场模拟真实网络环境场景构建，通过对文件服务器进行设置与管理，考核对 FTP 等服务的使用。详细网络构建过程可登录"智慧职教"本课程在线课程进行观看与学习，任务工单可在线下载。

路由和远程访问服务配置

【项目场景】

慧心科技有限公司公司规模逐渐壮大，管理日趋完善，现公司存在不同的业务部门，如产品研发部、市场营销部、行政管理部、财务运行部，由于工作性质不同，不同部门可以工作在不同的局域网中，为了使公司业务正常开展，需要部署网络来实现不同部门间的互通，同时可以访问因特网。网络拓扑如图 8-1 所示。

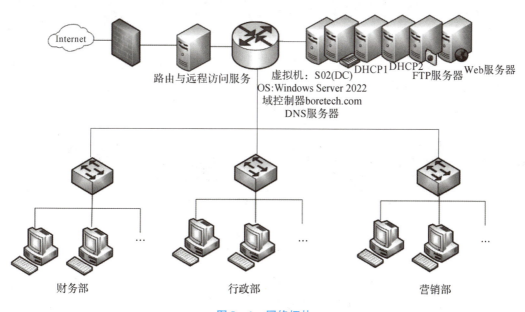

图 8-1　网络拓扑

【证书考点与赛项目标】

（1）遵守健康及安全标准，快速理解规则及掌握规章。

（2）具备网络规划与设计能力。

（3）具备根据优先顺序表，定期制订计划、重新修订计划及多任务组织能力。

（4）能依据设计图纸要求，组建小型网络，配置和管理应用服务器。

（5）以项目团队成员的身份，与同伴有效合作，并把工作效率和学习能力发挥到最大。

【知识目标与技能目标】

（1）了解路由和路由器的基本原理。

（2）掌握路由和远程访问的基本配置。

（3）掌握 Windows Server 系统的静态路由配置。

（4）掌握 Windows Server 系统的动态路由配置。

（5）具备中小型企业网络规划、设计、实施的能力。

（6）具备网络组建、管理的基本能力。

【素养目标】

（1）培养尊重宽容、团结友善、推己及人的优良品质。

（2）培养沟通力、抗压力、6S 规范等职业素质。

（3）培养精益求精的工匠精神，并融入专业技能训练的过程中。

（4）通过实践基于真实企业网络应用场景、基于真实工作流程，将劳动实践与专业技能相融合，强化劳动意识。

【需求分析】

以太网交换机工作在数据链路层，用于实现相同 VLAN 的站点进行二层数据转发，而企业网络的拓扑结构一般会比较复杂，不同的部门，或者总部和分支可能处在不同的局域网中，此时就需要使用路由器等三层设备来连接不同的网络，实现网络之间的数据转发，如图 8-2 所示。

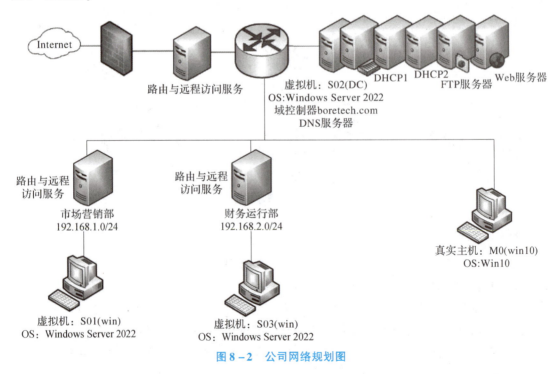

图 8-2　公司网络规划图

根据 Windows Server 2022 路由功能，可以设置一台服务器安装路由服务，作为软路由设备，实现公司各部门的互连，以及数据通信和文件共享等服务。

【方案设计】

　　作为一名网络管理人员，需要熟练地掌握网络管理及服务器相关配置。首先，对公司网络进行合理的规划，选用恰当的拓扑结构；其次，对公司的 IP 地址进行合理规划，对行政部、财务部和营销部分配 IP 地址；最后，运用路由交换技术对服务器进行路由配置。

　　本项目中，公司内的各部门建立各自的局域网，可以使用 Windows Server 2022 的路由和远程访问服务作为公司的路由器来互连各部门局域网，实现各部门的相互通信和资源共享，并实现广域网的数据访问。

　　路由和远程访问服务器在公司网络内的配置及说明见表 8 – 1。

表 8 – 1　路由和远程访问服务器的配置及说明

图标	名称	域名与对应 IP	说明
	路由和远程访问服务器	双网卡 192. 168. 1. 254 192. 168. 2. 254	慧心科技有限公司的路由和远程访问服务器。通过服务器设置的路由功能，实现公司内部局域网之间的互连互通及资源共享
	技术部	192. 168. 1. 0/24 网关：192. 168. 1. 254	公司内部局域网，主要设备为内部服务器
	业务部	192. 168. 2. 0/24 网关：192. 168. 2. 254	公司内部局域网，主要设备用于各项业务访问的客户端

　　本项目划分为以下任务完成：

　　任务 1　实现同一园区内两个局域网互连

　　任务 2　实现不同园区内两个局域网互连

　　任务 3　赛场练兵

任务 1　实现同一园区两个局域网互连

【任务描述】

　　为方便网络管理，公司内部的财务部和营销部各自对应一个局域网，两个部门全部设立在公司总部园区内。你作为公司的网络管理员，请通过 Windows Server 服务器配置双网卡模拟软件路由器，实现营销部和财务部两个部门的互通。

详细工作任务如下：

①添加一台服务器（虚拟机），名称为 RouterSrv1，配置双网卡，IP 地址分别为 192. 168. 1. 254 和 192. 168. 2. 254。

②将 PC1 网络地址设置为 192. 168. 1. 111/24，网关设置为 192. 168. 1. 254，其作为营销部所在网段 192. 168. 1. 0/24 内的客户机代表。

③将 PC2 网络地址设置为 192. 168. 2. 222/24，网关设置为 192. 168. 2. 254，其作为财务部所在网段 192. 168. 2. 0/24 内的客户机。

④为虚拟机 RouterSrv1 安装与配置路由和远程访问服务，实现两个不同网段局域网内的客户端互通。

网络拓扑如图 8 - 3 所示。

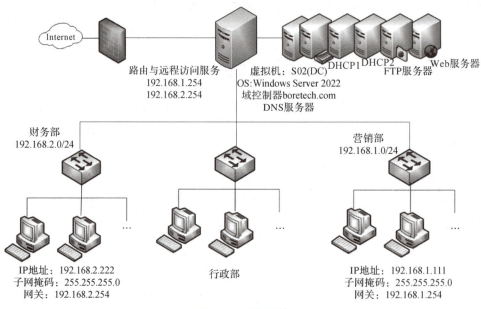

图 8 - 3　网络拓扑

【任务分析】

为服务器配置双网卡，安装 Windows Server 2022 服务器，部署并配置操作系统的路由和远程访问服务，将该服务器作为软件路由器，实现同一园区两个不同子网局域网的互通。

【知识准备】

一、路由器与路由表

1. 路由

路由（Routing）是指路由器从一个接口上收到数据包，根据数据包的目的地址进行定向并转发到另一个接口的过程。其在分组从源到目的地时，决定端到端路径的网络范围的进程。路由指导 IP 数据包发送的路径信息，通过转发数据包来实现网络互连。路由工作在 OSI 参考模型第三层网络层的数据包转发设备——路由器上。

2. 路由器

路由器（Router）是指在网络层上使用常见的网络层协议来连接网络的一种中间系统，其是工作在第三层，提供路由功能的设备。在异种网络互连机制中，路由器实现将数据包从一个网络发送到另一个网络。

路由器的主要组成部分包括路由接口（至少两个）、路由协议、路由表。

路由器分为两种类型：

一是硬路由器，是指专门用于路由功能的硬件设备，其实质是一台计算机，但其运行的操作系统主要用于路由维护，不能运行程序。

二是软路由器，通过对一台计算机进行配置，让其拥有路由器的功能，这台计算机一般称为软路由器。由于路由器必须有多个接口连接不同的 IP 子网，所以软路由器的计算机一般安装有多个网卡。

3. 路由表

以企业网络为例，路由器工作在网络层，隔离了广播域，并可以作为每个局域网的网关，发现到达目的网络的最优路径，最终实现报文在不同网络间的转发。

如图 8 – 4 所示，路由器 R1 和路由器 R2 把整个网络分成了三个不同的局域网，每个局域网为一个广播域。LAN1 内部的主机可以直接通过交换机实现相互通信，LAN2 内部的主机之间也是如此。但是，LAN1 内部的主机与 LAN2 内部的主机之间则必须要通过路由器才能实现相互通信运行路由协议。

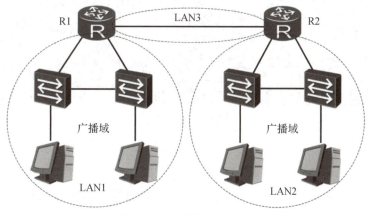

图 8 – 4　路由器组网示意图

路由器收到数据包后，会根据数据包中的目的 IP 地址选择一条最优的路径，并将数据包转发到下一个路由器，数据包在网络上的传输就好像快递包裹的传递一样，每一个路由器（站点）负责将数据包按照最优的路径向下一跳路由器进行转发，通过多个路由器一站一站地接力，最终将数据包通过最优路径转发到目的地。路由器能够决定数据报文的转发路径，如果有多条路径可以到达目的地，则路由器会通过计算来决定最佳下一跳，计算的原则会因实际使用的路由协议不同而不同。

为了完成路由数据包的工作，在路由器中都要保存各种传输路径的相关数据——路由表，供路由选择时使用。

路由器转发数据包的关键是路由表，每个路由器中都保存着一张路由表，表中每条路由项都指明了数据包要到达某网络或某主机应通过路由器的哪个物理接口发送，以及可到达该路径的哪个下一个路由器，或者不再经过别的路由器而直接可以到达目的地，如果收到数据报文的目的 IP 地址在路由器的路由表中不存在相应条目，则路由器会丢弃相应的数据包。

路由器通常有直连路由（自身接口对应路由）、管理员手工配置的静态路由、动态路由协议发现的路由，通过以上三种路由器建立相应的路由表并指导数据转发。

图 8-5 所示的路由表中包含了下列关键项：

（1）网络目标（Destination）：用来标识 IP 包的目的地址或目的网络。

（2）网络掩码（Mask）：在之前项目中已经介绍了网络掩码的结构和作用，在路由表中，网络掩码也具有重要的意义，IP 地址和网络掩码进行"逻辑与"便可得到相应的网段信息。

（3）接口（Interface）：指明 IP 包将从该路由器的哪个接口转发出去。

（4）网关：指明 IP 包所经由的下一个路由器的接口地址。

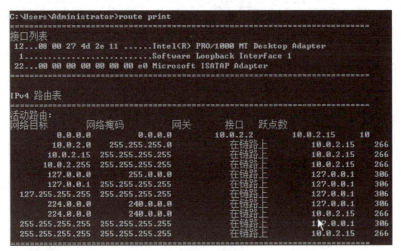

图 8-5　路由表

4. 动态路由

动态路由指路由器能够自动地建立自己的路由表，并且能够根据实际情况的变化适时地进行调整。动态路由器上的路由表项是通过相互连接的路由器之间交换彼此信息，然后按照一定的算法优化出来的；路由信息在一定的时间间隙里不断更新，以适应不断变化的网络，从而随时获得最优的寻路效果。

动态路由的特点：减少了管理任务；占用了网络带宽。

5. 静态路由与缺省路由

静态路由是指由管理员手动配置和维护的路由，静态路由配置简单，并且无须像动态路由那样占用路由器的 CPU 资源来计算和分析路由更新。

静态路由的缺点在于，当网络拓扑发生变化时，静态路由不会自动适应拓扑改变，而是需要管理员手动进行调整。

静态路由一般适用于结构简单的网络，在复杂网络环境中，一般会使用动态路由协议来

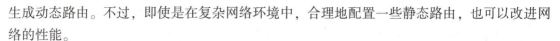

生成动态路由。不过,即使是在复杂网络环境中,合理地配置一些静态路由,也可以改进网络的性能。

缺省路由也称为默认路由,是一种目的地址和掩码都为全 0 的特殊路由。通常通过静态路由的配置方式来添加缺省路由。

当路由表中没有与报文的目的地址匹配的表项时,设备可以选择缺省路由作为报文的转发路径。在路由表中,缺省路由的目的网络地址为 0.0.0.0,掩码也为 0.0.0.0。

二、路由协议

路由协议通过在路由器之间共享路由信息来支持可路由协议。路由信息在相邻路由器之间传递,确保所有路由器知道到其他路由器的路径。总之,路由协议创建了路由表,描述了网络拓扑结构;路由协议与路由器协同工作,执行路由选择和数据包转发功能。

路由协议主要运行于路由器上,路由协议是用来确定到达路径的,它包括 RIP、IGRP (Cisco 私有协议)、EIGRP (Cisco 私有协议)、OSPF、IS – IS、BGP,起到地图导航的作用。它工作在网络层。

1. 路由协议分类

①按照路由表的生成方式,可分为静态路由协议和动态路由协议。

静态路由的路由表中的条目是网络管理员手工添加的,不需要占用路由器的 CPU 与带宽资源,适用于中小型网络和特殊环境,配置简单、维护复杂。

动态路由的路由表中的条目是路由协议自动学习的,需要占用路由器的 CPU 与带宽资源,适用于大型网络,配置复杂、维护简单。

②按照路由学习方式,可分为距离矢量路由协议、链路状态路由协议。

距离矢量路由协议:每台路由器在路由信息上都依赖自己的相邻路由器,而它的相邻路由器又通过其他邻居学习路由,这样一级级地传递下去,从而达到全网同步。典型的距离矢量协议有 RIP。

链路状态路由协议:运行链路状态协议的路由器把路由器分成区域,收集区域的所有路由器的链路状态信息,根据状态信息生成网络拓扑结构,每一个路由器再根据拓扑结构计算出路由。典型的链路状态协议有 OSPF。

③按照路由更新时是否携带子网掩码,可分为有类路由协议、无类路由协议。

有类路由协议在网络宣告时不带子网掩码,在同一网络中,子网掩码保持一致,在网络的边界上交换汇总路由信息。典型的有类路由协议为 RIPv1。

无类路由协议在网络宣告时带有子网掩码,无类路由协议支持变长子网掩码,在网络中,无类路由协议可以手动控制汇总路由。典型的无类路由协议为 RIPv2 和 OSPF。

④按照工作范围,可分为内部网关协议、外部网关协议。

2. 动态路由协议

动态路由协议按照作用,可以分为 IGP (内部网关协议) 和 EGP (外部网关协议)。其中,EGP 目前只有 BGP (边界网关协议),而 IGP 常用的有 RIP、OSPF、EIGRP、IS – IS 等。按照实现机制和工作原理,可以分为距离矢量路由协议和链路状态路由协议。其中,距离矢量路由协议有 RIP；链路状态路由协议有 OSPF、IS - IS 等。接下来介绍 RIP 和 OSPF 两种典型协议。

1）距离矢量路由协议 RIP

RIP（Routing Information Protocol）是路由信息协议的简称，它是一种基于距离矢量（Distance - Vector）算法的协议，使用跳数作为度量来衡量到达目的网络的距离。RIP 作为一种比较简单的内部网关协议，使用了基于距离矢量的贝尔曼 - 福特算法（Bellman - Ford）来计算到达目的网络的最佳路径。

路由器启动时，路由表中只会包含直连路由。运行 RIP 之后，路由器会立刻发送 RIP 的 Request 报文，用来请求邻居路由器的 RIP 路由。运行 RIP 的邻居路由器收到该 Request 报文后，会根据自己的路由表，生成 RIP 的 Response 报文进行回复，路由器在收到 Response 报文后，会将相应的路由添加到自己的路由表中。

RIP 网络稳定以后，每个路由器会周期性地向邻居路由器通告自己的整张路由表中的路由信息，默认周期为 30 s，邻居路由器根据收到的路由信息刷新自己的路由表。图 8 - 6 和 8 - 7 显示了 RIP 的两种报文。

```
⊞ Internet Protocol, Src: 12.1.1.2 (12.1.1.2), Dst: 224.0.0.9 (224.0.0.9)
⊞ User Datagram Protocol, Src Port: router (520), Dst Port: router (520)
⊟ Routing Information Protocol
    Command: Request (1)
    Version: RIPv2 (2)
    Routing Domain: 0
  ⊞ Address not specified, Metric: 16
```

图 8 - 6　RIP 的 Request 消息

```
⊞ Internet Protocol, Src: 12.1.1.1 (12.1.1.1), Dst: 224.0.0.9 (224.0.0.9)
⊞ User Datagram Protocol, Src Port: router (520), Dst Port: router (520)
⊟ Routing Information Protocol
    Command: Response (2)
    Version: RIPv2 (2)
    Routing Domain: 0
  ⊞ IP Address: 12.1.1.0, Metric: 1
  ⊞ IP Address: 172.16.1.0, Metric: 1
```

图 8 - 7　RIP 的 Response 消息

通过上述报文抓取的结果，可以观察到 RIP 的报文是基于 UDP 进行封装的，端口号固定为 520。

2）链路状态路由协议 OSPF

RIP 路由信息协议是一种基于距离矢量算法的路由协议，存在着收敛慢、易产生路由环路、可扩展性差等问题，目前已逐渐被 OSPF 取代。开放式最短路径优先（Open Shortest Path First，OSPF）协议是 IETF 定义的一种基于链路状态的内部网关路由协议。OSPF 根据 LSA 链路状态，利用 SPF 最短路径优先算法计算相应的 SPT 最短路径树，从设计上就保证了无路由环路。OSPF 支持触发更新，能够快速检测并通告自治系统内的拓扑变化。

三、安装路由与远程访问服务

Windows Server 2022 内置的路由与远程服务在默认情况下并没有安装，以下以在一台虚拟机（双网卡，IP：192. 168. 1. 254、192. 168. 2. 254）中安装并配置路由与远程访问服务为例进行详细讲解。

安装路由与远程访问服务必须具备条件管理员权限，使用 Administrator 管理员权限登录，这是 Windows Server 2022 的安全功能。具体的操作步骤如下。

①在服务器中选择"开始"→"管理工具"→"服务器管理器"命令打开"服务器管理器"窗口，选择左侧的"仪表板"后，单击右侧的"添加角色和功能"链接，如图 8 – 8 所示。弹出"添加角色和功能向导"对话框，如图 8 – 9 所示。首先显示的是"开始之前"选项，此选项提示用户，在继续之前，需要验证是否已完成先决条件。如果先决条件满足，可以单击"下一步"按钮。

图 8 – 8　添加角色和功能

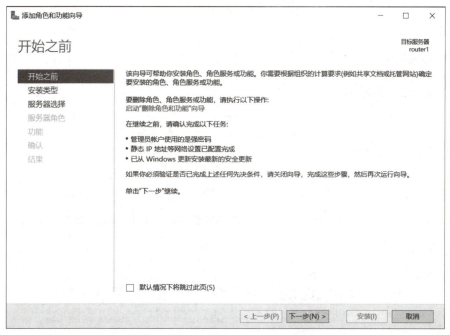

图 8 – 9　"添加角色和功能向导"对话框

②单击"下一步"按钮，弹出"选择安装类型"窗口，如图 8 – 10 所示。此时选择默认选项"基于角色或基于功能的安装"，然后单击"下一步"按钮继续操作。

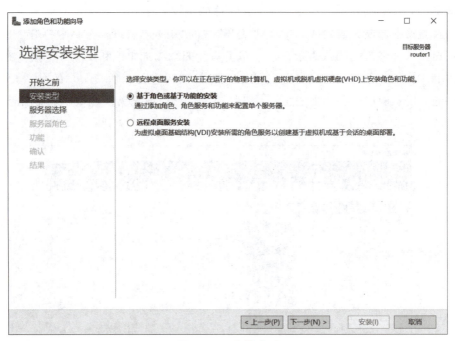

图 8 – 10　安装类型

③单击"下一步"按钮后，弹出"选择目标服务器"窗口，如图 8 – 11 所示。在此窗口中，有两个选项：一是"从服务器池中选择服务器"，二是"选择虚拟硬盘"。第一个选项中列出了当前服务器池中的计算机，IP 地址为 192.168.2.1 和 192.168.1.254，单击"下一步"按钮。

图 8 – 11　服务器选择

④弹出"选择服务器角色"窗口，如图8-12所示。单击窗口中"角色"列表框中的每一个服务器角色选项，在右边会显示该服务相关的详细描述，一般采用默认的选择即可。如果有特殊要求，则可以根据实际情况进行选择。在此，勾选"网络策略和访问服务"，弹出如图8-13所示的"添加网络策略和访问服务所需的功能?"窗口，单击"添加功能"按钮即可。完成后，返回图8-12所示的"选择服务器角色"窗口，此时，"网络策略和访问服务"选项会被勾选上。

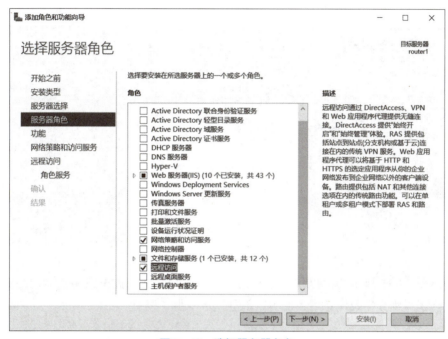

图8-12　选择服务器角色

图8-13　添加网络策略和访问服务所需功能

在图8-12所示的"选择服务器角色"窗口中，将"角色"列表框中的"远程访问"选项勾选上，然后单击"下一步"按钮。

⑤弹出"选择功能"窗口，如图8-14所示，要求用户选择要安装在所选服务器上的

一个或多个功能。同时，在"功能"列表框中列出了多个功能供用户选择。此时，可以选择默认功能，直接单击"下一步"按钮。

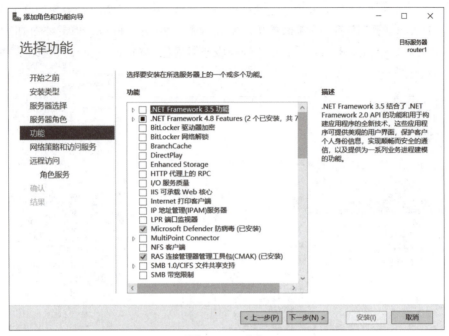

图 8 – 14　功能

⑥弹出图 8 – 15 所示的"网络策略和访问服务"窗口。在此窗口中，对网络策略和访问服务进行了详细介绍及注意事项说明。单击"下一步"按钮。

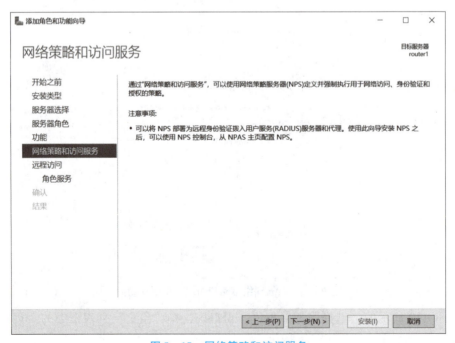

图 8 – 15　网络策略和访问服务

弹出图 8 – 16 所示的"远程访问"窗口。在此窗口中，对远程访问进行了详细介绍及注意事项说明。单击"下一步"按钮。

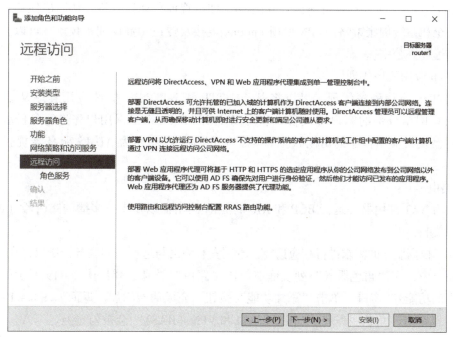

图 8 – 16 远程访问

⑦弹出图 8 – 17 所示的"选择角色服务"窗口。在此窗口中，要求用户为远程访问选择要安装的角色服务。系统列出了三项角色服务供用户选择，其功能分别为：

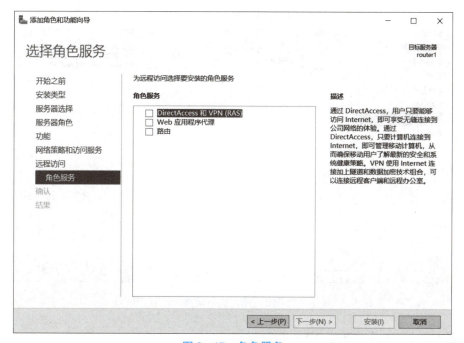

图 8 – 17 角色服务

- DirectAccess 和 VPN(RAS)

通过 DirectAccess，用户只要能够访问 Internet，即可享受无缝连接到公司网络的体验。通过 DirectAccess，只要计算机连接到 Internet，即可管理移动计算机，从而确保移动用户了解最新安全和系统健康策略。VPN 使用 Internet 连接及隧道和数据加密技术，可以连接远程客户端和远程办公室。

- Web 应用程序代理

利用 Web 应用程序代理，可以将基于 HTTP 和 HTTPS 的所选应用程序从公司网络发布到公司网络外部的客户端设备。它可以使用 AD FS 来确保用户先进行身份验证，然后获取对已发布应用程序的访问权限。Web 应用程序代理还为 AD FS 服务器提供了代理功能。

- 路由

路由为 NAT 路由器、运行 BGP 和 RIP 的 LAN 路由器以及支持多播的路由器（IGMP 代理）提供支持。

此时，根据服务的需求进行相应选择，本例安装路由与远程访问服务，所以，在图 8 – 18 所示的窗口中，在“角色服务”列表框中勾选“路由”选项，弹出图 8 – 19 所示的“添加路由所需的功能?”窗口，单击“添加功能”按钮，完成功能添加。返回如图 8 – 18 所示窗口，此时“路由”角色服务和“DirectAccess 和 VPN （RAS）”会被勾选上。

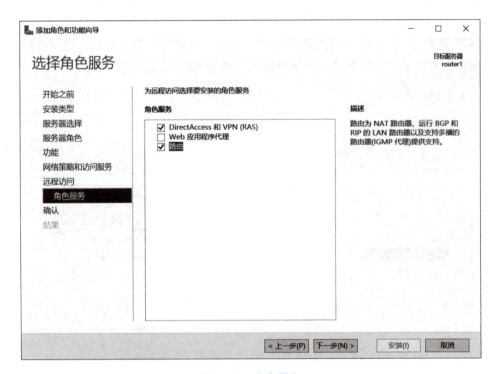

图 8 – 18　角色服务

完成上述操作之后，单击“下一步”按钮。

图 8 – 19　添加路由所需的功能

⑧弹出图 8 – 20 所示的"确认安装所选内容"窗口。在此窗口中，列出了用户安装所选的内容，用户需要进行确认。如果需要更改，可以单击"上一步"按钮进行相应设置；如果不需要更改，单击"安装"按钮进行确认，即可进入安装界面。

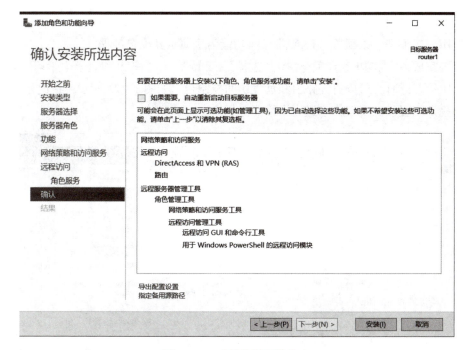

图 8 – 20　确认安装所选内容

⑨弹出图 8 –21 所示的"安装进度"窗口中，显示系统安装进度。安装完成后，单击"关闭"按钮。

图 8 - 21　安装进度

四、配置路由与远程访问服务

路由与远程访问服务安装完成后，可以对其进行相应的管理，以便进行网络的各项安全管理与应用。接下来，以配置"LAN 路由"功能为例演示其配置过程。

①安装完成后，在服务器管理器中选择"工具"→"路由和远程访问"选项，如图 8 - 22 所示。此时，可以打开路由和远程访问控制台，如图 8 - 23 所示，在此窗口中，对路由和远程访问提供的配置内容进行了简要介绍。

图 8 - 22　路由和远程访问

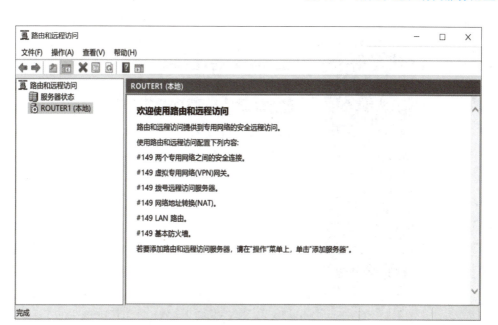

图 8－23　路由和远程访问控制台

②要使用路由和远程访问服务，需要启动服务器。

在图 8－23 所示的"路由和远程访问"对话框中，右击所安装的服务器，弹出图 8－24 所示的"配置并启用路由和远程访问"菜单，单击此菜单即可进入"路由和远程访问服务器安装向导"对话框，如图 8－25 所示，用于启动相应服务。

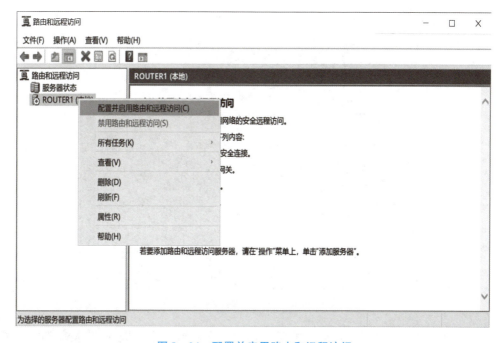

图 8－24　配置并启用路由和远程访问

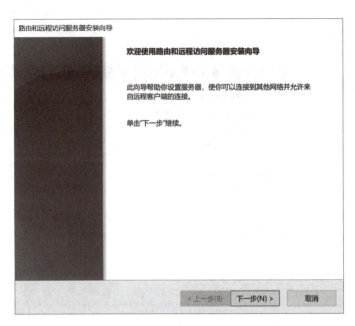

图8-25 路由和远程服务器安装向导

③单击"下一步"按钮，出现图8-26所示的"配置"窗口。选择"自定义配置"选项，单击"下一步"按钮。

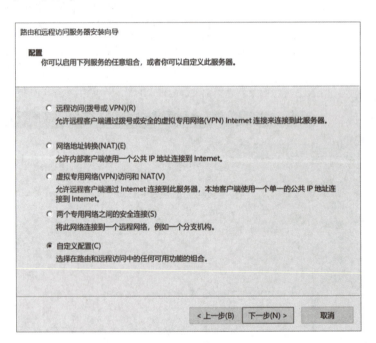

图8-26 配置

④弹出图8-27所示的"自定义配置"窗口。在此窗口中，选择"LAN路由"选项，当然，也可以根据需要选择多个选项。完成操作后，单击"下一步"按钮。

图 8-27　自定义配置

⑤弹出图 8-28 所示的"正在完成路由和远程访问服务器安装向导"窗口。在此窗口中，显示用户选择安装的服务选项摘要。

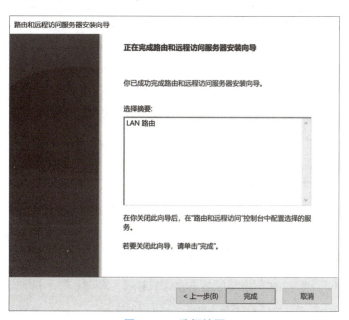

图 8-28　选择摘要

单击"完成"按钮后，弹出图 8-29 所示的提示窗口，提示用户需要打开 NPS 控制台并确认对其进行正确配置。单击"确定"按钮后，服务器将在路由和远程访问控制台中配置选择的服务。

图 8 - 29　提示

⑥弹出"启动服务"对话框，提示开始启动服务或取消启动。单击"启动服务"按钮进行服务启动。

服务器在对选择的服务进行配置后，将启动服务。启动成功后的"路由和远程访问"对话框如图 8 - 30 所示，此时服务器状态为已启动，同时，在服务器名称上显示绿色的已启动标记。

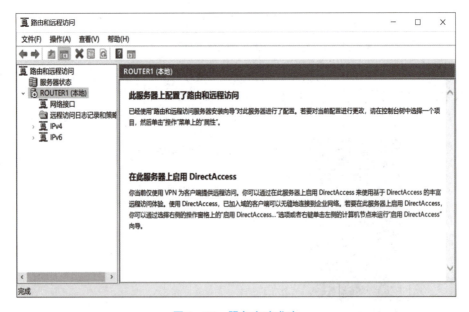

图 8 - 30　服务启动成功

⑦此时这台服务器启用了相应的 LAN 路由局域网路由功能，接下来可以根据网络管理的需要进行相应的路由和远程访问服务配置。

路由和远程访问服务器的安装与配置过程请扫描图 8 - 31 所示的二维码在线观看。

【任务实施】

本任务主要实现同一园区内两个不同网段局域网之间的连通，具体实施步骤如图 8 - 32 所示。

图 8 - 31　安装与
配置路由和
远程访问服务器

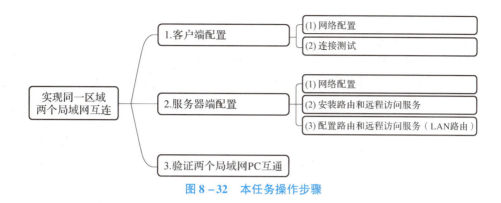

图 8-32　本任务操作步骤

一、客户端配置

客户端配置主要为不同局域网的两台主机 PC1 和 PC2 配置网卡地址。

首先为不同局域网的两台主机配置 IP 地址。注意，配置 IP 地址时，需要打开网络连接，选中对应的网络适配器，然后配置相应的 IP 地址、子网掩码、默认网关。两台 PC 的 IP 地址配置见表 8-2。

表 8-2　两台 PC 的 IP 地址配置

机器名称	IP 地址	子网掩码	默认网关
PC1（营销部）	192.168.1.111	255.255.255.0	192.168.1.254
PC2（财务部）	192.168.2.222	255.255.255.0	192.168.2.254

配置完成后，可以通过 ping 命令测试 PC1 与 PC2 的连通情况，由于未配置路由功能，两者所在的网络无法互相连通。

二、服务器端配置

服务器端配置主要配置路由和远程访问服务。

1. 网络配置

首先，服务器的双网卡需要提前配置相应的 IP 地址作为不同部门客户端的网关，连接营销部的接口 IP 地址配置为 192.168.1.254，连接财务部的接口 IP 地址配置为 192.168.2.254。服务器配置完相应的 IP 地址之后，客户机 PC1 与 PC2 可以通过 ping 命令测试验证是否能够与服务器接口 IP 地址也就是网关地址互通。

PC1 和 PC2 都可以 ping 通对应的网关 IP 地址，局域网内部的互连互通正确，建议关闭 PC 的防火墙，防止 ping 流量被防火墙拒绝。

2. 安装服务器的路由和远程服务

3. 配置路由和远程访问服务

此处，路由和远程访问服务器配置主要是 LAN 路由配置，可以通过路由和远程访问服务器配置向导完成。

三、验证两个局域网 PC 互通

由于服务器启用了相应的 LAN 路由局域网路由功能，所以可以充当路由器来提供营销部和财务部不同 PC 的跨网段互访，通过 PC1 利用 ping 命令测试是否可以访问 PC2。

图 8-33　任务工单 8-1

【任务工单】

请扫描图 8-33 所示的二维码下载任务工单，按工作要求与步骤记录并完成工作任务。

【任务总结】

本任务为使用路由与远程访问服务实现同一园区不同子网之间的连通，学习过程中应注意以下问题：①服务器安装与配置；②记录实战中存在的问题，以及解决问题的方法与过程。

任务 2　不同园区内两个局域网互连

【任务描述】

公司内部的财务部和营销部各自对应一个局域网，两个部门分属不同园区，通过互联网连接通信。你作为公司的网络管理员，请通过 Windows Server 服务器配置双网卡来模拟软件路由器，实现营销部和财务部两个部门的互通。

详细工作任务如下：

①添加两台虚拟机，名称为 RouterSrv1 和 RouterSrv2，配置双网卡，IP 地址分别为 12.1.1.11、192.168.1.254 和 12.1.1.22、192.168.2.254。

②将客户机 1 网络地址设置为 192.168.1.111/24，网关设置为 192.168.1.254。

③将客户机 2 网络地址设置为 192.168.2.222/24，网关设置为 192.168.2.254。

④为虚拟机 RouterSrv1、RouterSrv2 安装与配置路由和远程访问服务，实现两个局域网内的客户端互通。

网络拓扑如图 8-34 所示。

【任务分析】

为服务器配置双网卡，安装 Windows Server 2022 服务器，部署并配置操作系统的路由和远程访问服务，将该服务器作为软件路由器，实现不同区域两个局域网的互通。

【任务实施】

本任务主要实现不同园区的两个不同网段局域网之间的连通，具体实施步骤如图 8-35 所示。

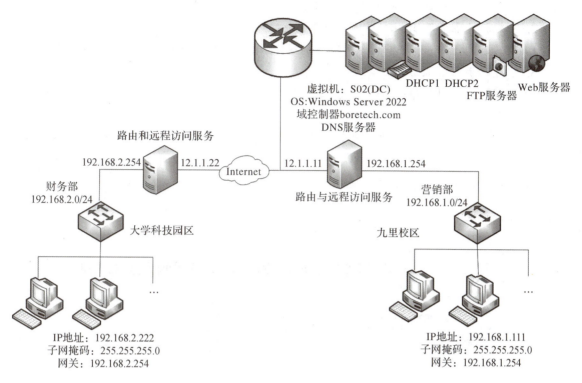

图 8-34　网络拓扑

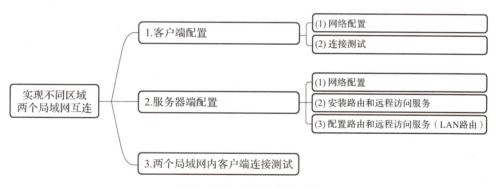

图 8-35　本任务操作步骤

一、客户端配置

客户端配置主要为不同局域网的 PC1 和 PC2 两台主机配置网卡地址。配置完成后，可以通过 ping 命令测试 PC1 与 PC2 的连通情况，由于未配置路由功能，两者所在的网络无法互相连通。

二、服务器端配置

1. 网络配置

服务器端需要配置 RouterSrv1 和 RouterSrv2 两台服务器，每台服务器配置双网卡，IP 地址分别为 12.1.1.11、192.168.1.254 和 12.1.1.22、192.168.2.254。

2. 安装服务器的路由和远程访问服务

RouterSrv1 和 RouterSrv2 两台服务器分别安装路由和远程访问服务，启动 LAN 配置。

3. 配置路由和远程访问服务

要配置路由和远程访问服务器，可以通过以下几种方式完成：

1）配置静态路由

在营销部所在 RouterSrv1 服务器中，打开安装完成的服务器路由和远程访问管理控制界面，如图 8-36 所示。Ethernet0 的 IP 地址为 12.1.1.11，此地址面向外网连接；Ethernet1 的 IP 地址为 192.168.1.254，此地址为营销部内网网关。

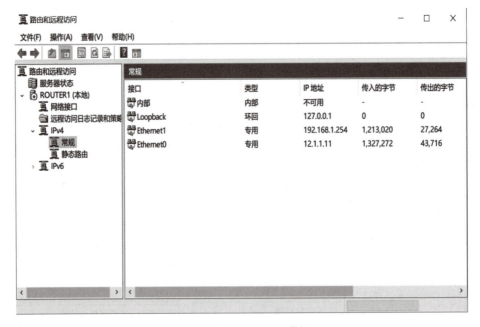

图 8-36　RouterSrv1 常规

右击"IPv4"下的"静态路由"，选择"新建静态路由"，如图 8-37 所示。

打开"IPv4 静态路由"对话框，配置 IPv4 静态路由。其中，营销部服务器 RouterSrv1 的静态路由配置界面如图 8-38 所示。目标指向 RouterSrv2 所在网络 192.168.2.0/24，网关为 RouterSrv2 外网连接接口。配置完成后，结果如图 8-39 所示。

说明：静态路由添加成功后，可以通过右击"静态路由"选项，然后选择"显示 IP 路由表"，观察是否成功添加相应的静态路由。在 RouterSrv1 显示的添加成功的路由表如图 8-40 所示。

数据通信是双向的，因此，也需要在财务部的服务器 RouterSrv2 上添加静态路由，添加方式同 RouterSrv1。注意，其目标应指向 RouterSrv1。在服务器 RouterSrv2 上配置静态路由的结果如图 8-41 所示。

图 8 - 37　新建静态路由

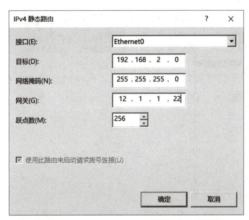

图 8 - 38　RouterSrv1 静态路由配置

图 8 - 39　RouterSrv1 静态路由配置结果

目标	网络掩码	网关	接口	跃点数
12.1.1.0	255.255.255.0	0.0.0.0	Ethernet0	281
12.1.1.11	255.255.255.255	0.0.0.0	Ethernet0	281
12.1.1.255	255.255.255.255	0.0.0.0	Ethernet0	281
127.0.0.0	255.0.0.0	127.0.0.1	Loopback	76
127.0.0.1	255.255.255.255	127.0.0.1	Loopback	331
192.168.1.0	255.255.255.0	0.0.0.0	Ethernet1	281
192.168.1.254	255.255.255.255	0.0.0.0	Ethernet1	281
192.168.1.255	255.255.255.255	0.0.0.0	Ethernet1	281
192.168.2.0	255.255.255.0	12.1.1.22	Ethernet0	281
224.0.0.0	240.0.0.0	0.0.0.0	Ethernet0	281
255.255.255.255	255.255.255.255	0.0.0.0	Ethernet0	281

图 8 – 40   RouterSrv1 添加成功的路由表

图 8 – 41   RouterSrv2 配置静态路由的结果

接下来可以进行 PC 互访测试，验证静态路由配置。

由于营销部和财务部的服务器都配置了相应的静态路由，可以实现不同的局域网之间的相互通信，所以利用 ping 命令测试 PC1 和 PC2 是否可以互访，输出结果如图 8 – 42 和图 8 – 43 所示。

通过上述输出结果可以观察到，PC1 和 PC2 可以相互访问，而 TTL 值变更为 126，说明中间经过了两台路由器。

2）配置默认路由

默认路由也称为缺省路由，是一种目的地址和掩码都为全 0 的特殊路由，通常通过静态路由的配置方式添加默认路由。默认路由通常配置在企业的出口路由器上，将其作为连接互联网或者分支机构的边界路由器，如图 8 – 44 所示，利用一条默认路由取代所有去往其他网段的明细路由，减少了路由表项的数量。

图 8 - 42　PC1 访问 PC2

图 8 - 43　PC2 访问 PC1

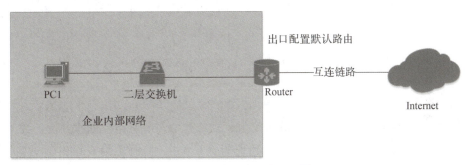

图 8 - 44　默认路由应用场景

当路由表中没有与报文的目的地址匹配的表项时，设备可以选择缺省路由作为报文的转发路径。在路由表中，缺省路由的目的网络地址为 0.0.0.0，掩码也为 0.0.0.0。在本任务中，同样可以借助默认路由实现营销部和财务部的互访。首先，删除之前 RouterSrv1、RouterSrv2 配置的静态路由，如图 8 - 45 和图 8 - 46 所示。

图 8 - 45　删除 RouterSrv1 静态路由

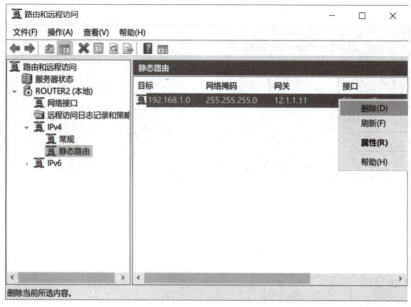

图 8 – 46　删除 RouterSrv2 静态路由

　　静态路由删除成功后，再次新建静态路由。默认路由与静态路由创建方法一致，以营销部服务器 RouterSrv1 配置为例，目标网络地址为 0.0.0.0，掩码也为 0.0.0.0，网关设置为 RouterSrv2 地址 12.1.1.22，具体配置方式如图 8 – 47 所示。

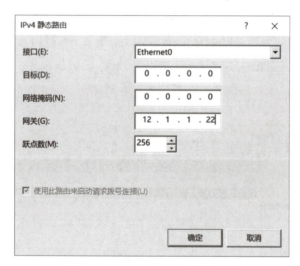

图 8 – 47　RouterSrv1 配置默认路由

　　RouterSrv1 配置成功后，仍然可以通过显示 IP 路由表的方式观察成功创建的默认路由，如图 8 – 48 所示。

　　按照 RouterSrv1 默认路由配置方式，对 RouterSrv2 默认路由进行配置。注意，其网关应设置为 RouterSrv1 地址 12.1.1.11。

　　接下来可以进行 PC 互访测试，验证默认路由配置。在此不再演示。

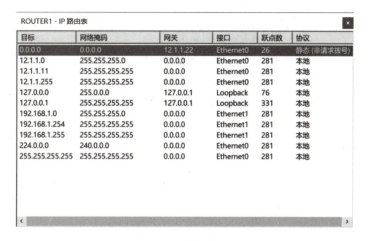

图 8 – 48　RouterSrv1 路由表

3）配置动态路由

由于之前的任务中配置了默认路由（静态路由），首先需要将对应的路由删除，从而可以通过后续添加的动态路由协议实现网络互通。

打开服务器 RouterSrv1 的路由和远程访问管理控制界面，右击"静态路由"中的静态路由或默认路由配置，选择"删除"。该过程与上述删除静态路由过程一致。

打开服务器 RouterSrv1 的路由和远程访问管理控制台，单击"IPv4"，右击"常规"，选择"新增路由协议"，如图 8 – 49 所示。

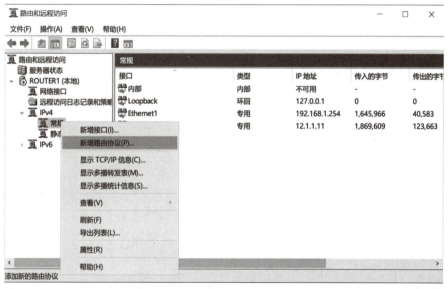

图 8 – 49　RouterSrv1 新增路由协议

在弹出的"新路由协议"对话框中，选择"RIP Version 2 for Internet Protocol"，单击"确定"按钮，如图 8 – 50 所示。

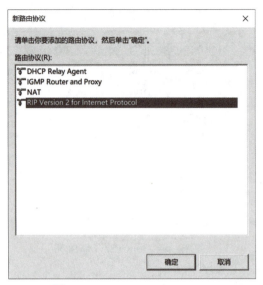

图 8 – 50　选择 "RIP Version 2 for Internet Protocol"

协议添加成功后，选中新增加的协议"RIP"，右击，选择"新增接口"，如图 8 – 51 所示。

图 8 – 51　选择"新增接口"

依次将接口 Ethernet0 和 Ethernet1 两个网卡的 RIP 功能开启运行，这样可以让 RIP 自动发布路由并与直连路由器之间通告路由，如图 8 – 52 所示。

分别配置相应接口（网卡）的 RIP 状态，此处采用周期更新模式，也就是 RIP 会每隔 30 s 周期通告自身路由表，传输数据包为 RIPv2 的广播，接收数据包协议为 RIPv1 和 RIPv2，以实现兼容部分版本 1 的路由器。取消勾选"激活身份验证"，不采用相应的认证。配置完成后，单击"应用"及"确定"按钮即可。图 8 – 53 所示为 Ethernet0 属性的配置，使用同样的方法配置 Ethernet1 属性。

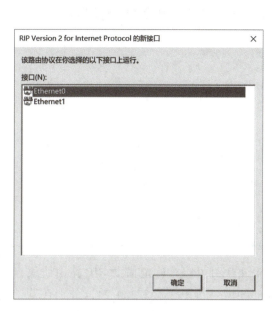

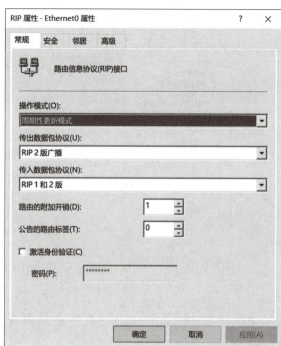

图 8-52 RIPv2 的新接口

图 8-53 Ethernet0 属性配置

以上配置成功后,接口如图 8-54 所示。使用同样的方法配置服务器 RouterSrv2,新建动态路由协议 RIP,并新建接口。

图 8-54 RIP 两个新接口配置成功

在 RIP 的窗口空白处中右击,选择"刷新",可以观察到 RIP 协议在两个以太网接口进行了报文的交互,由此可以判断 RIP 已经成功运行,如图 8-55 所示。

图 8 -55　RIP 协议报文交互

RIP 成功运行后，可以通过观察 IP 路由表来验证是否可以正确地借助 RIP 路由协议自动学习到营销部的网络号 192.168.1.0/24、财务部的网络号 192.168.2.0/24，分别在营销部的服务器 RouterSrv1 和财务部的服务器 RouterSrv2 上右击"静态路由"，选择"显示 IP 路由表"，可以观察是否存在上述路由。具体输出结果如图 8 -56 和图 8 -57 所示。

目标	网络掩码	网关	接口	跃点数	协议
12.1.1.0	255.255.255.0	0.0.0.0	Ethernet0	281	本地
12.1.1.11	255.255.255....	0.0.0.0	Ethernet0	281	本地
12.1.1.255	255.255.255....	0.0.0.0	Ethernet0	281	本地
127.0.0.0	255.0.0.0	127.0.0.1	Loopback	76	本地
127.0.0.1	255.255.255....	127.0.0.1	Loopback	331	本地
192.168.1.0	255.255.255.0	0.0.0.0	Ethernet1	281	本地
192.168.1.254	255.255.255....	0.0.0.0	Ethernet1	281	本地
192.168.1.255	255.255.255....	0.0.0.0	Ethernet1	281	本地
192.168.2.0	255.255.255.0	12.1.1.22	Ethernet0	28	翻录
224.0.0.0	240.0.0.0	0.0.0.0	Ethernet0	281	本地
255.255.255.255	255.255.255....	0.0.0.0	Ethernet0	281	本地

图 8 -56　ROUTER1 -IP 路由表

通过上述结果可以发现，两个分公司的服务器都可以通过 RIP 相互学习到对方的路由，RIP 运行正常。

接下来可以进行 PC 互访测试，验证默认路由配置，在此不再演示。

以上为采用三种不同路由方式配置路由和远程访问服务器，在任务实施过程中，可以根据网络情况选取配置方式。

路由和远程访问服务任务配置过程请扫描图 8 -58 所示的二维码在线观看。

ROUTER2 - IP 路由表

目标	网络掩码	网关	接口	跃点数	协议
0.0.0.0	0.0.0.0	12.1.1.254	Ethernet0	281	网络...
12.1.1.0	255.255.255.0	0.0.0.0	Ethernet0	281	本地
12.1.1.22	255.255.255.255	0.0.0.0	Ethernet0	281	本地
12.1.1.255	255.255.255.255	0.0.0.0	Ethernet0	281	本地
127.0.0.0	255.0.0.0	127.0.0.1	Loopback	76	本地
127.0.0.1	255.255.255.255	127.0.0.1	Loopback	331	本地
192.168.1.0	255.255.255.0	12.1.1.11	Ethernet0	28	翻录
192.168.2.0	255.255.255.0	0.0.0.0	Ethernet1	281	本地
192.168.2.254	255.255.255.255	0.0.0.0	Ethernet1	281	本地
192.168.2.255	255.255.255.255	0.0.0.0	Ethernet1	281	本地
224.0.0.0	240.0.0.0	0.0.0.0	Ethernet1	281	本地
255.255.255.255	255.255.255.255	0.0.0.0	Ethernet1	281	本地

图 8 - 57　ROUTER2 - IP 路由表

【任务工单】

请扫描图 8 - 59 所示的二维码下载任务工单，按工作要求与步骤记录并完成工作任务。

图 8 - 58　实现两个局域网相互联通

图 8 - 59　任务工单 8 - 2

【任务总结】

本任务为使用路由和远程访问服务实现不同园区不同子网之间的连通，学习过程中应注意以下问题：①不同路由配置方式；②记录实战中存在的问题，以及解决问题的方法与过程。

任务 3　赛场练兵

【任务描述】

你作为一个微软高级认证的技术工程师，被指派去构建一个公司的内部网络，为员工提供便捷、安全稳定的内外网络服务。你必须在规定的时间内完成要求的任务，并进行充分的测试，确保设备和应用正常运行。任务所有规划都基于 Windows 操作系统，请根据网络拓扑、基本配置信息和服务需求完成网络服务安装与测试，确保设备和应用正常运行。网络拓扑图和基本配置信息如下。

1. 拓扑图

构建 ChinaSkills. cn 的网络服务环境，如图 8 - 60 所示。

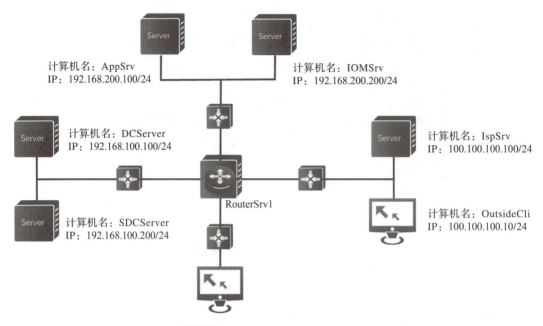

计算机名：AppSrv
IP：192.168.200.100/24

计算机名：IOMSrv
IP：192.168.200.200/24

计算机名：DCServer
IP：192.168.100.100/24

计算机名：IspSrv
IP：100.100.100.100/24

RouterSrv1

计算机名：SDCServer
IP：192.168.100.200/24

计算机名：OutsideCli
IP：100.100.100.10/24

计算机名：InsideCli
IP：192.168.0.1/24

图 8 – 60　网络拓扑

2. 网络地址规划

服务器和客户端基本配置见表 8 – 3。

表 8 – 3　服务器和客户端基本配置

主机名	所在域	网络地址	DNS	网关
DCServer	chinaskills. com	192. 168. 100. 100/24	127. 0. 0. 1	192. 168. 100. 254
SDCServer	chinaskills. com	192. 168. 100. 200/24	127. 0. 0. 1	192. 168. 100. 254
AppSrv	chinaskills. com	192. 168. 200. 100/24	192. 168. 100. 100 192. 168. 100. 200	192. 168. 200. 254
RouterSrv1	chinaskills. com	192. 168. 100. 254/24 192. 168. 0. 254/24 192. 168. 200. 254/24 100. 100. 100. 251/24	192. 168. 100. 100	无
IspSrv	保持工作组状态	100. 100. 100. 100/24	127. 0. 0. 1	无
InsideCli	chinaskills. com	192. 168. 0. 1/24 （dhcp）	192. 168. 100. 100 192. 168. 100. 200	192. 168. 0. 254
OutsideCli	保持工作组状态	100. 100. 100. 10/24	100. 100. 100. 100	100. 100. 100. 254

【任务清单】

服务器 RouterSrv 上的工作任务如下。

1. 路由功能

安装 RemoteAccess 服务开启路由转发，为当前实验环境提供路由功能。

2. 动态地址分配中继服务

安装和配置 DHCP Relay 服务，为办公区域网络提供上网地址。

DHCP 服务器位于 AppSrv 服务器上。

3. NAT 服务

启用网络地址转换功能，实现内部客户端访问互联网资源。

配置网络地址转换，允许互联网区域客户端访问 AppSrv 上的 HTTP 资源。

4. 虚拟专用网络

设置 L2TP/IPSec，IKE 通道采用证书进行验证。

L2TP 通道使用 chinaskills.com 域内用户进行身份验证，仅允许 manager 用户组内的用户通过身份证验证。

对于 VPN 客户端，使用 192.168.1.200～192.168.1.220/24。

5. RDS

在 RouterSrv 和 AppSrv 上搭建 RDS 服务。

将 RDWeb 服务器设定为 RouterSrv。

将资源服务器设定为 AppSrv。

用户登录成功后，可以通过 RDS 运行 Notepad、Wordpad 应用。

内部用户通过 https://app.chiaskills.cn/rdweb/进行访问，页面无证书警告。

在 InsideCli 客户端登录的用户可以直接在"开始"菜单中找到 RemoteApp 程序。

【任务工单】

请扫描图 8-61 所示的二维码下载任务工单，按工作要求与步骤记录并完成工作任务。

图 8-61　任务工单 8-3

【素养课堂】

科学成就离不开精神支撑。加快建设科技强国、实现高水平科技自立自强，需要大力弘扬劳模精神、工匠精神。劳动模范和大国工匠是民族的精英、人民的楷模、共和国的功臣。劳模精神的内涵是爱岗敬业、争创一流、艰苦奋斗、勇于创新、淡泊名利、甘于奉献；工匠精神的内涵是执着专注、精益求精、一丝不苟、追求卓越。劳模精神、劳动精神、工匠精神是以爱国主义为核心的民族精神和以改革创新为核心的时代精神的生动体现，是创新创业创造的重要精神源泉。

　　建设网络强国不仅需要实现网络科技创新的帅才、将才，更需要成千上万懂技术、精技能、善运维的能工巧匠。爱岗敬业，是社会主义核心价值观中的内容之一。筑就人生美丽梦想，践行核心价值观，既不是虚无缥缈的，也不是高不可攀的。"成功之源"，就根植在你我他的职业道德里、情感良心中。"大国工匠"的感人故事、生动实践表明，只有那些热爱本职、脚踏实地，勤勤恳恳、兢兢业业，尽职尽责、精益求精的人，才可能成就一番事业，才可望拓展人生价值。

【任务总结】

　　本任务为国赛赛场模拟真实网络环境场景构建，通过路由和远程访问服务实现软路由的各项功能。详细网络构建过程可登录"智慧职教"本课程在线课程进行观看与学习，任务工单可在线下载。